청년노예

KB188851

청년노예

초판 발행 2025년 3월 31일

지은이 김도훈
펴낸곳 시골글방
등 록 2019년 8월 12일(2019-000014호)
이메일 sigolgeul0@naver.com
블로그 blog.naver.com/sigolgeul0

© 김도훈, 2025

ISBN 979-11-979733-1-4 03810
글 꼴 학교안심물결체(제목), 안동엄마까투리체(작가명), 영도체(출판사명),
      kopubworld바탕체(내지)

청년노예

김도훈 장편소설

시골글방

읽으시면서 참조하세요.

 부정적으로 인식될 수 있는 일부 지역명, 대학명 등은 가명으로 사용
했고, 수도권의 지역명 등은 소설을 읽으실 때 집중하기 위해 실명을
사용했으나, 다르게 해석될 수 있으니 이점 양해 바랍니다.

차   례

머리말

안녕하세요. 김도훈입니다.

언론을 통해 전달되는 청년 문제에 대해 늘 가슴이 아팠습니다. 저 또한 그 일을 겪었던 사람으로서 제 경험을 바탕으로 소설을 쓰고자 마음먹게 되었습니다.

나이가 마흔이 넘으면서 많은 생각을 하게 되더군요. 지금껏 어떻게 살아왔는지, 앞으로 어떻게 살아야 하는지 고민해 봤었습니다. 하지만 아무리 생각해도 이런 사회구조 속에서 변화는 쉽지 않았죠. 중간중간 연차라도 눈치 보지 않고 쓸 수 있는 환경이라면 좋으련만 아직도 저는 여유를 부리기란 쉽지 않네요. 책 제목 선정을 '청년노예'로 지었습니다. 태어날 때부터 경쟁 속에서 살면서 지친 우리를 대변하고 싶었어요.

이 책에 많은 걸 담고 싶었습니다. 청년들의 생각 말이에요. 그런데 제 부족한 글쓰기 솜씨로 잘 담을 수 있을까 걱정되네요. 제 진심을 통해 사회적으로 청년들의 문제를 인식해 줬으면 하는 바람입니다.

이 책을 적다가 에세이 형태로 바꿨었는데, 모든 사실을 제 경험으로 적으려다가 우울증 증상이 생겨서 작업을 중단하고 겨우 몇 달 만에 다시 소설로 재탄생시켰습니다. 아마도 대부분 청년이 저처럼 경험했던 바가 썩 좋은 기억은 아닐 거로 생각합니다. 모두 힘내셨으면 좋겠네요.

이 책을 통해 대한민국의 청년들을 응원하겠습니다.

제1화 스스로 내려놓다 (2022년 3월)

내 나이 마흔 살. 이제 모든 걸 잊었다.
잘 있어라. 세상이여.

첨벙첨벙.

떨어지면 기절한다고 했는데 기절하지 않았다. 온몸이 너무 아팠다. 조금씩 의식을 잃어갔다. 눈을 감고 숨을 들이마셨다. 조금씩 무언가 선명해졌다. 아. 이것이 주마등인 거구나.
엄마. 엄마. 엄마….

제2화 취업준비생 박늘봄 (2009년 3월)

「귀하의 능력은 출중하나 제한된 인원 채용으로 인하여 귀하와 인연이 되지 못하여 안타깝게 생각합니다. 많은 관심을 가져주셔서 감사드리며 앞으로 귀하의 앞날에 행복이 가득하길 기원합니다.」

이런 말은 이제 지겹다. 어째 넣는 서류마다 항상 똑같은 문자만 반복적으로 날아오기만 하는지. 너희들 같으면 앞날에 행복이 가득하겠냐. 하여간 이 짓도 벌써 2년이 다 되어 가는데 나 스스로 한심할 따름이다.

엄마는 한숨짓는 나를 보고 주방에서 나왔다.

"우리 아들 학원 언제가?"

"인제 가려고."

대충 내 얼굴을 보니 썩 좋은 일이 아닌 걸 눈치챈 엄마는 내 등을 쓰다듬었다.

"아들. 좋은 일 있을 거야. 너무 상심하지 마."

"알았어. 이제 학원 가야 해."

"그래. 긍정적으로 생각해야지. 안 그러면 학생들도 힘 빠지잖아. 그리고 우리 아들은 늘 노력하는 사람이니까. 힘내!"

"노력하면 뭐 해. 돼야지."

애써 엄마는 날 기분 좋게 하려고 노력했지만, 내 기분은 나아지지 않았다. 치킨집 문을 열고 나가려는 찰나 아버지께서 배달을 마치고 가게 안으로 들어오셨다.

"아들. 학원 가냐?"

아버지께서 툭 한 마디 던지셨다.

"가야지. 이제 그만하고 제대로 공부하고 싶네."

"고생이 많다. 부모 때문에."

"그런 소리 들을 거면 빨리 갈래."

가게 문을 열고 밖으로 빠져나왔다. 엄마는 괜히 미안한지 따라 나오셨다. 그런데 가게 앞에는 아버지 친구분이 와계셨다.

"이야! 오래간만이네. 늘봄이 너는 취업했나?"

"아직요."

"그래. 마. 요즘 취업이 쉬운 일이 아니지."

엄마는 아저씨와의 대화에 끼어들었다.

"맞지예. 취업이 그리 쉬운 건 아니지예. 가려고 하면 어딜 못 가겠습니꺼. 그저 우리 아들은 저기 서울에 대기업 가려고 하니까 시간이 조금 걸리는 거지예."

 엄마의 구수한 사투리 실력이 나왔다. 특이하게도 손님과 대화하실 때면 늘 사투리를 쓰셨다.

 "사모님. 암 대나 취업하믄 안 됩니더. 아무리 급해도 좋은 데 가야 할 거 아입니까?"

 "맞지예. 사장님 아들은 취업했습니꺼?"

 "우리 아들은 공무원 공부하고 있십니더. 요즘은 공무원이 제일이라예. 늘봄이 너도 공무원 해라."

 나는 웃으면서 손사래 쳤다.

 "아닙니다. 저는 돈 많이 버는 게 제일 좋습니다."

 "에라. 네 알아서 해뿌라. 하하하. 내는 네 아부지하고 놀다 갈라니께. 네는 어여 가던 길 가라."

 아저씨는 가게 안으로 들어가셨다. 아저씨 눈치를 살피던 엄마는 내 주머니에 뭔가를 집어넣었다.

 "아들 부족하지만 써."

 "아이 됐어! 얼마 되지도 않는데."

 주머니에서 잽싸게 구겨진 돈을 꺼냈지만, 엄마는 환하게 웃으면서 손을 흔들었다. 기름이 잔뜩 묻은 1만 원권 2장이었다.

 버스가 늦어서 학원에 도착하니 3시가 조금 넘었다. 혹시나 원장 선생님이 계실까 봐 까치발로 안으로 슬금슬금 들어갔다.

"수학 쌤!"

깜짝 놀라 그대로 얼어서 원장 선생님을 바라봤다.

"또 늦으셨네요?"

"아. 그게… 죄송합니다."

원장 선생님 눈에서 레이저가 뿜어져 나왔다.

"애들이 수학 쌤 보다 먼저 와서 청소하고 있어요."

"네? 죄송합니다."

후다닥 교실 안으로 뛰어들어갔다.

학생들은 일사불란하게 청소하고 있었다. 학교에서 항상 청소해서 그런지 학생들끼리 역할을 나눠가면서 능수능란했다.

"저기 학생들? 청소 그만하지?"

학생들은 내가 들어온 걸 알고 반가워했다.

"아. 쌤! 우리가 대신 청소하고 있었어요."

"알아. 알아. 그런데 내가 하지 말라고 저번에도 얘기했잖아. 자 다들 자리에 앉자!"

곧장 학생들이 자기 자리에 앉았다.

"자. 우리 친구들은 청소하면 안 돼요. 왜냐? 쌤이 저번에 너희 부모님께 쌍욕을 얻어먹었거든요. 우리 고사리 같은 손을 가진 애들한테 어찌 학원에서 청소시키냐고 민원이 폭주 중이거든요."

학생들은 내가 손으로 고사리 같은 손을 흉내 내는 게 재밌었는지 계속 웃어댔다. 그리고 난 교탁에 서서 문제집을 펼쳤다.

"자. 수업을 진행하기에 앞서 쌤이 잘렸으면 좋겠다는 사람?"

아이들이 교실 안에서 두리번두리번하는 모습이 너무 웃겼다. 학생들은 다시 나를 보면서 집중했다.

"지금 손든 사람 없으니 쌤을 열렬히 사랑한다는 걸로 알고 앞으로 청소하는 사람은 '엉덩이로 이름 쓰기' 할 거니까 기억하고 있어. 학교도 개학했겠다 진도 좀 빼보자."

"에이~ 하기 싫어요."

학생들은 항의하듯이 서로 합을 맞추었다.

"공부 안 하면 쌤처럼 돼?"

누리가 손을 들더니 시키지도 않았는데 말했다.

"쌤이 어때서요? 우리 가르치잖아요?"

"음… 그래서 대단해 보여? 대학교 다닌 사람이 중학교 2학년 수학도 못 하면 어떡하냐? 쌤은 토목을 전공해서 그것을 하고 싶은데 못하고 있잖아. 너희는 꼭 하고 싶은 거 해야지. 안 그래?"

민홍이가 대화를 이어받았다.

"쌤. 그러면 어떻게 해야지 하고 싶은 거 할 수 있어요?"

"민홍이는 무슨 일을 하고 싶은데?"

"저는… 음… 과학자?"

"그러면 저기 높은 학교 가야겠네."

민홍이는 멍하니 나를 보더니 고개를 갸웃거렸다.

"왜요?"

"우리나라 대학교는 서열이 있어서 쌤처럼 지방대학교 나오면 과학자 되기 힘들 수도 있어. 서열이 높은 학교일수록 지원이 빵빵하니까 학문에 전념하기 쉬운 거야. 쌤 보면 알겠지? 이렇게 알바하면서 힘들게 고생하잖아. 그렇다고 취업하기 쉬운 것도 아니고. 이해되지?"

누리가 재빨리 바통을 이어받았다.

"저는 쌤이 성공한 거 같은데요?"

"너도 내 나이 돼봐라. 이게 성공한 건지. 쌤은 답답해 죽겠다. 자. 누리 게임 좋아하지?"

"네. 좋아하죠."

"그러면 공부 게임 시작하지."

"에이~"

애들은 실망한 표정을 하며 웃음을 터뜨렸다. 애들도 불과 10년만 지나면 나처럼 취업 문제에 직면할 텐데 그때쯤은 환경이 좋아지려나 모르겠다.

"자. 얼른 책 펴자. 쌤이 시험공부 하느라 4시간밖에 못 자서 매우 예민해요."

마지못해 학생들은 책을 펼쳤다.

원장 선생님께서 교무실로 들어오셨다.

"박 쌤. 퇴근 안 해요?"

"이제 하려고요."

"쉬엄쉬엄해요. 도서관 안 가고 여기서 공부하려는 거죠?"

"네. 시간이 어중간해서요. 죄송합니다."

원장 선생님은 무안해하는 날 보더니 손을 좌우로 흔드셨다.

"아니. 아니. 그런 게 아니라 젊은 친구가 안타까워서 그런 거지. 그놈의 취업이 뭔지. 아니면 나랑 학원이나 같이 합시다. 내가 박 쌤 실력을 알고 있는데, 조금만 학부모 눈치만 보면 완전 매력남이잖아."

"하하하. 감사합니다. 원장 선생님 먼저 들어가십시오."

"그래요. 내일 봐요."

학자금 갚느라고 급하게 들어온 학원도 햇수로 벌써 3년이다. 원장 선생님께 미안한 일이지만 난 이곳을 떠나고 싶다. 참 녹녹지 않았다.

미국에서 서브프라임모기지 사태가 발생했다. 곧이어 세계금융위기로 번졌고, 우리나라에도 영향을 끼쳤다. 코스피가 900선까지 밀릴 정도로 자본시장은 박살 났고, 수많은 기업은 줄도산했다. 나와 같은 취업준비생은 채용시장이 얼어붙어서 지원할 수조차 없었다. 아예 기회가 없었다는 말이다.

면접을 보지 못한지 반년이 넘었다. 좁디좁은 취업 문에 이제는 전공을 포기해야 하나 고민이 되었지만, 조금만 더 노력하면 될까 봐 자격증 취득과 어학 성적을 올렸음에도 다른 사람들의 실력도 덩달아 오르면서 큰 효과를 보지 못한 것 같았다. 채용 공고가 떠서 지원했지만 오는 대답이라곤 떨어졌다는 소식밖에 없었다.

이른 아침 7시 병석이 형한테서 전화가 왔다.
"봄아. 일어났냐?"
"진작에 일어나서 도서관 가고 있어요."
"형님 취업했다."
"어디요? 좋은 데 취업했습니까?"
"뭐 좋다면 좋지. '지케이설계사무소'라고 들어봤나?"
"서울 아닙니까? 큰 회사잖아요."
"알고 있었나? 역시나 취업 준비하는 애는 다르네. 어쨌든 나중에 내 볼 일 있으면 서울로 와라."
"형님. 축하합니다."
전화를 끊고 곧장 다시 전화가 들어왔다.
"맞다. 봄아. 너도 교수님한테 전화 한번 드려봐라. 나도 이번에 교수님 덕이 컸다."
"네? 교수님께서 알아봐 주신 거예요?"

16 청년노예

"그런 셈이지. 꼭 전화해 봐."

9시가 조금 넘어 도서관 휴게실로 나왔다. 그리고 크게 한숨 쉰 다음 교수님께 전화를 걸었다.

"교수님. 안녕하십니까? 02학번 박늘봄입니다."

"누구라꼬?"

"02학번 박늘봄입니다. 음… 봄봄입니다."

"어? 어? 야야. 잘 지냈나? 봄봄이가 전화를 다 하노?"

"그게요. 교수님…."

선뜻 이런 부탁을 해본 적이 없었던 탓에 어떻게 말을 시작해야 할지 몰랐다.

"혹시 취업 때문에 그렇나?"

"아?! 네. 죄송합니다."

"네가 죄송할 게 뭐가 있노."

교수님께서 껄껄 웃으시는 소리가 귓가에 맴돌았다.

"내일 3시에 산업대학원 수업 있으니까 한 10분 전에 내 찾으러 온나. 사람 소개해 줄꾸마."

"감사합니다. 교수님."

교수님 휴대폰을 통해 문 닫는 소리가 들렸다.

면접처럼 정장을 단정하게 입고 학교에 갔다. 교수연구실 앞에서 대기하고 있는 날 교수님께서 알아차리고는 기분 좋게 손을 흔드셨다.

"너는 왔으면 나한테 전화하지 그랬노?"

"아닙니다. 교수님. 방금 도착한걸요."

"알았다. 내 따라오너라."

교수님은 곧장 강의실로 나를 데리고 갔다.

"인사해라. 예전에 해요건설 상무이사 하셨던 강 사장님이다."

"안녕하십니까?"

강 사장님은 날 위아래로 훑어보고는 인사하셨다. 교수님은 강 사장님 팔을 잡고 말씀하셨다.

"해요건설이 요즘 1)시공능력평가액 몇 위입니까?"

"올해요? 한 50위권 정도 될 겁니다."

"상당히 높네요. 우리 학생이 내가 직접 가르쳤던 놈이라 똑똑합니다. 다른 건 아니고 면접만 보게 해주이소."

"근데 워낙 경쟁이 심해서 요즘은 스펙을 많이 따집니다."

"임마가 기본 스펙은 되는 놈이라예."

"그럼. 제가 학생하고 얘기 좀 해보겠습니다."

"꼭 좀 부탁드립니데이."

교수님은 내 어깨를 두어 번 두들기더니 강의실을 빠져나가셨

---

1) 대한건설협회에서 매년 8월 1일 건설사의 공사실적, 경영재무상태, 기술능력, 신인도 등을 평가하여 수행할 수 있는 능력을 금액으로 산정한 것

다. 강 사장님과 나는 교수 휴게실로 자리를 옮겼다.

"미안하지만 나도 사실 이런 부탁이 부담스럽거든. 내가 그 회사 다니면 어떻게 해볼 건데 나도 부탁하는 처지라서 조금 난감하네. 자네 이름이 뭐라고?"

"박늘봄입니다."

"나이는?"

"스물일곱입니다."

"그래. 자격증은 있나? 토익점수는?"

"자격증은 토목, 재료, 안전기사 있고, 토익은 870점입니다."

"그동안 열심히 공부했네. 혹시 인턴 경력은 있나?"

"인턴 경험은 없고, 건설사에서 아르바이트한 경험은 있습니다."

"학점은 얼마나 되나?"

"4.5점 만점에 3.5점입니다."

"학점이 조금 부족하긴 하네."

긴장한 탓에 눈치를 살피며 마른침을 삼켰다. 강 사장님은 나와 달리 차분하게 지갑에서 명함을 꺼내셨다.

"여기 메일로 해요건설 양식으로 이력서 보내주게. 내가 인사팀에 얘기해 놓을게. 혹시나 연락이 안 오면 회사 판단이니 너무 상심하지 말게나. 이 회사가 아니더라도 자네가 큰 꿈이 있다면 꼭 취업할 테니 힘내고."

강 사장님은 먼저 일어서더니 손을 흔들며 자리를 빠져나가셨고 나는 급히 일어나 고개 숙여 인사를 드렸다. 오래간만에 면접을 볼 수 있을 것만 같아 가슴이 뛰었다.

다음 날 오후 강 사장님이 내게 문자를 보내셨다.
「일시 : 3월 19일 오전 9시.
 장소 : 서울 강남구 역삼동 해요빌딩 3층 대회의실」
아. 이렇게 기회를 얻었구나. 난 곧바로 교수님께 전화를 드렸다.
"교수님. 박늘봄입니다. 감사합니다."
"그래. 얘기 들었다. 다 네 능력이지. 내 덕이냐? 듣기로 모레 면접이라던데?"
"네. 맞습니다."
"시간이 부족해도 최선을 다하면 될 끼다. 잘해봐라."
"감사합니다. 교수님."
"하하하. 새끼. 잘되면 나한테 술 사그레이."
"알겠습니다. 감사합니다."
교수님과 통화 후 기분 좋게 학원으로 향했다.

학원을 마치고 치킨집에 들렀다.
"아들 학원 갔다 왔어?"

엄마는 주방에서 곧장 나와서 나를 반겼다.

"엄마. 나 모레 면접 봐."

엄마의 얼굴은 금세 밝아졌다.

"진짜? 내가 우리 아들이 해낼 줄 알았어."

"해내긴. 아직 면접도 안 봤는데."

"그래도 면접 못 보는 사람이 얼마나 많은데 우리 아들은 벌써 열 번은 더 봤잖아."

"많이 본다고 좋나? 합격해야지."

"아이고. 그래도 난 우리 아들이 자랑스럽다."

엄마는 기름 묻은 손으로 내 엉덩이를 토닥였다.

"나 집에 먼저 갈게."

"어. 얼른 가서 공부해."

엄마는 또 꾸깃꾸깃한 지폐 몇 장을 내 주머니에 찔러 넣었다.

"아. 또 왜 그래?"

"그냥 넣어놔. 서울 가려면 버스비 필요하잖아."

"엄마. 나 돈 많아."

"알아. 이 돈으로는 담배사서 피우지 말고."

엄마는 웃으며 주방으로 들어갔다.

면접이 내일인데 며칠 동안 잠을 제대로 자지 못해 몸이 찌뿌 둥했다. 몸을 이리저리 돌리며 스트레칭을 했지만 나아지지 않앉다. 구석에 두었던 정장을 꺼내 입었다. 서울에 올라갈 때 입고 가면 구겨지고, 들고 가려니 짐이 많아지니 난감해졌다. 면접장에 가방을 두기가 불편해서 그냥 입고 가는 거로 결정했다. 숙소 비용을 아낄 겸 오늘 저녁에 올라가기로 마음먹었다. 부모님께는 전화만 남기기로 했다.

"엄마."

"어?! 아들. 벌써 올라가?"

"어. 지금 출발할 거야."

"잠시 들렀다 가지? 밥은 먹었어?"

"어. 뭐 대단한 일이라고 들렀다 가겠어. 금방 다녀올 거야."

"대단한 일이지. 면접이 쉬운 일인가? 화이팅!"

"알았어. 엄마."

여느 때처럼 버스정류장에 서서 작은 메모지를 손에 들고 중얼중얼 자기소개서를 외웠다.

「안녕하십니까? 지원자 박늘봄입니다. 저는…」

몇 번을 되뇌었지만 잘 외워지지 않았다. 얼마 지나지 않아 서울행 버스가 도착했고 그 순간부터 가슴이 콩닥콩닥 뛰기 시작했다.

몇 번을 올라갔지만, 매번 서울에 가는 건 참 낯설었다. 아무런 연고도 없을뿐더러 갈 때마다 절박함에 긴장감은 더욱 커져만 갔다. 하는 수없이 귀에는 토익 MP3를 꽂았다. 제발 영어면

22 청년노예

접만 없었으면 좋겠다.

버스는 달리고 달려 강남버스터미널에 새벽 5시에 도착했다. 터미널 입구에서 택시를 탔다.

"사장님. 삼성중앙역으로 갈게요."

"네."

사장님은 룸미러를 통해서 나를 힐끔힐끔 보셨다.

"보아하니 영업하러 온 것 같지는 않고, 면접 보러 서울에 왔나?"

반말로 말씀하시는 데 불편하진 않았다. 난 웃으면서 대답했다.

"네. 촌놈인 거 티가 납니까?"

사장님은 크게 웃으시면서 나를 보셨다.

"청년이 참 고생이 많네. 요즘 취업하기 힘들지?"

"아무렴요. 요즘 자리가 없어요."

"하여간 큰일이야. 우리 아들도 공무원 준비하고 있잖아. 자네도 잘됐으면 좋겠네. 그런데 이 시간에 어디 가려고?"

"목욕탕에서 씻고 눈 좀 붙이려고요."

"그래? 그럼 내가 지금 연 목욕탕 찾아줄게."

사장님은 골목골목을 돌더니 오래된 목욕탕 앞에 차를 세웠다.

"여기가 오래되긴 했어도 정이 깊은 곳이야. 힘내고 절대 포기하지 마."

"네. 감사합니다."

사장님은 내가 목욕탕에 들어가기 전까지 나를 빤히 쳐다보셨
다.

목욕탕에 들어가자마자 옷을 벗어 던지고 평상에 누웠다. 알람
을 맞춰놓고 금세 잠에 빠졌다. 오전 7시 반, 시끄럽게 휴대폰
알람이 울렸다. 내가 눈을 떴을 때 목욕탕 손님들은 모두 대자
로 뻗은 나를 쳐다보고 있었다. 괜히 머쓱해졌다. 길게 하품하
고 따뜻한 물로 몸을 씻었다. 정신이 아직 아득했지만 조금은
녹아들었다.

정장을 하나씩 정성껏 입고, 머리도 단정하게 빗었다. 이 정도
인물이면 면접에 바로 통과하지 않을까. 괜히 웃음이 났다. 가
방을 챙겨 밖으로 나왔다. 대략 본사까지 20여 분이면 걸어갈
거리였다.

"여보세요?"

"아들."

엄마의 밝은 목소리가 들렸다.

"일어나자마자 전화한 거야?"

"당연하지. 잘 잤어?"

"그냥 잤지. 뭐."

"차 안이 불편하지? 너무 부담가지지 말고 실력 보여 줘."

"엄마 말이 부담된다."

"그런가?"

엄마가 크게 웃었다.

"맞다. 엄마가 우리 아들 좋아하는 닭볶음탕 해놓을 테니까 곧장 집으로 와."

"알겠어. 엄마 전화 끊어. 나 연습하면서 갈 거야."

"그래. 그래. 엄마는 우리 아들이 자랑스러워."

"괜한 말 좀 하지 마."

미소가 절로 나왔다.

해요건설 본사는 정말 으리으리하게 컸다. 목을 꺾어 위를 쳐다보아도 그 끝이 보이질 않을 정도였다. 나도 이 회사에 다니면 정말 자부심을 가질 것만 같은데… 꿈같은 이야기인 것 같았다. 목욕탕에서 자신감 넘치던 내 모습은 본사 건물의 위압감에 다시 주눅 들었다.

입구에는 크게 안내문이 걸려있었고, 이것을 보고 따라가니 신입사원 대기실을 손쉽게 찾아갈 수 있었다. 3층에 다다르자, 대기실 앞에 직원들이 앉아있었다.

"안녕하세요?"

"네. 안녕하세요? 혹시 성함이 어떻게 되세요?"

"박늘봄입니다."

"여기 이름표 달고 저기 보이는 대기실에 계시면 호명하는 대로 면접장에 들어가시면 됩니다."

"네. 알겠습니다."

책상에 있는 이름표를 들고 자리에 앉았다. 그리고 정장에 이름표를 붙이는데 번호표가 146번. 혹시 5명씩 들어가게 되면 언제까지 기다려야 할까.

대기실에 앉아있는 사람이 대략 150여 명이고, 앞으로 들어올 사람이 족히 200여 명은 되는 거 같았다. 이 중에서 10명 미만 합격이라고 하니 경쟁에서 이기는 건 쉽지 않을 예정이었다.

노트를 꺼내어 외우려고 하는데 머리가 하얗게 질려 버렸다. 지그시 눈을 감고 명상하는 도중에 옆에서 누군가가 툭툭 쳤다. 난 본능적으로 머리를 숙였다.

"저기요."

"네?"

"다른 게 아니라 제 얘기 좀 들어줘요."

뜬금없는 소리에 뭐라고 대꾸해야 할지 몰랐다.

"사실 제가 대충건설에서 면접을 봤었어요. 최종에서 8명이었는데 와~씨. 떨어졌어요. 8명 뽑는데 떨어졌다니까요. 이게 말이 됩니까? 내가 화나서 알아보니까 합격자 8명 중에 면접도 안 본 사장 아들놈이 있다는 거예요. 나 참. 그래서 여기 안 오고 따지러 갈지 고민했었어요."

"아. 네. 상심이 크시겠네요. 그런데 면접을 보시는 게 낫지 않을까요?"

"아저씨 말이 맞아요. 면접은 봐야죠. 죄송하지만 공부를 하나도 못 해서 그런데 노트 좀 빌려주실 수 있나요?"

"네? 이거요?"

난 내가 보고 있던 노트를 건네고 2)1분 스피치만 따로 뜯어서 외웠다. 옆에 사람은 자기 능력으로 대기업 최종 면접을 보는데 나란 놈은 이렇게 남의 손을 빌려야 하는구나. 부러움과 부끄러움이 몰려왔다. 아마도 이 사람은 이런 기회가 참 많았던 것 같았다. 얼마 후 인사팀 직원이 대기실로 들어왔다.

"오래 기다리셨죠? 1번부터 면접 시작할 거고요. 대략 5~10분 정도 진행될 겁니다. 7명씩 들어가시면 되고요. 면접장 들어갈 때 인사하시고, 나올 때 반드시 인사하시고요. 태도 점수도 보거든요. 자. 1번부터 7번까지 준비하시죠."

내 옆에 있던 사람이 벌떡 일어섰다.

"잘 봤습니다. 저 먼저 들어갈게요."

그 사람은 노트를 건네고는 날 멍하니 쳐다봤다.

"저기요. 146번이세요?"

난 고개를 끄덕였다.

"혹시 지방대 다니세요?"

---

2) 면접장에서 정해진 시간 동안 자기소개하는 것을 칭함

"네."

"그러니까 그랬구나."

혼자 중얼중얼하면서 고개를 끄덕이는데 의심은 되지만 무슨 말을 하는지 확실하게 듣고 싶었다.

"뭐가 그랬다는 거죠?"

"아. 그 번호요. 학교 서열이에요. 저기 3번분은 서울대라던데요."

"아. 그렇구나. 감사합니다."

"별말씀을요."

그러니까 내 번호가 내 학벌 수준이고, 곧 이 회사에 들어갈 순번이구나 싶었다. 비밀을 알게 돼서 그런지 옆 사람의 눈치를 보면서 숫자가 보이지 않게 이름표를 앞으로 기울였다. 대략 1시간 반을 기다린 후에 내 차례가 되었다.

"141번부터 들어오세요."

드디어 번호가 호명됐고 한 줄로 이어서 면접장으로 들어갔다. 가운데 앉으신 분은 회장님처럼 보였고 눈을 감고 계셨다. 오랜 면접 때문인지 지친 기색을 보였다. 양옆에 있는 임원들도 물을 마시거나 휴대폰을 만지는 등 딴청을 부렸다. 맨 왼쪽에 앉은 분은 인사팀장인지 우리에게 시선을 떼지 않았다.

"우선 우리 회사 면접에 오신 거 축하드리고요. 141번 지원자부터 1분 스피치를…."

갑자기 가운데 앉으신 분이 일어서서 밖으로 향했다.

"회장님."

"어. 어. 그래. 어서 면접 진행해. 뽑을 만한 친구는 뽑고."

그분은 면접장을 나가셨고, 남아 있는 임원들은 그새 자세가 편해지셨다. 그동안 눈치를 보고 있었던 것 같았다.

"흠. 흠. 회장님께서 바쁜 일정이 있으셔서 나가셨어요. 돌발상황이지만 개의치 말고 면접 보시면 됩니다. 자. 141번 김성홍 씨 1분 스피치 하세요."

긴장이 돼서 그런지 앞선 사람들이 뭐라고 말하는지 하나도 들리지 않았다. 식은땀이 흐르는 것 같았다.

"146번 박늘봄 씨 1분 스피치 하세요."

난 크게 숨을 들이마시고 시작했다.

"안녕하십니까? 지원자 박늘봄입니다. 혹시 코이라는 물고기를 아십니까? 코이는 일본에서 자라는 비단잉어의 한 종류인데 어항에서 자라면 손가락만큼 자라고, 하천에서는 손바닥만큼, 대양에서는 팔뚝만큼 성장합니다. 저는 코이처럼 큰 성장을 하고자 해요건설에 지원하였으며 이곳에서 큰 꿈을 이루고 싶습니다. 감사합니다."

면접관은 손으로 다음 지원자를 가리켰고 순서대로 스피치를 완료했다. 남은 면접관들은 서로 눈치를 보며 띄엄띄엄 질문을 던졌고, 마침내 내게도 기회가 왔다.

"박늘봄 씨."

호명에 크게 "네"라고 대답했다.

"창수대가 어디 있죠?"

기회라고 생각했다. 빨리 많은 정보를 설명해야 했다.

"창수대는 경상남도 창수시에 있으며, 학생 수는 6,000여 명으로…"

"네. 거기까지!"

난 설명을 멈췄고 면접관을 쳐다봤다.

"물어본 것만 답해요. 물어본 것만. 쯧쯧."

내 첫 질문은 그렇게 허무하게 끝나버렸다. 또 다른 질문을 기다렸지만, 더는 기회가 없었다. 면접이 끝나고 나가라는 지시에 발이 떨어지지 않았다. 아쉽지만 이 또한 내 실력이 아닌가. 어차피 여기 올 수 있는 능력도 되지 않았다.

면접장을 나오니 처음에 안내하시는 분들이 앉아계셨다.

"여기 서명하고 면접비 받아 가세요. 좋은 결과 있기를 바랄게요."

난 봉투를 들고나와 본사 앞에서 슬며시 열어봤다. 2만 원. 내 주변에 있던 지원자들은 용돈 벌었다면서 좋아하는데, 왜 나는 멀리서 올라왔는데도 똑같은 비용을 받는 걸까. 올라올 때마다 비용 부담은 늘 내게 가슴 아픈 일이었다. 봉투를 대충 접어 가방에 넣었다.

내려오는 버스에서 눈물이 나왔다. 오랫동안 노력했음에도, 남의 도움을 받았음에도 이것밖에 하지 못한 나 자신이 너무 부끄럽고 창피했다. 아무도 없는 버스 안에서 휴대폰을 들었다.

"야. 명우. 술 한잔하자."

"잠시만."

명우는 속삭이듯 조용히 얘기했다.

"왜? 면접 떨어졌나?"

"그런 거 같다."

"음… 아직 결과가 안 나온 거 아니냐?"

"면접 한 두 번 보냐? 이미 결론 나왔다."

"알겠다. 독서실 어딘지 알지? 거기로 온나."

"그래."

명우와 전화를 끊고 차창을 바라봤다. 비추어진 얼굴이 너무도 슬퍼 보였다. 연이어 한숨을 뱉고 엄마에게 전화를 걸었다.

"아들. 면접 잘 봤어?"

"아니."

"또 좋은 기회 있겠지. 그럼 얼른 집에 와서 쉬어."

"아니. 어차피 집에 가봐야 나 혼자잖아. 오늘은 명우랑 한잔하고 갈게."

"그럼 늦지 말고 와. 힘들면 가게로 오고."

"알겠어."

난 고개를 푹 쉬이고 조용히 눈물을 흘렸고, 이내 잠이 들었다.

명우는 내가 도착할 즈음 밖에 나와 있었다.

"야. 너 울었냐?"

"안 울었다. 뭔 남자가 우냐?"

"지랄은… 크크. 어디 갈래?"

"그냥 저 앞에 오뎅집이나 가자."

"술 금방 될 텐데 괜찮겠나?"

"됐다 마. 술 취하러 가는 건데."

나와 명우는 독서실 앞에 있는 가게로 향했다.

명우는 메뉴판을 보더니 간단한 안주를 시켰다.

"풀 몇 개 시켰으니까, 나머지는 저거 뽑아 무라. 빨간 거는 되도록 먹지 말고."

"새끼야. 그냥 맘껏 먹어보자. 좀생이처럼 왜 그러냐?"

"야. 임마. 독서실 총무가 돈이 어디 있냐?"

"너희 집 잘 살잖아. 이럴 때 사라."

"집만 잘 살지. 내가 잘 사냐? 허튼소리 하지 말고 사주는 대로 처먹어라."

"건배~!"

술이 급하게 몸속을 채워갔다. 나는 어느새 취해있었다.

"면접에 뭐 물어보데?"

"크크크. 질문? 야. 창수대는 어디 있냐?"

"우리 학교? 창수시에 있지."

"그렇지? 그거 물어보더라."

"뭐? 진짜 궁금했나? 그 면접관이 창수시를 모르나 보지."

"왜 몰라? 고등학교 때 한국 지리 배웠으면 아는 거지. 대한민국 지리도 모르면 되나? 짜증 난다. 진짜."

"됐다 마. 잊어버리고. 그냥 형이랑 같이 소방공무원 공부하자."

"뭐라고 하는데? 내는 대기업 갈 거다."

"그러면 네 알아서 해라."

전화가 걸려 왔다.

"여보세요?"

"아들. 11시야."

"어. 엄마. 내가 오늘 술이 너무 맛있네. 조금만 있다가 들어갈게. 먼저 자."

"그래도 오늘 우리 아들 기분이 안 좋은 거 같아서 엄마가 걱정이 많이 되네. 올 때 꼭 연락하고."

"알겠어. 알겠어. 걱정은 붙들어 매세요. 어머니. 하하하."

난 전화를 끊고 자리에서 일어났다.

"명우야. 2차 가자."

"앉아라. 새끼야. 아직 반병 남았다."

"그래. 조금 더 먹지. 크크크. 야. 너는 아버지한테 사업 하나 한다고 하면 안 차려주나?"

"새끼 술이 됐네. 헛소리 그만해라."

"아니. 나 같으면 그렇게 하겠다. 난 학원 하나 못 다니고 학원에 애들 가르치러 다닌다. 부모가 조금만 잘 났으면 내가 이러고 살겠나? 이미 공부 많이 해서 좋은 자리 차지했겠지."

명우는 큰 소리로 웃더니 내 뒤통수를 때렸다.

"등신 새끼야. 부모님 덕분에 네가 지금 이렇게라도 공부하는 거고, 그래서 네가 부지런히 사는 거야. 너 같은 새끼는 부모가 부자면 안 움직여."

"크크크. 그렇나? 나도 그렇게 생각했다. 새끼야. 그런데 왜 때리는데? 맞을래? 하하하. 2차 가자. 좀 흔들어야겠다."

명우에 기대어 오뎅집을 빠져나와 근처 펍으로 이동했다.

길거리에 시끄러운 음악이 퍼져 흘렀고, 많은 젊은이가 거리를 배회하고 있었다.

"야. 기분 좋지 않냐? 젊음이 이렇게 좋단다."

"개소리 작작하고 힘들어 죽겠다. 그만 집에 가자."

"아니. 아니. 한 잔 더 해야지. 여기 맥주 좀 주오."

난 펍에 들어가자마자 큰소리로 맥주를 달라고 외쳤다. 그리고 맥주를 들고 들썩들썩 움직이며 병째로 들이켰다. 명우는 그런 나를 보더니 썩은 미소를 지었다.

"야. 야. 음악 좋네? 이게 어? 뭔데? 흐흐흐."

"봄아. 정신 차려라."

"좋잖아. 즐기자."

난 기분이 좋아 춤을 췄다. 많은 사람이 쳐다보기도 하고 근처에 와서 같이 몸을 흔들었다. 그저 오늘과 같이 생각 없이 마음이 가는 대로만 살았으면 좋겠다.

"이 새끼 이래 놓고 면접 붙으면 웃기겠다."

"말 같지도 않은 소리 하지 말고 너도 오늘은 즐겁게 놀다 가라."

"적당히 먹고 내일 공부할 거다."

"지랄은. 크크크."

게슴츠레하게 눈을 뜨고, 바 앞에 엎드렸다. 이제 슬슬 지쳐갔다. 가방에서 휴대폰을 꺼냈다. 엄마의 전화가 들어와 있었지만, 덮어버리고 한참을 놀았다.

다시 자리에 앉으니, 펍은 한산해져 있었고, 조금 전에 전화가 생각나 휴대폰을 열었을 때는 20여 통의 부재중 전화가 들어와 있었다. 엄마는 전화를 받지 않았고, 아버지도, 가게 전화도 아무도 받지 않았다. 이상한 일이었다. 순간적으로 술이 깼다. 5

분여가 지날 무렵 아버지한테서 전화가 왔다.

"여보세요? 아버지?"

"봄아. 봄아. 어…디야?"

아버지의 목소리는 다급했고, 많이 떨렸다. 마음이 불안했다.

"왜? 무슨 일인데?"

"엄마가 사고 났어. 빨리 영강병원으로 와."

이미 술을 많이 마셔 정신이 없었지만, 급히 가방을 챙겨 밖으로 빠져나왔다.

"뭔 일 있나?"

"어. 엄마가 병원에 있는데. 내 나중에 연락할게. 먼저 간다."

명우를 뒤로한 채 택시를 타고 급히 병원으로 이동했다.

병원에 도착하자마자 가로수 옆에 구토를 해버렸다. 애써 침을 두어 번 뱉어내고 곧장 수술실 앞으로 뛰어갔다. 아버지는 고개를 푹 숙인 채 아무 말 없이 있으시다가 인기척을 느끼고 나를 쳐다보셨다. 아버지 눈은 많이 충혈되어 있었다.

"아들. 왔어? 여기 앉아라."

난 아버지 옆에 앉았다. 아직 너무 어지러웠다.

"의사가 마음을 준비하라고 하더라."

아버지 말씀에 난 준비가 되지 않았다. 눈가에 하염없이 눈물이 맺혔다. 도무지 무슨 일인지 가늠할 수가 없었다.

새벽 5시가 지나갈 때쯤 수술실 앞에 많은 의료진이 나왔다. 어떤 표정도 없는 그들은 이미 안에서 무슨 일이 있었는지 짐작하게 했다. 아버지는 의사 선생님 앞에 서서 눈물을 흘리며 간절히 기도하듯 손을 모으고 말문을 여셨다.

"선생님… 괜찮나요?"

의사 선생님은 고개를 숙였다. 뒤에 계신 의사분께서 말씀하셨다.

"이옥자 씨는 2009년 3월 20일 오전 4시 45분 사망하셨습니다. 죄송합니다."

아버지는 다리가 풀려 바닥에 주저앉았고 난 그런 아버지를 멍하니 쳐다보는 것밖에 할 수 있는 게 없었다.

'대체 무슨 일이 있었던 거야? 내가… 설마 나 때문에… 그런 거 아니지?'

혼란스러웠다. 나 때문에 엄마에게 일이 생긴 걸까 걱정되었다. 옆을 돌아보니 아버지가 쓰러지셨다. 우선 아버지 곁으로 가서 안아드렸다. 아버지께서 오열하셨다.

늘 내가 늦을 때면 엄마가 마중을 나왔다. 도서관에서 공부할 때, 친구와 술을 마실 때, 서울에 면접 보고 올 때 등 늦은 시간마다 가게에서 기다리는 엄마 때문에 여간 신경이 쓰였던 게 아니었다. 엄마는 늘 하나밖에 없는 자식에게 많은 걸 해주지 못했다면서 자책하는 일이 잦았고, 나에게는 잘하려고 부단히 노력하셨다.

우리 가게는 굉장히 위험한 곳에 있었다. 가게 문을 열면 바로 앞에 2차선 도로가 있고 많은 차가 다녔다. 오래된 읍내 길로 거의 마지막 구간이라서 인도가 만들어지지 않은 곳이었다. 그래서 가끔 술에 많이 취하신 분들이 도로를 걷다가 사고가 발생하기도 했었는데 엄마가 마중 나올 때면 그런 부분이 늘 눈에 밟혔다. 난 그래서 엄마한테 차라리 가게 안에서 기다리라고 당부하기도 했었다. 하지만 내 당부에도 엄마는 멀리서 아들이 오는 걸 확인하고 싶었는지 항상 밖에 계셨다.

몇 번을 아버지께 말씀드렸다. 길이 위험해서 오토바이가 부서지는 일도 빈번하고, 손님들도 꺼리니 기왕이면 위치가 좋은 곳으로 가게를 옮기고 프랜차이즈로 전환해서 운영하면 어떠냐고. 하지만 결론은 돈 때문에 항상 불가능했다. 우리 주머니 사정으로는 할 수 없는 일이었다.

결국, 날 기다리다가 이런 일이 발생했다. 나 때문이었다.

아버지는 수술실 앞 의자에 앉아 하염없이 우는 나를 보며 어깨를 어루만지셨다.

"봄아. 어차피 엄마가 떠났는데 돌이킬 수 없잖니. 우리 정신 차리고 살자. 잠시 여기 있어라."

난 재빨리 자리에서 일어났다.

"아버지. 나도 들어갈래."

"됐다. 엄마가 아파서 너한테 보여주기 싫을 거다. 엄마 알잖아? 세수만 해도 꼭 립스틱은 바르잖아? 엄마 마음 헤아려 줘라. 잠시만 있어라."

아버지는 내 어깨를 두들기더니 수술실 안으로 들어가셨고 뒤돌아보시지 않았다. 아버지는 한참을 수술실 안에 계시다가 두 눈이 부어서 나오셨다.

새벽 6시가 넘어 빈소가 차려졌다. 다행히 병원에 장례식장이 있어서 빨리 빈소를 마련할 수 있었다. 아버지께서 나를 안고 말씀하셨다.

"봄아. 마음 다잡고 살자. 여기 앉아봐라."

"네."

아버지는 빈소 구석에서 나와 마주 앉으셨다.

"너도 알다시피 많은 사람이 올 거다. 경조사가 생기면 늘 서로에 대해 많이 물어보니까 너무 마음 쓰지 말 거라."

난 금세 눈물이 맺혔다.

"아버지…"

"울지 마라. 네 엄마 너 때문에 죽은 거 아니다. 다 사람 운명이 있는 거야. 우리가 엄마 몫까지 열심히 살면 돼"

고개를 푹 숙이고 아무 말도 하지 못했다.

"이제 더는 울지 마라. 엄마가 아들만 바라봤는데 네가 계속 우는 모습만 보이면 편히 하늘나라로 가겠어? 마음 정리하고 일어나서 손님 맞자."

아버지는 자리에서 먼저 일어나 손님 맞을 준비를 하러 가셨다.

저녁이 되자 빈소에는 많은 분이 찾아주셨고 금세 시끌시끌해졌다. 난 빈소에 앉아 오시는 분들을 맞이했고, 엄마 사진을 한 번씩 보며 감정이 올라와 애써 참기도 했다. 아직 현실을 받아들이기에는 내 마음을 다잡지 못했다.

"봄아. 여기로 와봐라."

난 아버지를 따라 어른들이 계신 자리로 이동했다.

"얘가 내 아들이다. 봄아. 인사해라. 아버지 친구들이다."

"안녕하십니까? 처음 뵙겠습니다."

난 허리 숙여 인사했다.

"우리 처음 보는가? 우리는 네 어릴 적에 많이 봤다. 많이 컸네. 직장은 어디 다니고?"

친구분의 말씀에 아버지께서 대답하셨다.

"아직 학생이다. 지금은 학원 강사 하면서 취업 준비하고 있다."

"요즘 취업하기 힘들지? 맞다. 임마. 야. 건아. 네 아들 이번에 삼스타 들어갔다고 했지?"

"야는 이런 데서 왜 그런 얘기를 해? 아직 최종 면접 남았다."

"아. 그랬나? 뭐 그러면 합격이나 마찬가지네."

아버지는 내 눈치를 살피더니 나보고 들어가라고 손짓하셨다. 난 뒤로 물러서서 꾸벅 인사드리고, 다시 엄마 곁으로 돌아왔다. 슬픈 날에 슬퍼할 수 없다는 생각이 들었다. 스스로 부끄러움을 챙겨야만 했다. 하염없이 엄마 사진을 멍하니 쳐다봤다. 엄마는 날 정말 자랑스러워했을까? 부끄러워하지 않았을까?

학교 친구들과 교수님께서 오셨다. 교수님은 조용히 절을 하고 식사하러 자리를 옮기셨다. 아버지가 내게 오시더니 등을 떠밀었다.

"빈소는 내가 지킬 테니까 교수님 뵙고 와."

아버지 말씀에 교수님이 계신 자리로 갔다.

"밥은 챙겨 먹었냐?"

"네. 먹었습니다."

"그래. 원래 살다 보면 다 한 번씩 겪는 일이니, 마음 추스르고 다시 일어서야지."

"네. 교수님. 감사합니다."

교수님은 소주를 한 잔 따라주셨다.

"면접은 잘 봤고?"

"네. 잘 봤습니다."

"그래. 그럼 기대해 보자. 혹시나 취업 안 되더라도 너무 상심하지 말고, 아니면 더 공부해 보면 안 되겠나? 항상 길은 있는 거라."

난 교수님께 인사드리고 다시 빈소로 향했다.

3일의 시간은 금방 지나갔다. 화장을 마치고 어머니 유골함을 안방에 모셨다. 아버지와 나란히 서서 간단한 제를 지내고 부엌으로 왔다.

"아들. 아버지랑 술 한잔할까?"

"네."

아버지는 냉장고 안에서 꽁꽁 싸놓은 음식을 꺼냈다.

"네 엄마가 마지막으로 한 요리다. 그래도 먹어야 하지 않겠냐? 이거 먹고 둘 다 힘내자꾸나."

아버지의 말이 끝나자마자 눈물샘이 폭발해 버렸다. 엄마. 엄마. 미안해. 내가 정말 미안해. 나 때문에… 나 때문에… 아버지는 내게 편안한 말투로 말씀하셨다.

"사내가 약해서 되겠냐? 음식 데울 동안 화장실에 가서 얼굴 씻고 와."

얼굴을 씻고 또 씻었다. 눈물과 수돗물이 구분되지 않았고, 오히려 마음이 더 복잡해졌다. 하지만, 하지만 이제 내가 이러면 안 된다는 걸 알고 있었다.

아버지는 소주잔을 꺼내어 한 잔씩 따르고 있었다.

"자. 앉아라."

"…"

"닭볶음탕이 아주 먹음직스러워 보이는구나. 한잔하자."

아버지는 소주를 들이켰다. 나도 잔을 들어 소주잔에 비친 내 얼굴을 바라보다가 목으로 넘겼다. 술은 너무 썼다.

"이거 마셨으니 이제 나약해지지 말고 힘내자. 우리 둘이 이겨 내야지."

"아버지… 아버지… 어떻게 견딜 수 있겠어?"

아버지의 눈은 빨갛게 충혈되었다. 그리고 소주를 들이켜셨다.

"견뎌야지. 엄마가 다시 돌아올 수 없잖아."

연거푸 아버지는 소주를 들이켰다. 평소에 볼 수 없는 행동이었다.

"오늘 술은 다네. 엄마가 평소에 아들과 술 한잔하라고 권했는데 이제야 하네. 얼른 다리 하나 집어서 먹어봐. 음… 맛있네. 맛있어."

분명 아버지는 평소와 다른 행동을 하며 나를 위로하려고 애썼다. 다리 하나를 집었다. 맛있었다. 자연스레 또 눈물이 흘러나왔다. 엄마를 다시 못 본다는 생각에 그리워졌다. 아버지는 다시 잔에 술을 채웠다. 그리고 내게 건넸다.

"한잔해라. 이거 마시고 내일부터 공부 열심히 해서 엄마가 원하는 소원 꼭 들어줘."

"네. 아버지… 죄송해요."

"네가 뭔 죄송할 일이 뭐 있냐? 너무 자책하지 말아라."

고개를 숙여 흐느꼈다. 시간이 지나면 엄마의 마지막 요리가 너무 그리울 것만 같았다.

술을 얼마나 마셨는지 모르겠다. 머리가 핑 돌았다. 고개를 돌려 엄마가 계신 곳을 쳐다보았다. 현실이었고, 이제 돌이킬 수 없었다. 억지로 몸을 일으켰다. 아버지는 안 계셨다. 재빨리 씻고 집 밖으로 나왔다.

따뜻해진 날씨와 술기운이 더해져서 그런지 속이 좋지 않았다. 아버지 가게 앞에 서 있다가 편의점으로 들어갔다. 이온 음료 하나를 들어 계산대로 향했다.

"레전드 한 갑만 주세요."

신입으로 보이는 알바생은 내가 주문한 담배를 제대로 찾지 못했다.

"저기. 저기 왼쪽. 왼쪽. 위에. 네. 네. 그거요. 그거."

"아. 네. 감사합니다."

알바생은 함박웃음을 보이더니 내게 담배를 건넸다.

"저는 저거 피는데. 하하하."

담배 피우는 게 뭔 자랑이라고, 게다가 엄청 독한 담배를 피구나. 쯧쯧. 하여튼 나도 이제는 담배를 끊어야 하는데 걱정이 많아서 큰일이다. 편의점을 나와 아버지 가게 앞에서 담배 한 모금하는데 계속 알바생이 쳐다보다가 고개를 돌리고, 쳐다보다가 고개를 돌리는 행동을 계속했다. 왜 저러는지 고개가 갸우뚱했지만, 그저 신경 쓰지 않고 가게 안으로 들어갔다.

"아버지."

주방에 계시던 아버지가 내 소리에 밖으로 뛰쳐나오셨다.

"봄이 왔냐? 머리 안 아프냐?"

"아직 머리가 띵하네."

"그래. 이제 학원 가려고?"

"조금 있다가 가야지. 그런데 아버지 닭 튀길 줄 알아?"

아버지는 쑥스러운지 괜히 시선을 피하셨다.

"그게… 지금 연습 중이다. 그래도 왕년에 내가 엄마보다 먼저 요리했잖냐? 하루 이틀 정도 해보면 금방 감 찾을 거야. 튀겨놓은 거 있는데 먹어볼래?"

"조금 줘봐."

아버지는 넓은 접시에 후라이드와 양념을 섞어서 들고나오셨다. 난 손으로 한 조각을 집어 입에 가져갔다.

"음… 괜찮네. 근데 너무 바싹 튀겼다. 조금만 덜 튀겨봐. 너무

빠삭빠삭해서 과자 같아서 좀 그래."

"그래? 나도 그 생각했었어."

아버지는 기분 좋은 표정으로 다시 주방으로 돌아가셨다.

"당장 내일부터 다시 장사해야겠다. 너도 얼른 학원 가서 일하고 집에 와. 도서관 꼭 가고."

"내일부터 장사는 어떻게 하게?"

"뭐 어떻게든 되겠지."

"아버지는 거의 배달만 했잖아. 혼자서 되겠어?"

"원래 처음 시작할 때도 나 혼자 했잖아. 가능해. 그리고 배달은 옆에 짜장면 가게 기사한테 도와달라고 했어. 저녁에는 중국집 배달 잘 안 하잖아."

아버지는 꽤 긍정적으로 생각하고 계셨다.

학원에 앉아 교재를 펴고 멍하니 벽을 쳐다보고 있었다.

"어? 선생님. 일찍 오셨네요?"

멀리서 원장 선생님께서 내게 인사를 건네셨다. 난 자리에서 일어나 원장실로 같이 따라 들어갔다.

"원장 선생님. 드릴 말씀이 있는데요."

원장 선생님께서는 대화의 무게가 느껴졌는지 소파로 자리를 옮기셨다.

"이번에 어머니 일 있으시고 마음이 조금 불편하시죠?"

"네. 그래서 말씀드리는 건데, 그만둬야 할 것 같습니다."

원장 선생님은 표정 없이 덤덤하게 말씀하셨다.

"언젠가 이런 일이 있을 것 같았는데 생각보다 빨라졌네요. 이제 공부하시려고요?"

"네. 이제 본격적으로 할 생각입니다."

"그래요. 어쨌든 저도 직장생활 했던 사람이니까 인생 선배로서 하는 얘기인데. 직장생활 정말 별거 없고 거기서 아옹다옹해봤자 월급이나 진급만 바라고 사는 건데 우리 같은 자영업 하는 사람한테 절대 못 이겨요. 우린 사장님 소리 듣고, 수익도 직장 다니는 사람보다 훨씬 많거든. 그래서 하는 얘긴데… 내가 박 쌤을 2년 동안 일하면서 지켜봤거든요. 우선 우리 학원에서 부원장 하시고 기회가 되면 학원 하나 차리시면 되지. 정 돈이 없으면 내가 지점으로 내줄 테니까 나랑 한 번 해봐요."

갑작스러운 제안에 다소 당황스러웠다.

"사실은 전공하려고 많이 노력해서 그런지, 아쉬움 때문이라도 끝까지 해보려고요."

"박 쌤. 하하하. 그런 거 다 필요 없다니까요. 전공이 뭐가 중요해? 나도 사학과 나왔는데 영어 가르치잖아요. 그리고 쌤은 건설 쪽이니까 경기를 얼마나 많이 타겠어요. 교육은 경기도 안 타. 왜냐면 부모들은 자식이 자기보다 잘되길 바라거든. 어쨌든 내가 너무 아쉬워서 그러니까 마음 굳히면 말해줘요. 아참. 만약에 그만두면 언제까지 할 건가요? 대신할 수 있는 사람 구할 때까지는 해줘야 하는데?"

"가능하면 빨리 그만두고 싶습니다. 대체할 수 있는 선생님은 저도 알아볼게요."

"아. 박 쌤. 정말 서운하게 말하네. 알겠습니다."

원장 선생님은 소파에서 일어나더니 자신의 책상으로 자리를 옮기셨다.

"맞다. 그동안 수고하셨는데 가지고 있는 게 이거 밖이라… 부족하지만 넣어둬요."

"아닙니다. 괜찮습니다."

원장 선생님은 지갑에서 몇만 원을 꺼내어 기어코 내 주머니에 밀어 넣으셨다.

불과 일주일 만에 나를 대신할 선생님을 찾았다. 정든 곳을 떠나야 해서 쉽게 발걸음이 떨어지지 않았다. 애들한테는 적당한 핑계로 둘러대고 학원을 나왔다.

학원을 그만둔 날 저녁에 치킨집으로 향했다. 아버지는 주방에서 여전히 바쁘셨다.

"아버지. 나 왔어."

"어. 아들. 공부한다고 바쁜데 얼른 도서관 가지. 뭐 한다고 여길 왔어?"

아버지는 싱글벙글 웃으시며 한창 재오픈 준비 중이었다. 원래 저번 주부터 영업하려고 했으나 마음이 바뀌셨다. 장사하려는 날 아버지 친구분들께서 놀러 오셨는데 전에 엄마가 했던 것과 맛의 차이가 커서였다.

"아버지. 내일부터 장사하자."

"어. 내일부터 장사할게. 이제는 하려고 했어."

난 조용히 주방으로 자리를 옮겼다.

"진짜 잘하네. 나 어렸을 때 정말 주방에 있긴 했나 보네."

"녀석은. 내가 농담 따먹기나 한 줄 아냐? 그런데 학원 안 가냐?"

"그만뒀어."

아버지는 빤히 내 얼굴을 쳐다보시며 한숨을 쉬셨다.

"나 때문이냐?"

"아니. 꼭 그런 건 아니고 공부하려는 거지. 너무 신경 쓰지 마."

내 웃음에 아버지는 씁쓸한 표정을 지으셨다. 난 아버지를 뒤로하고 가게 밖으로 나왔다. 담배를 하나 물었다. 길 반대편 편의점을 보니 알바생이 일하는 모습이 보였다. 기왕에 담배가 하나밖에 남지 않아서 한 갑 사러 편의점으로 향했다.

"레전드 한 갑 주세요."

알바생은 이제 익숙해졌는지 담배를 바로 찾아서 내게 건넸다.

"많이 닮았네."

"네?"

"치킨집 사장님이랑 많이 닮았다고요. 아드님이시죠?"

"그런데요?"

난 자리를 피하려고 몸을 틀었다.

"공부하세요?"

"네."

"취업 공부요? 어디서 하세요?"

"그냥 낮에 천상 도서관 가는데요."

"그러면 저랑 같이 가실래요? 혼자 가는 거 늘 심심했었는데 어차피 저도 이 시간 되어야 오거든요."

잠시 고민하는 사이 알바생은 웃으며 내게 다가왔다.

"이거. 담배 피우면서 같이 드세요."

감귤 음료수를 내 손에 쥐여주더니, 갑자기 내 휴대폰을 뺏어 자기 전화번호를 입력했다. 황당했다.

"내일 8시에 전화 주세요."

알바생은 자기 자리로 돌아갔고 난 편의점 밖으로 빠져나왔다. 아버지는 홀에서 나를 유심히 쳐다보고 계셨나 보다.

"알바생 괜찮지?"

난 대수롭지 않게 그냥 웃어넘겼다.

"싹싹하니 착하더라. 내가 편의점 사장한테 복 받았다고 했어."

"에이. 뭐 딱히 착해 보이지도 않구먼. 나 도서관 간다."

"그냥 쉬어. 그동안 힘들었잖아."

"아니야. 그래도 해야지. 아버지 집에서 봐."

치킨집을 나와서 편의점을 한번 슬쩍 쳐다본 후 도서관으로 향했다.

아버지는 아침 일찍 일어나 식사를 차리고 계셨다.

"아침 원래 안 먹는데 뭐 한다고 차려?"

"너 먹으라고 차리냐? 나 먹으려고 차리지. 생각 있으면 조금 들던가?"

난 아버지 곁에 앉았다.

"밥은 네가 퍼와."

아직 엄마가 없는 일상은 어색하기만 했다.

"괜찮겠냐? 공부하는데, 지장 없겠어?"

"어차피 배달은 저녁에만 하잖아."

"미안해서 그러지."

"뭐가 또 미안하다고 그래. 아버지나 엄마나 평생을 미안하다는 소리만 하네. 됐어. 내가 좋아서 하는 거니까."

"그래. 고맙다. 어쨌든 낮에는 공부하고 오후 늦게 도와주면 돼."

"진작에 그렇게 했었습니다."

아버지는 내 말투에 한바탕 크게 웃으셨다. 깨작깨작 젓가락으로 밥을 먹고 있는데 문자 알람이 왔다. 이건 뭐야.

「-영원이 예쁨-

7시 반쯤 갈 예정이니까 늦지 않게 오세요.」

무슨 전화번호에 이런 식으로 저장해 뒀을까. 저장된 별명을 바꾸고 싶었지만, 손을 대지 않고 그냥 뒀다. 그런데 자기가 뭔데 8시까지 보기로 해놓고선 30분을 앞당기냐. 나는 그냥 8시에 맞춰 도서관 앞에 도착했다. 알바생에게 전화하기가 부담스러워서 문자를 보냈다.

「도착요. 어디심?」

곧바로 문자가 도착했다.

「열람실 D-4. 옆자리에 앉아요.」

미리 자리를 잡았구나. 열람실 문을 열고 들어가니 고개를 쭉 빼고 알바생이 나를 쳐다봤다. 난 그쪽으로 향해 움직였고, 책상에 가방을 올렸다. 알바생은 나를 빤히 보더니 한 손으로 뭔가를 마시듯이 행동하면서 먼저 자리에서 일어났다. 나는 쫄래쫄래 따라나섰다. 알바생은 나오자마자 스스럼없이 내 어깨를 툭 치며 말을 걸었다.

"게으르네요."

"아이고. 부지런하십니다."

내가 웃으며 맞장구쳤다. 알바생은 자연스레 도서관 지하에 있는 매점으로 향했다. 졸졸 따라가서 나란히 커피 하나를 들고 앉았다.

"이름이 어떻게 되시죠?"

"박늘봄입니다."

"이름이 예쁘네요. 나이는요?"

"올해 스물아홉입니다."

"형제는 없죠?"

"그런 거 왜 물어요? 도서관에서 호구 조사합니까?"

"아. 실례. 실례."

알바생이 얼마나 커피를 빨리 마셨는지 벌써 바닥을 빠는 듯한 소리가 들렸다.

"그쪽은 이름이 어떻게 됩니까?"

"그쪽이라니요? 하하하."

알바생은 입을 가리고 크게 웃어댔다.

"내 이름 알면서… 몰라요?"

갑자기 무심코 넘겼던 별명이 생각났다.

"영원이."

"전화번호 저장되어 있으면서도 모르나? 나한테 관심이 없나?"

"아. 진짜 이름이 영원이 맞아요?"

"그렇습니다."

"성은요?"

"여성? 하하하."

짜증이 막 솟구쳤지만 조금만 참기로 했다. 괜히 화냈다가 무슨 일이 일어날지 모르니까.

"알았어. 알았어. 성은 이 씨야. 우리 담배 한 대 피울까?"

갑자기 일어서더니 자리를 박차고 나갔다. 난 또 졸래졸래 따라나섰다.

"동생. 내가 치킨집 사장님한테 얘기 다 들었어. 우리 아드님이 대기업 가시려고 공부 열심히 한다고 하더니만."

난 계속 무슨 얘기를 할지 잠자코 들어보기로 했다.

"넌 나이를 속이고 그러냐? 나 너 나이도 알아. 그래서 그냥 반말하는 거니까 혹시나 불편하면 얘기해. 사실 내가 존댓말 하는 성격이 아니라서. 가능하면 네가 이해하는 편이 빠르고."

"그래. 반말해."

내 말에 알바생은 눈이 휘둥그레 커지며 나를 쳐다봤다.

"야. 내가 너보다 3살이나 많거든. 아니다. 네 편할 데로 해라."

"그래. 그렇게."

알바생은 헛기침하더니 웃었다.

"그래서 넌 무슨 공부하는데?"

"야. 너라고는 하지 마라. 반말은 허용하는데 누나라고 해. 알겠어?"

"알겠어. 뭔 공부하는데? ……누나."

누나라는 말을 해본 적이 없어서 어색하기만 했다. 그런데 누나라고 했다고 이분은 입이 귀에 걸렸다. 나처럼 누나라는 소리를 들어본 적 없었던 것 같았다.

"음… 누나는, 누나는 말이야. 공무원 행정직 공부 중이야. 물론 벌써 3년째라서 이번이 마지막이라고 생각하고 있어."

"얼마나 많이 했는지는 별로 궁금하지 않아."

"넌 얼마나 했는데?"

"나? 하~ 따지면 한 2년은 한 거지. 휴학 1년, 대학교 4학년 때 줄곧 공부했으니까."

누나는 담배를 하나 더 꺼내 물더니 불을 붙였다.

"골초네. 골초야."

"이렇게 피워야 자주 안 나오지. 넌 하루 이틀 공부하냐?"

"말했잖아. 2년 했다고."

"너도 참 인기 없을 거 같다."

"아닌데. 어떤 아줌마가 내 폰에 전화번호 남겨주던데."

누나는 어처구니없다는 듯이 입을 벙하니 벌리면서 쳐다봤다.

"그래. 내가 앞으로 많이 좋아해 줄게."

그렇게 나와 영원이 누나는 매일 도서관에서 같이 앉아 공부하게 됐고, 늘 함께 지내게 됐다.

제3화 취업전쟁 (2010년 2월)

저녁에 축구 경기가 있어서 고객들이 치킨을 많이 시킨 탓에 일찍 재료가 동나버렸다. 마지막 배달을 나선 저녁 10시쯤 비가 쏟아지기 시작했다. 시간이 조금 더 지나면 배달하기 까다로울 것 같은데, 다행이었다.

"여보세요?"

"아들. 샘솟는 아파트 배달 아직 안 갔냐?"

"어. 가고 있어. 이 정도 거리면 딴 데 시켜 먹지. 왜 하필 우리 집이야?"

"그래도 오랫동안 이용해 주시는 분들이니까 너무 싫은 티 내지 말고."

"알았어."

급한 마음에 오토바이 속도를 높여 시내를 빠져나왔다. 이제는 배달도 거리 제한을 두어야 하나 싶었다. 이러다 기름값으로 이익 다 없어질 판이었다. 초인종을 세게 눌렀다.

"안녕하세요. 치킨 배달입니다."

현관문이 열리며 퉁명스러운 말투가 터져 나왔다.

"시킨 지 언젠데 이제 와요?"

"죄송합니다. 여기가 조금 멀어서요. 다음에는 더 미친 듯이 밟고 오겠습니다."

"알겠어요. 그리고 가실 때 이것 좀 분리수거장에 버려주세요."

"앗. 그런데 음식쓰레기는 분리수거장에 못 버리는데요. 아니면 음식쓰레기 카드라도 주셔야지요."

"그러면 경비아저씨한테 얘기하고 버리세요."

문이 세게 닫혀버렸다. 난 문 앞에 우두커니 서서 음식쓰레기 봉투를 들고 멍하게 쳐다봤다. 욕이 나오려고 했지만 참아야 했다.

"맛있게 드십시오."

문 앞에서 큰소리로 외치고 1층으로 내려왔다. 음식쓰레기 봉투를 왼쪽 핸들에 걸고 오토바이를 몰았다.

"캬! 퉤!"

돌아오는 길에 스트레스를 침 한 번 뱉고 풀어버렸다. 교차로에 서서 신호를 기다리는데 비가 엄청나게 쏟아부었다. 마음이 급해지려는 찰나 전화가 걸려 왔다.

"야. 언제 오냐?"

영원이 누나였다.

"지금 마지막 배달 마치고 들어가고 있어."

"알았어."

"왜?"

뚜. 뚜. 뚜. 뚜.

자기 할 말만 하고 전화를 끊어버렸다. 굉장히 빠른 속도로 가게까지 날아왔다. 점퍼에 비가 많이 묻어서 툭툭 털어내고 가게로 잽싸게 들어갔다.

"아버지. 밖에 비 엄청나게 와."

아버지는 주방에서 머리를 내미시더니 홀로 나오셨다.

"수고했다. 늘봄이 여자 친구 왔네."

고개를 돌려보니 영원이 누나가 재미있다고 활짝 웃으며 손을 흔들었다.

"아버지는 싱겁게 왜 그래?"

"싱거운 게 아니라 이 동네에서 너 빼고 다 둘이 커플이라고 소문났더라. 이참에 공식적으로 선언하면 동네 분위기도 얼마나 좋아지겠어? 그렇지? 영원아."

아버지 말씀에 누나는 고개를 굽실굽실하며 아버지께 술을 건넸다. 아버지는 마다하지 않으셨다.

"특별한 사람이 있나? 마음이 예쁘면 제일 좋은 거지. 안 그렇냐?"

"난 나이 많은 여자 싫거든."

"후회할 소리 한다."

"쟤 나이가 31살이다."

아버지는 고개를 좌우로 절레절레 젓다가 주방으로 자리를 옮기셨다. 치킨 말고 다른 안주를 준비하시려는 것 같았다.

"아버님. 이거면 충분해요."

아버지는 손으로 아니라고 표시하셨다. 내가 시선을 누나한테 돌렸을 때 그 눈은 매보다 더 매섭게 쳐다봤다. 누나는 글라스 잔에 소주를 가득 채웠다.

"야! 한잔해."

"왜? 이게 뭔데?"

"숙녀한테 못할 말 했으니까, 벌이야."

"내가 없는 소리 한 거 아니잖아."

"이게 콱! 누나한테 혼나려고. 그냥 마셔. 아버지한테 혼나볼래?"

아버지는 주방에서 내 얼굴을 보면서 웃고 계셨다. 이게 정상인가? 엄마가 계셨으면 누나는 당장 쫓겨났을 거다. 진짜 우리 엄마가 이 자리에 안 계신 걸 다행이라고 여겨야 했다. 두 눈을 꼭 감고 단번에 털어 넣었다.

"입 벌려."

"아~"

치킨이 입안에 들어왔다. 오물오물 씹는 걸 보고 아버지는 한

바탕 크게 소리 내면서 웃으셨다. 아. 너무 부끄러웠다.

"맛있지?"

"인제 그만 좀 하자. 기분 안 좋아지려고 그래."

"알았네. 봄 군. 하하하."

"맞다. 시험 두 달쯤 남았지?"

시험 얘기에 누나가 심각한 얼굴로 바뀌었다.

"봄아. 이번에 시험합격 못 하면 이제는 진짜 포기하려고. 네 말대로 나이가 많아서 뭐라도 해야 하지 않겠냐?"

"또 왜 그래? 삐졌어?"

내 잔을 들어 영원이 누나의 잔을 쳤다. 누나는 살짝 미소를 짓더니 잔을 들었다. 갑자기 누나가 게슴츠레한 눈으로 쳐다봤다.

"오랜만에 나 보니까 좋지?"

"어. 좋아. 보고 싶었지."

안주를 먹으며 난 대강 말했다.

"그런데 하나도 안 좋아 보이는데? 여자 친구 하기에는 내가 너무 부족한가 봐?"

"술 당기는 이상한 소리 좀 하지 마. 둘 중에 한 놈이라도 제대로 성공해야 연애를 하든가 말든가 하지."

별 생각 없이 한 말인데 누나는 똥 씹은 표정으로 변하더니 술을 들이켰다.

"난 널 정말 오랫동안 좋아했는데 넌 딱히 나한테 관심 없는 거 같더라. 넌 스펙 따져가면서 연애하냐? 어? 내가 너 성공할 때까지 기다려야 하는 거야? 아니면 내가 성공하는 걸 네가 기다리는 거야? 성공 같은 소릴 하고 자빠졌네. 네가 하는 행동이 중국의 인민 공원에서 이름, 나이, 직업, 재산 적어놓고 자식 파는 거랑 뭐가 다르냐? 넌 뭐가 그렇게 잘났는데? 뭐가 그렇게 잘났길래 날 무시하냐고! 네가 얼마나 큰 사람이 될 거라고 자신하는 거야? 정신 차려. 이 새끼야. 사람 사는 거 다 똑같아. 특별한 거 있을 것 같냐? 이젠 너랑 끝이다."

누나는 눈물샘을 터뜨리고는 자리에서 일어났다. 나를 대뜸 노려보더니 그대로 밖으로 나가버렸다. 그리고 불과 몇 초 지나지 않아 다시 들어왔다.

"아버님. 죄송합니다."

급히 인사하고는 또 나갔다. 나는 재빨리 일어나 우산을 들고 누나를 쫓으려고 나갔지만 보이지 않았다. 가게 문을 열고 들어오니 아버지가 자리에 앉아 계셨다.

"후회할 소리 하지 말라니까."

"갑자기 왜 저러는지 모르겠네."

아버지께서는 새로 만든 안주를 하나 집으시고 술을 한잔 넘기셨다.

"왜 그랬겠냐? 다 보고 싶어서 그런 거지. 이제 정리하고 집에 가자."

아버지께서 가게를 정리하시는 동안 남은 소주를 물 마시듯 마셔버렸다. 집에 어떻게 들어왔는지 도저히 기억나질 않았다.

일어나서 휴대폰을 열어보니 누나한테 무려 20통이나 전화했었다. 아. 진짜 미친놈이네. 그런데 누나는 이렇게 전화를 많이 했는데도 문자 하나를 안 보냈구나. 참. 매정한 누나네. 10시가 조금 넘어서 도서관으로 향했다. 항상 있던 자리에 누나는 없었다. 치킨집으로 향했다. 담배를 하나 물고 반대쪽에 있는 편의점을 바라봤다. 오늘 알바 나오려나 모르겠다.

오늘은 그냥 아버지 곁에서 있었다. 온종일 시무룩한 내 모습을 본 아버지께서는 쓸데없는 농담을 툭툭 던지셨지만, 귀에 잘 들어오지 않았다. 오후 5시쯤 밖으로 나갔다. 하지만 오전부터 있던 알바생이 계속 있었다. 난 참지 못하고 편의점으로 넘어갔다.

"형. 누나 알바 시간에 맞춰서 왔네요?"

"어? 어. 누나는 어디 갔어?"

"네? 몰랐어요? 그만둔다고 했잖아요. 짜증 나서 죽겠어요. 대타는 구해놓고 나가지."

사람이 없어졌는데 짜증 난다고 말할 수 있는 건가. 갑자기 화가 났다.

"뭐라고 이 새끼야?"

"왜 욕해요? 진짜 형도 짜증 나게 하네. 레전드 드리면 돼요?"

"그래. 줘. 넌 임마 사람이 없어졌는데 걱정도 안 되냐?"

"뭘요? 집에 있으니까 연락해서 안 한다고 한 거잖아요."

"그래. 그렇네. 알았다. 알았어."

편의점에서 나오자마자 또 담배에 불을 붙였다. 집에 있으면서도 내 연락에 답을 안 했구나. 단단히 화가 났나 보네. 딱히 연락은 하고 싶지 않았다. 연락한다고 내가 결론을 내려줄 입장이 되지 않으니까. 사람 사는 건 다 똑같아 보일 수 있다. 하지만 어떤 사람은 삶의 질이 중요하고, 또 어떤 사람은 삶의 양이 중요할 수 있다. 가끔 티비에서 나오는 자연인 같이 자기 만족감에 사는 사람들이 있는데 이들은 삶의 질을 중요시하는 사람이고, 마찬가지로 노숙자 같은 사람들도 본인이 만족한다면 삶의 질이 행복한 거다. 그들과 반대로 난 양으로 해결하고 싶었다. 일단 자기만족만 하면서 살면 기본적인 생활도 힘들 게 뻔하지 않겠나. 돌이켜보면 나와 누나가 도서관에 다니면서 먹었던 거라고는 누나가 들고 온 폐기 예정 도시락이거나 팔지 못한 치킨이 다. 그러니까 우리는 기본적인 '식'조차도 해결하지 못하는 사람들이란 말이다. 만약 누나와 내가 커플이 되면 취업도 못하면서 낭만이나 좇으러 다닐 게 뻔하지 않겠나. 난 그런 게 싫었다. 스펙을 쌓아도 취업 못 하는 형편인데 연애는 사치일 뿐이었다.

　배달 개시를 하려고 오토바이를 타려는 순간 문자가 두 통 들어와 있었다. 혹시나 누나가 연락했는지 싶어서 확인해 보니 면접 안내 메시지였다. 어쨌든 좋은 소식이었다.

「2월 18일 대함건설 오전 11시, 범선건설 오후 3시.」

　하루에 두 군데나 있었으나 둘 다 서울이라서 그나마 일정을 소화할 수 있을 것 같았다. 아버지께 미리 면접 날짜를 말씀드리면 신경 쓰실 것 같아서 전날 얘기하기로 마음먹었다. 그날은 아버지도 좀 쉬시라고 해야겠다.

　휴대폰을 들어 명우에게 전화를 걸었다.

　"와 전화질인데? 또 사고 쳤나?"

　"내가 사고 칠 놈이냐? 다른 게 아니고 10만 원만 빌려주라."

　"면접 잡혔나?"

　"어."

　"축하한다. 언젠데?"

　"18일."

　"얼마 안 남았네. 네 계좌로 쏴줄게. 이제는 봐주지 말고. 좀 제대로 해라. 학교 자존심이 있지."

　"알겠다. 고맙다."

　전화를 끊고 나서 통장을 확인해 보니 20만 원이 입금되어 있었다. 명우가 내 걱정도 해주고 고마웠다. 그런데 우리 학교 자존심은 있었나? 만약에 자존심이 있었다면 내가 그런 욕 보이는 짓을 안 당했을 텐데.

오후 9시쯤 일찍 배달을 마무리하고 가게에서 씻고 정장으로 갈아입었다.

"아버지. 이후 배달은 중국집 기사가 할 거야. 나 면접 다녀올게."

아버지는 휘둥그레 눈이 커지면서 쳐다보셨다.

"어? 면접? 어디?"

"서울에. 내일 두 군데 있어."

"그럼 쉬지. 그랬냐? 어쨌든 너무 긴장하지 말고 평소대로 해."

"근데 아버지가 더 긴장한 거 같은데?"

아버지는 마음을 들켰는지 계속 웃으셨다.

"이거 차비 해라."

"뭔 돈인데?"

"미안하다. 아들 막 부려 먹어서 항상 마음이 불편해."

"에이 됐어. 돈 많이 필요 없어."

아버지는 굳이 내 주머니에 돈을 찔러넣으셨다. 옥신각신하게 되면 시간이 지체될 거 같아서 그만 받아 챙기고 밖으로 빠져나왔다. 주머니에 들어있는 돈을 꺼내 보니 10만 원이었다. 상여금이 월급의 100%였구나. 그나저나 아버지는 쓸 돈이 있으려나 모르겠다.

 대함건설에 오전 10시가 되어 도착했다. 딱히 회사에 대해 알 정보가 없었다. 아니. 조사를 거의 못 했었다. 아버지가 눈치채면 안 되니까 전날 배달할 때까지도 비밀이었다. 겨우 아침에 일어나서 찜질방에 있는 컴퓨터로 몇 가지 검색한 게 다였다. 본사 건물에 도착하니 아무런 생각도 들지 않았다. 그저 빨리 끝내고 싶은 마음이 앞섰다. 그동안 취업 스트레스 때문이었는지 몰라도 이제는 포기할지 고민도 했다. 곧 있으면 면접만 백 번을 채울 것 같아서 도저히 나라는 사람은 기업에서 원하는 모델이 아니라고 생각했다. 마음을 내려놓으니 한결 기분이 나아졌다.
 출입구의 안내표시를 따라 4층 면접장으로 이동했다. 대략 100명의 지원자가 염불 외우듯이 자기 자료를 보면서 대기하고 있었다. 저기 있는 사람 대부분이 토목직일 텐데 몇 명이나 합격할까? 5명은 붙여줄까? 괜한 생각에 또다시 한숨이 먼저 나왔다. 인사팀 직원으로 보이는 분이 대기실에 들어오셔서 마이크를 잡았다.
 "안녕하세요. 이번 신입사원 모집에 대해 안내하게 된 김철중부장입니다. 우선 20개 조로 나눴고, 1차 경영진 인성 면접, 2차 실무진 토론 면접으로 진행될 예정입니다. 토론 면접 주제는 빔프로젝터로 띄어둘 예정이니 미리 조원들과 주제를 정해서 준비하시길 바랍니다."

다행히 영어면접이 없어서 한숨 돌렸다. 저번에 영어면접 때문에 고생했었기 때문이다. 난 토목 5조에 배정되었고, 조원들은 「해상공항을 설치하려면 접근로를 교량으로 할 것인가? 아니면 터널로 할 것인가?」로 결정했다.

아무런 생각 없이 앞만 멍하니 쳐다보다가 30분을 보낸 것 같다. 때마침 인사팀 직원이 들어왔다.

"토목 5조 준비해 주세요."

막상 닥치니까 심장이 요동치기 시작했다. 줄줄이 면접장 앞에 섰다. 다섯 명 모두 같은 타이밍에 크게 한숨을 쉬었다. 면접장 문이 열리면서 밝은 빛이 눈살을 찌푸리게 했다. 지원자들은 나란히 앞을 보며 걸어 들어갔고 한 명씩 면접관을 향해 섰다.

"자. 착석해 주세요. 첫 번째 지원자부터 1분 스피치 진행해 주시고 끝나면 자연스럽게 이어서 하시면 돼요. 자. 시작하시죠."

덥지 않은 면접장이었지만 등에 땀이 흐르기 시작했다. 옆에서 한 명씩 스피치를 했지만, 어떤 소리도 귀에 들리지 않았다. 내 차례가 됐을 땐 순간 멍해져서 뜸을 들이는 바람에 면접관들이 이상하게 쳐다봤다. 이내 정신을 차리고 평소처럼 코이 이야기로 스피치를 마무리했다.

"그래요. 잘 들었습니다. 이제부터 한 명씩 개별 질문하겠습니다. 박늘봄 씨."

갑작스러운 호명에 놀랐지만, 방금 말씀한 면접관을 향해 몸을 살짝 틀어 바라봤다.

"면접 대기실까지 오실 때 계단을 이용했다고 들었어요. 엘리베이터가 있는데, 굳이 이용한 이유가 뭘까요?"

사옥에 도착했을 때 시간의 여유가 있어서 많은 사람이 이용하는 엘리베이터에 들어가면 더 긴장될 거 같았기 때문에 계단을 이용한 것이었다. 하지만 대답은 그렇게 할 수 없었다.

"계단을 이용하면 엘리베이터가 소비하는 전력 절감과 제 건강을 증진할 수 있기에 이용하게 되었습니다."

가운데 앉으신 분께서는 내 대답을 듣고는 고개를 끄덕이며 펜으로 무언가를 천천히 적으셨다.

"그래요. 다음은 지성식 씨."

다른 사람을 호명하자 난 또다시 아무 말도 들리지 않았다. 나를 또 호명할까 긴장하고 있었다.

"박늘봄 씨."

"네."

바로 앞에 계신 면접관께서 날 호명했다.

"혹시 꿈이 뭡니까?"

"토목 전문가가 제 꿈입니다."

"그렇다면 학문을 다루는 쪽으로 진로를 선택하는 게 더 낫지 않나요? 교수나 연구원 말이죠? 아니면 우리보다 더 큰 회사에 들어가야 더 깊이 있는 공법을 다루지 않을까요?"

"…."

"얼른 대답하세요."

"네. 우선 교수나 연구원은 학문적인 전문가이지 현장에서의 전문가는 아니라고 생각합니다. 그리고 큰 회사의 경우는 업무의 세분화가 이루어져 있어 전체적인 흐름을 배워 가기에는 어려움이 있다고 들었습니다. 그래서 대함건설의 규모와 성장 속도, 미래 비전을 보고 지원하게 되었습니다."

"그럴듯한 대답이네요."

준비하지 않은 답변이었지만 면접관의 그럴듯하다는 말에 속으로 나름 만족하려고 했으나, 다른 면접관분들이 웃으셨다. 웃음소리가 신경 쓰여 면접 결과가 좋지 않을 것 같은 느낌이 들었다.

"박늘봄 씨."

왼쪽 두 번째 앉은 면접관이 질문하셨다.

"학원 강사 경력을 이력서에 적었던데 왜 넣으셨죠?"

전공과 관련 없는 경력에 대해 질문할 걸 예상했었다.

"저는 다른 지원자처럼 어학연수 경험이 없고, 자격증은 평범한 수준이라고 생각합니다. 하지만 제가 가지고 있는 강점은 2년 동안 학생들에게 제가 가지고 있는 역량을 활용하여 교육을 제공했고, 학생들과 학부모에게 좋은 평가를 받았습니다. 건설도 마찬가지라고 생각합니다. 국가나 민간에서 공사를 받아 준공함으로써 평가를 받아야 하기에 제 경험을 토대로 근무하게 될 시 효과를 발휘할 수 있다는 믿음으로 경력에 적어두었습니다."

"그러면 경력으로 인정받고 싶으신 건가요?"

"아. 아닙니다. 그저 이런 일을 했다는 걸 알아주셨으면 하는 생각에 넣었고, 제 사회 경험을 높게 평가해 주실 거라고 믿고 적었습니다."

면접관 중 몇 분이 미소를 지으셨다. 아니, 내 눈에 그렇게 보였다는 생각이 나을 것 같았다. 대략 10여 초가 지났나 보다.

"자. 인성 면접은 여기서 마무리하도록 하고, 지원자분들께서 하실 추가 질문 있으시나요? 음… 아무도 손을 들지 않으시네요. 학교에서도 마칠 때 질문하면 욕먹죠? 이제 퇴장하시면 됩니다."

아쉬웠다. 하지만 저번처럼 무기력하게 끝나지는 않았다. 면접관에게 자신감 없는 모습은 보이지 말자. 난 당당하게 어깨를 펴고 뒤를 돌아보지 않은 상태로 밖으로 나왔다. 연이어 2차 면접장으로 이동했다.

"자. 어서 오세요. 보자. 5조는 「해상공항 접근로를 교량이냐 터널이냐」라는 주제군요. 자. 우선 패널과 사회자를 정해야죠. 사회자 하실 분?"

지원자들은 서로 눈치를 보고 있었다. 이 틈을 타 먼저 손을 들었다.

"제가 사회자 하겠습니다."

"자. 좋아요. 그럼 24번 지원자가 사회자 하시고, 네 분 중에 21번, 22번 지원자는 교량, 나머지 분들은 터널로 하도록 하죠. 너무 긴장하지 마시고 '백분토론' 많이 보셨죠? 그렇게 하시면 됩니다. 자. 사회자 진행하시죠."

말이 떨어지자마자 지원자들은 나를 응시했다. 토론을 주관해 보기는 처음이라서 너무 부담되었다. 길게 한숨을 쉰 후 눈을 질끈 한 번 감고 시작했다.

"오늘 토론에 참석하신 각 패널 여러분께 감사의 말씀을 드립니다. 이번 주제는 부산 해상공항의 접근로를 설치하는 문제로 교량과 터널 중 어느 공법이 유리한지를 검토하는 토론입니다. 우선 교량을 주장하시는 21번 지원자분께서 먼저 말씀 부탁드립니다."

나는 주제에 부산이라는 단어를 제시했다. 면접관은 주제에 포함하지 않은 특정 명사를 넣은 것에 나를 주시했다. 갑자기 나에게 질문을 받은 21번 지원자는 다소 긴장하고 있는 듯 보였다.

"음… 해상공항의 위치가 중요한데 대개는 도심에서 먼 곳에 있게 되죠. 그렇다면 접근로 건설비만 하더라도 엄청난 예산이 투입되기 때문에 비싼 공법인 해상터널은 예산 낭비가 됩니다."

25번 지원자가 손을 들어 발언권을 요청했다.

"물론 예산 문제가 중요하긴 하지만 안정성은 터널을 따라가지 못합니다. 또한, 초기 제작비가 많이 들지언정 유지관리 시에 드는 비용은 오히려 더 절감되는 게 사실 아닙니까?"

22번 지원자가 곧바로 받았다.

"해상터널 제작은 아직 세계적으로 실적이 부족한 편입니다. 그래서 설계비, 시공비는 실적이 많은 교량에 비해 많이 소요됩니다. 또한, 여러 변수가 적용될 때마다 그 금액은 예측하기 쉽지 않죠. 그리고 안정성을 말씀하셨는데, 과연 실적이 부족한 터널이 여러 상황을 고려하기에 어려움이 많다고 생각하며, 누수 등 치명적인 하자가 발생 시 구조물 자체를 철거해야 할 수도 있지 않을까요? 이게 과연 안정성이 있다고 말할 수 있을까요?"

토론이 시작된 지 얼마 지나지 않았는데 과열됐다. 난 23번 지원자를 쳐다보고 발언 의사가 있는지 물어봤으나 없다고 하여 그동안 발언들을 정리했다.

"두 패널에서 예산과 안정성을 주로 말씀하셨는데 양쪽 의견 모두 일리가 있다고 판단됩니다. 일단 사회자 생각에 부산이라는 지리적 위치에 따른 고려가 우선 이루어져야 하며 제일의 항구도시인 만큼 선박이 교량을 통과할 수 있는 부분을 동시에 검토가 이루어져야 할 것 같습니다. 항구가 인접한 접근로에 관해 각 패널에서 추가적인 의견을 제시해 주시기를 바랍니다. 25번 지원자 말씀하세요."

"사회자님 말씀처럼 부산은 수많은 선박이 지나다니며 심지어 해군기지까지 주변에 위치하여 있습니다. 그래서 거가대교를 예로 들자면 군함의 높이로 인해 3)침매터널로 설계한 까닭이고요. 하지만 저는 아쉬움이 많았습니다. 군사적 요새라면 연결되는 도로는 다 침매터널로 기획해야지 일부 구간만 통과한다면 적의 기습에 우리는 독에 갇힌 쥐가 되겠죠. 비단 군함뿐만 아니라 컨테이너선과 같은 높은 선박은 교량이 장애 요소가 되겠죠. 교각은 또 어떻게 합니까? 그걸 또 선박이 피해야 하잖아요. 예산 문제가 아니라 사용성을 고려해야 합니다."

23번 지원자가 손을 들었다.

"25번 지원자님 말씀에 추가로 얘기하자면 교량은 긴급 상황 시 대처하기가 어렵습니다. 예를 들어 태풍이나 안개, 파고 등으로 인해 교량에 직접적인 영향이 있는 경우 폐쇄를 해야겠죠.

---

3) 육상에서 제작한 구조물을 해저에서 연결시켜 만드는 터널공법

하지만 침매터널은 그런 걱정을 할 필요가 없습니다."

22번 지원자가 23번 지원자 말이 끝나자마자 말을 이었다.

"마치 교량은 선박이 통과하지 못하는 것처럼 말씀하시는데요. 요즘은 상판의 위치를 과거보다 훨씬 높게 할 수 있고, 4)지간의 길이는 수십 킬로미터에 이를 만큼 발전했어요. 장애가 된다는 말씀은 너무 확대해석하신 거 같고요. 혹시 침매터널 생겼을 때 사람들 반응 기억하세요? 다들 아쿠아리움처럼 생각했던 거예요. 차가 들어가면 유리를 통해 바다가 보이는 거죠. 하지만 현실은 딱딱한 콘크리트 블록이죠. 게다가 밖에는 모래로 덮어버리잖아요. 말 그대로 안이든 밖이든 보이지 않아요. 큰 비용을 들여서 만들었는데 관광상품으로는 형편없는 거죠. 차라리 멀리서 주탑과 케이블이 보이면 우리는 사진을 찍죠. 저는 수익을 낼 수 있는 교량이 더 우수하다고 판단됩니다."

23번 지원자가 웃으면서 말했다.

"세계 최고 깊이의 침매터널인데 관광상품으로 형편없다니요. 휴게소 가보세요. 살만한 굿즈도 많아요."

갑자기 분위기가 누그러지더니 웃음바다가 되었다. 난 다시 중간에 들어가서 정리했다.

"좋습니다. 의견을 종합하자면 첫 번째로 예산 관련해서 공사비는 교량이 저렴하나 유지관리는 오히려 터널이 저렴하다고 말

---

4) 교각과 교각 사이의 거리

씀하셨고요. 물론 터널은 조금 더 전문적인 의견이 필요할 것 같습니다. 그리고 두 번째로 사용성을 따지자면 당연히 터널이 더 유리할 것으로 보이고, 공항에서 위기 상황 발생에도 대응하기 유리할 것으로 보이네요. 마지막으로 관광은 논란이 조금 있겠죠? 23번 지원자님. 관광 효과는 있겠죠?"

"하하하. 있습니다."

"그렇다면 만약에 23번 지원자님이 지역주민이라면 어떤 공법을 선택하고 싶으신가요?"

"음… 그건. 여러 측면이 있으니까요. 단적으로 말씀드리기는 어려울 거 같습니다."

"네. 그렇죠. 만약에 제가 공항 근처 사는 사람이라면 이런 큰 공사는 대게 민간 자본으로 이루어지니 통행료가 영향을 끼칠 것 같아요. 공사비가 곧 통행료가 될 예정이니 저렴한 공법을 선호할 것 같습니다."

"일리가 있는 말씀이긴 합니다. 그런데 공적자금이 많이 들어가게 되면 통행료가 줄어들 수 있으니 중요한 국책사업이라면 정부 지원 비율을 높이면 되겠네요."

"좋은 말씀입니다."

25번 지원자가 손을 들었다.

"더 첨가하자면 요즘은 인공적인 모습보다 자연적인 모습을 더 선호하는 추세죠. 그리고 교량으로 인한 소음, 진동, 공해로 인해 지역주민들의 피해가 발생할 겁니다."

22번 지원자는 또 바로 대응했다.

"조망권이란 게 있습니다. 교량 같은 구조물이 보이면 오히려 토지가격도 상승해요. 한강만 봐도 그렇지 않습니까? 25번 지원자님."

"그거는 22번 지원자님 생각이고요. 한강은 서울 도심인데 당연히 비싼 거죠."

"더 먼 지역 가더라도 교량이 있으면 비싸요."

"자자. 그만."

면접관은 토론을 중단시켰다.

"자. 인제 그만할게요. 아무런 준비 없이 토론을 시작했는데도 우리 지원자님들의 실력이 굉장히 좋으신 거 같네요. 누가 들으면 경력직 면접인 줄 알겠어요. 하하하. 마지막으로 각자 소감 한마디씩 하시고 퇴장하도록 할게요."

사회자를 했는데도 내 의견을 제대로 말 못 하고 토론이 마무리되어 아쉬움이 컸다. 다행히 마지막 한마디라도 할 기회가 있어서 만회해야겠다고 생각했다.

"박늘봄 씨. 말씀하세요."

"네. 저는 이런 전문적인 토론을 해본 경험이 없었는데 오늘의 경험은 제 성장의 밑거름이 될 것 같습니다. 그리고 현장에서 늘 이러한 토론이 이어질 거라 생각되어 입사가 결정되면 취업

전 전문적인 지식을 갖추어 현장 업무에 대비하도록 하겠습니다."

면접관은 웃으면서 날 쳐다보셨다.

"김칫국을 드시네요."

아. 실수했다. 너무 무리하게 내 개인적인 생각을 한 것 같았다. 다른 지원자들도 한마디씩 한 이후에 면접관들에게 간단한 인사하고 면접장을 빠져나왔다. 인사팀 직원들의 안내에 따라 긴 복도를 통해 직원들이 일하는 모습을 보면서 로비로 빠져나왔다.

"면접은 잘 보셨나요?"

인사팀 직원은 홍당무 같은 내 얼굴을 보면서 미소 지으셨다.

"면접비는 5만 원이고, 여기 서명하시면 됩니다. 수고하셨습니다."

"감사합니다."

면접비를 많이 줘서 기분이 좋았다. 난 회사 건물에서 나와서 멀찌감치 서서 건물을 쳐다보았다. 다시 여기 올 수 있다면 얼마나 기쁠까. 이미 지쳐서 집에 가고 싶지만, 또 다른 면접을 봐야 했다. 고개를 푹 숙이고 땅만 쳐다봤다. 그런데 누가 나를 불렀다.

"저기요. 아저씨."

"네?!"

"저 기억 안 나세요?"

가만히 생각해 보니 낯이 익었던 사람이다. 내가 누군지 몰라봤지만, 먼저 내게 말을 걸어줘서 고마웠다.

"여기서 또 보네요. 벌써 세 번째 만나네요. 하하하. 식사는 하셨어요? 곧 점심인데…."

"아. 아직이죠."

난 어색하게 대답했다. 22번 지원자는 날 기억하고 있었다. 왠지 미안했다. 어디서 만났더라.

"면접 어땠어요?"

"늘 그렇죠. 아마도 떨어졌겠죠."

"에이. 아까 사회도 잘 보시던데, 전에 기억하십니까? 늘봄 씨. 영어면접 볼 때 말 한마디 못 하시던데. 하하하. 그때 비하면 잘하신 거죠."

마침 기억났다. 몇 달 전에 여단건설에서 같이 면접 봤던 친구였다.

"아. 네. 그랬었나요? 죄송한데 제가 오후에 범선건설 면접이 있어서 바로 넘어가야 해요. 식사는 다음에 만나서 해요."

22번 지원자는 빤히 날 쳐다봤다. 실망한 눈치였다.

"네. 알겠습니다. 아쉽네요. 저도 거기 붙었으면 같이 가는 건데요. 다음번에는 만나지 맙시다. 하하하. 그래야 우리가 서로 좋은 소식이 있는 거 아니겠습니까? 면접 잘 보세요."

22번 지원자는 웃으면 내게 인사했고, 나는 다음 면접을 보러 지하철을 탔다.

일주일쯤 지났다. 범선건설은 면접 다음 날 불합격 통지를 했고, 대함건설은 오늘 발표일이었다. 떨어진 게 아닌지 조급한 마음이 앞섰다.

"자네. 오늘 뭔 일 있어?"

"아, 아닙니다."

"이상하게 오늘따라 집중을 못 하네. 자네 깜빡하면 큰 사고 나는 거 알지? 정신 똑바로 차려."

"네네. 죄송합니다."

용돈이 떨어져서 현장에 알바하러 나왔다. 한 달에 10만 원으로는 버티는 것은 한계가 있어서였다. 일을 마치고 저녁에는 치킨 배달을 해야 했다. 그럼 나도 직업이 두 개인가? 아이고. 웃음이 나왔다. 오늘 현장 일은 3m ⁵⁾가설휀스에 분진망을 설치하는 일인데, 여기서 내가 반장님보다 나이가 젊고, 일용직이다 보니 자연스레 높은 곳에서 일하고 있었다. 아침 일찍 비가 조금 내려서 그런지 파이프가 미끄러워서 자칫 잘못하면 추락의 위험이 있었다. 높이가 기껏해야 2m이지만, 재수가 더러우면 접시 물에도 빠져 죽는다고 하지 않던가.

---

5) 공사현장의 소음과 분진이 퍼지는 것을 저감시키기 위한 시설

"혼 빼고 있지 말고 저기만 묶고 내려와. 점심 먹고 일해야지."

"네. 오늘 메뉴는 뭔가요?"

"넌 뭐 먹고 싶은데?"

"매콤한 김치찌개는 어때요?"

"그래. 그러자."

반장님 트럭을 타고 현장에서 가까운 한식당을 찾았다. 허름하고 지저분하기 짝이 없었지만, 식당에는 많은 사람이 음식을 기다리고 있었다.

"사람 많네요?"

"많지. 값이 싸거든."

"맛은 없나요?"

"맛이 없으면 장사가 되겠냐? 그리고 맛이 그리 중요하냐? 그냥 한 끼 해결하는 게지."

"반장님은 미각이 없으셔서 그래요. 다 비스름한 맛이잖아요."

"이 녀석아. 미각보다 진짜 맛있는 걸 못 먹어봐서 그래. 우리 때는 지금처럼 밖에서 사 먹는 것도 힘들었어."

휴대폰 진동이 울렸다.

"뭔데 그리 긴장하면서 봐?"

"아니에요. 그냥 스팸 문자예요."

"뭘 기다리고만."

"그렇긴 해요."

또다시 휴대폰이 울렸다. 하지만 또 스팸이겠거니 열어보지 않았다.

"찌개는 먹을 만하냐?"

"암요. 맛있네요."

반장님은 내 얼굴을 딱한 듯 쳐다보셨다.

"요즘 젊은 친구들 참 힘들어 보여. 우리 때야 그냥 일할 데만 있으면 일했거든. 근데 지금은 시대가 바뀌어서 아무 데나 일도 못 해. 너도 마찬가지잖아."

"그렇죠."

"예전에 공무원 이런 거는 우리 때는 줄만 서면 들어갔잖아. 삼성 이런 데 공채도 3대 1밖에 안 됐어. 지금은 뭐야 웬만한 회사도 100대 1은 되지 않냐? 이 좁은 국토에 어릴 적부터 성인이 돼서도 늘 경쟁하고. 쯧쯧. 또 그 자식 놈들도 늘 경쟁해야 하고. 그러니 교육비가 얼마여. 참 세상 살기 힘들다. 그런데 말이야. 늘 답이 거기만 있는 건 아니야. 돈을 많이 버는 게 목적이라면 장사를 하든 사업을 하든 본인의 방식을 찾아가면 되고, 자연을 좋아하면 농사짓는 것으로 성공하면 것이고, 나처럼 돈 욕심 안 내는 사람은 즐겁게 사는 게 성공하는 거고. 그러니 너도 너무 조급하게 생각하지 말고 네가 원하는 바에 따라 다른 방식으로도 생각할 필요 있는 거야. 대기업 가서 안 맞으면 어떡할래? 그러면 그동안의 노력이 너무 아쉽잖아."

"맞는 말씀인데 지금으로선 선택지가 별로 없어요. 장사하려고 해도 밑천이 있어야 하고, 농사를 짓든, 욕심이 없든 그건 평범하게 산다는 걸 포기하는 거고요. 그저 삶의 경쟁에서 승리하려면 싸우고 이겨서 돈 많이 주는 곳이나, 오래 다닐 수 있는 곳에 가야 하는 거죠. 이 세계에서 그걸 못하면 패배자로 낙인찍힐 뿐이에요."

아무나 들어갈 수 있는 회사에 들어가고 싶은 사람은 없다. 이 세계는 우리가 같은 시간, 같은 일을 하면서 회사의 규모에 따라 다른 대접을 받고 있다. 우리가 이 세계의 규칙을 바꿀 수 없으니까 노력해서 부딪힐 수밖에 없고, 반드시 결과를 얻어야만 경쟁에서 이기는 것이다. 그래서 몇 년이 걸리더라도 싸워야만 했다. 괜히 대학교 5학년, 6학년이 있겠나.

"그래. 네 말도 맞다. 그런데 우리 때는 일이 아쉬웠거든. 그렇다고 다들 성공하지 못한 것도 아니잖아. 생각을 달리할 필요도 있다고 말해주는 거야. 나 봐. 은행장 하면서 내가 그 많은 돈을 좌지우지했는데도 그때보다 지금 내 모습이 더 좋단다."

"암요. 반장님께서 무슨 말씀으로 하시는지 알겠어요. 그런데 일단 경쟁에서 이겨보고 그럴래요. 반장님도 좋은 시절 많이 겪어보셨잖아요."

반장님은 살며시 미소를 보이더니 찌개를 떠서 드셨다. 식사

중에 연이어 오는 문자에 살짝 짜증이 나서 휴대폰을 열었다.

"어?"

"왜 무슨 일 있냐?"

"합격했는데요."

"어딜?"

반장님은 고개를 쭉 빼서 내 휴대폰을 보려고 내밀더니 멀어서 그런지 이내 포기하셨다.

"어딘데? 어디 회사?"

"대함건설이요."

"이야~ 늘봄이 축하한다. 근데 조금 서운하네? 이제 못 보니까 말이야."

"아닙니다. 간혹 연락드릴게요."

"하여간 축하해. 너도 참 대단하다."

반장님은 식사하시는 중간중간 엄지를 치켜세우셨다. 오후는 특별히 시간을 빼주셨다.

곧장 치킨집으로 향했다.

"아버지. 나 왔어."

"공부 많이 했어?"

"공부 안 했어. 알바하고 오는 길이야."

평소에는 알바 다녀오면 숨기곤 했는데 오늘은 당당하게 말했다. 그렇게 해도 될 것 같았다.

"아들한테 늘 미안한 마음밖에 없네."

아버지는 미안한 마음으로 고개를 푹 숙이셨다. 이윽고 주방에서 나와 내게 다가오셨다. 나는 휴대폰을 들어 아버지가 볼 수 있게 방향을 틀어 액정을 보여드렸다.

"아버지. 이거 봐."

내가 보여준 문자에 아버지의 얼굴은 순식간에 환하게 바뀌었다.

"합격한 거야?"

"어. 앞으로 미안해하지 마."

"그래. 그래. 대견하다."

아버지는 날 꼭 껴안으셨다. 가슴이 터질 것 같았다.

"내가 우리 아들은 성공할 줄 알았어. 엄마가 좋아할 거야. 얼른 집에 가봐."

"알았어. 집에 가서 얼른 씻고 올게."

"오늘은 오지 말고 집에서 쉬어. 아버지가 혼자 할 수 있으니까. 얼른."

"에이. 또 어떻게 그러냐? 집에 갔다 올게."

아버지는 흐뭇한 표정으로 날 보며 내가 가게 밖으로 나갈 때까지 자리를 지키고 계셨다.

집에 들어오자마자 신발을 내팽개치고 안방으로 들어갔다. 재빨리 휴대폰을 열어 합격 문자가 보이게 엄마 앞에 내려놓았다.

"엄마. 취업 문자 왔어."

갑자기 울컥 눈물이 나왔다. 점점 마마보이가 되어갔다.

"미안해. 큰 회사에 들어가고 싶었는데 중견 건설회사야. 아들이 능력이 부족해서 이 정도밖에 안 되네. 앞으로 노력해서 더 큰 회사 가서 아버지 챙길게. 그리고 엄마. 회사 들어가면 좋은 곳에 모실게. 집에 이렇게 모셔서… 미… 안해."

말을 마치고 일어나 큰 절을 두 번 올렸다. 주저앉아서 한참을 울었다.

가게에 들어가기 전 휴대폰을 들었다. 영원이 누나한테 기쁜 소식을 말하고 싶은데 왠지 망설여졌다. 그래도 용기를 냈다.

"여보세요?"

"누나."

"어. 오랜만이네."

"다름이 아니라 나 취업했어."

누나는 다행히 밝은 목소리였다.

"정말? 축하해. 난 네가 성공할 줄 알았어."

"그래서 말인데. 오늘 우리 가게 올래?"

순간 정적이 흘렀다.

"아니. 그냥 공부할래."

"그래도…"

"아니야. 나 곧 시험 있잖아."

마음이 앞섰다. 조급했다.

"누나. 나 멀리 갈 수도 있어."

"어. 그래. 하는 수 없지 뭐. 건설업이 다 그렇잖아."

"그래서 그런데… 누나. 나랑 사귈래?"

수화기 너머 누나의 한숨 소리가 들렸다.

"넌 늘 네 기준으로 생각하더라. 됐고. 취업 축하하고 앞으로 좋은 일만 있었으면 좋겠어."

누나가 먼저 전화를 끊었다. 멍하니 휴대폰만 바라봤다.

아버지께서는 홀에 나와 계셨다. 홀에는 닭볶음탕이 준비되어 있었다.

"영원이냐?"

"어? 들었어?"

"그래. 얼른 앉아라. 배고프지?"

"아버지. 나 술 좀 마셔도 돼?"

"그래. 오늘은 아버지랑 진하게 먹어보자. 안 그래도 셔터문 닫을 예정이다."

아버지는 냉장고에서 소주 두 병을 들고나오셨다.

"언제 출근하는 거야?"

"2주 후에 연수원 들어가서 3주 교육받고 현장에 발령받을 거래."

"혹시 현장은 어디라고 하든?"

"정확히는 모르고 경기도 쪽이라고 하더라."

"수도권 간다고 하니까 우리 아들이 성공한 거 같네. 부모가 도움을 못 줬는데 알아서 대견하게 커 주니 이렇게 감사한 일이 어디 있냐? 우리가 복 받은 거지."

난 소주 한 잔을 들이켰다.

"그런 말 하지 말라니까 또 그런다. 아버지 이제 혼자 장사해야 하는데 하겠어?"

"암 해야지. 원래 이가 없으면 잇몸이 대신하잖냐? 잇몸을 구해봐야겠네. 그동안 고생 많았어. 무보수였는데도 말이야."

"무보수는 무슨. 근로기준법 위반이긴 하지만 10만 원 줬으면 됐어. 어쨌든 이렇게 맛있는 안주도 공짜로 주는데, 불만 있으면 안 되지. 아버지. 이제 맛이 엄마가 한 거랑 똑같네."

"그렇냐?"

아버지께서 화끈하게 웃으셨다.

"아버지. 이제 엄마 납골당에 모시자."

"그래. 아버지가 할 일을 또 네가 하려는구나."

"아니. 그런 말은 아니고 집이 불안해서 그런 거야."

"그래. 알겠다. 식사하자."

아버지는 이날 술을 드시면서도 주문을 받으셨고 난 바쁜 아버지를 보면서 술을 마셨다.

취업하고 한 달이 지났다. 난 인천에 있는 한 택지조성 현장에 발령받았다. 이 현장은 개설되고 1년 정도 지난 현장으로 직원은 10명이었다. 다행히 현장 숙소가 제공되어 각자 자기 방을 가지고 있었다. 업무는 신입이라 딱히 할 수 있는 일이 없어서 6)공사팀, 공무팀의 선임이 시키는 일을 조금씩 받아서 처리했다. 그리고 모처럼 집으로 내려왔다. 아버지께 내려간다고 말해서 그런지 가게에는 이미 상차림이 되어있었다.

"왔냐? 시간은 얼마 걸리든?"

"6시간 넘게 걸렸네. 그래도 다른 느낌으로 내려오니까 기분은 좋아."

"차는 안 필요하고?"

"아니. 됐어."

"그래도 차가 안 필요하겠냐?"

아버지는 차 키를 내게 건넸다.

"똥차지만 없는 것보다는 낫지 않겠냐?"

---

6) 건설현장에서는 도면 등을 보며 현장에서 작업자에게 일을 시키는 업무담당자를 공사라고 하고, 대금신청, 설계변경 등 서류담당자를 공무라고 함

"아니. 됐어. 나중에 돈 좀 모이면 살 거야. 그러면 아버지는 어떻게 다녀?"

"걱정하지 말고 들고 가. 나중에 차 사면 줘. 얼른 앉아."

맥주 따는 소리가 시원했다.

"한 잔 들어. 내려오느라 고생했다. 이제 아버지 걱정하지 말고 명절에나 내려와. 자주 내려오면 힘들잖아."

"아니야. 그래도 와야지."

아버지는 웃으셨다.

"아버지. 내일 오전 9시에 납골당 가자."

"그래. 알았다. 돈은 어디서 났어?"

"회사에서 대출해 주더라."

"신입직원한테 대출을 해주디?"

"더 좋아하던데. 하하하. 일단은 바로 못 그만두니까."

"그래. 알았다."

이날 아버지와 오랫동안 많은 이야기를 나눴다. 엄마도 있었으면 좋았을 텐데 아쉬웠다.

엄마를 모시고 납골당으로 향했다. 우리 집과 가장 가까운 곳, 언제든지 아버지가 올 수 있는 곳이었다.

"안녕하세요."

"아. 박늘봄 씨 맞으시죠? 들어가시죠."

하늘공원 관계자는 우리를 이끌고 바로 안치단으로 향했다. 이전에 전화로 말했던 장소에 도착했다.

"A동 10열 6단 3번째 자리입니다. 뵈러 오시면 좋은 자리죠. 여기로 한 거 맞으시죠?"

"네. 제례는 어디서 지내나요?"

"아. 못 보셨구나? 들어오셔서 왼쪽으로 돌면 간단히 지낼 수 있는 장소가 있어요. 어머니 모시고 나서 제게 전화하면 담당자 보낼게요. 이후에 사무실 오셔서 결제하시면 됩니다."

"잘 알겠습니다."

아버지가 대뜸 대화에 끼어드셨다.

"저… 언제든지 와도 되나요?"

"그럼요. 서희는 연중무휴입니다."

"그리고 혹시 나중에 옆자리를 비워줄 수 있나요?"

아버지 말씀에 난 고개를 돌렸다. 아버지 눈가에 눈물이 맺혔다.

"그거는 힘들고요. 나중에 부부 자리로 옮기시면 됩니다."

직원은 고개를 정중히 숙이고 자리를 떠났다. 나는 곧장 차로 돌아가 어머니 유골함을 모시고 나왔다. 이어서 가지고 온 제수용품을 꺼내 제례를 준비했다. 아버지는 꼿꼿이 서서 눈물을 훔쳤다.

"엄마. 이제야 좋은 곳에 모시게 됐네. 늦어서 미안해. 아. 맞다.”

　난 종이가방에서 빨간색 내복을 꺼냈다.

　“첫 월급 받으면 속옷 사주는 거라더라. 이제 봄이 오긴 하는데 우리 엄마 추위 많이 타니까 당분간은 입고 있어.”

　난 유골함을 내복으로 목도리처럼 감쌌다. 엄마가 따뜻해 보였다. 아버지께서 앞으로 나와서 술을 따르셨다.

　“당신 아들 하나는 잘 뒀네. 당신 아들이 대기업에 들어가서 이렇게 엄마도 잘 모시고 말이야. 내가 해야 하는 걸 우리 아들이 하네. 못난 남편 만나서 하늘에 가서도 이렇게 고생하네. 미안하네. 미안해.”

　아버지는 곧 절을 하신 후 한참 동안 몸을 숙여 흐느끼셨다. 난 아버지 옆에 서서 조용히 절을 했다. 잠시 후, 아버지를 추스르고 일으켰다.

　“아버지. 이제 가자.”

　“그래.”

　어머니 유골함을 들고 정해둔 장소에 모셨다. 아버지와 나는 조용히 고개를 숙였다.

제4화 연애작전 (2011년 4월)

오늘따라 왜 이렇게 기분이 안 좋은지 모르겠다. 현장사무실 앞에서 하염없이 담배만 태우고 있었다. 그런 나를 멀리서 보고 있던 구정목 과장님이 다가오셨다.

"우리 늘봄이. 폐를 왜 이렇게 고생시키고 있을까나?"

"머리가 고생하는데 똑같이 고생해야죠."

구 과장님은 킥킥 웃으면서 내게 손을 내미셨다. 난 자연스레 담배 한 개비를 손에 얹어드렸다.

"불은?"

"불도 없습니까?"

"당연히 없지. 네가 다 있으니까."

그러곤 또다시 웃으셨다. 난 라이터를 건넸다. 구 과장님은 담배에 불을 붙이셨다.

"야. 밖에서 이러지 마라. 괜히 소장 볼까 겁난다. 고민 있냐?"

"고민요? 늘 똑같죠."

"실없기는…"

난 다 핀 담배를 툭툭 털고 가려다가 다시 구 과장님을 쳐다봤다.

"왜?"

"아니… 대체 언제 일은 가르쳐 주십니까?"

"또 시작이네. 7)노가다하면서 8)공사일보만 만들 줄 알면 다 배운 거라니까. 아닌 거 같지? 나중에 딴 데 가봐."

"다른 동기들은 이미 9)실정보고 서류를 만들기도 하고, 본사 보고서류도 직접 만든다는데요."

"에라. 그거 다 뻥카야. 그것들이 뭐 하나 생색내고 싶어서 그런 거라니까. 잡소리 신경 쓰지 마라. 정 배우고 싶으면 사무실 들어가서 이것저것 서류나 하나씩 넘겨봐."

갑자기 화가 나려고 했다. 벌써 입사한 지 일 년 반이 지났는데 공사일보 말고는 만들 줄 아는 게 없었다. 물론 스스로 하려고 노력했으나 지나가는 선임들은 내 모니터를 보면서 앞서나갈 필요 없다고 훈계했고, 가르쳐달라고 하면 아직 알 필요 없다고 손사래만 쳤을 뿐이었다. 난 그저 현장에서 일을 가르쳐 주기만을 기다려야 하는 망부석 같은 존재란 말인가. 아니면 내가 쓸

---

7) 건설업을 낮추어 말하는 비속어
8) 공사현장에서 매일 작업사항, 사용장비, 출력인수, 자재반입 등의 내용을 기재하여 발주처에 보고하는 서류
9) 설계서의 누락, 오류 및 현장과 설계서간 상이할 경우 현장실정에 따라 보고하는 서류

모없어서 안 시키는 걸까. 차라리 머털이처럼 갑자기 요술이라도 부렸으면 좋겠다.

"야. 왜 그래?"

구 과장님은 손으로 툭툭 나를 쳤다.

"화 안 났어요."

난 말을 홱 던지고는 사무실에 들어와서 앉았다.

「혁수 기획조정실 갔데.」

입사 동기 김동남에게서 사내 메신저로 문자가 왔다.

「오~ 감동란이~ 크크크. 현장 에이스라며?」

「에이스는 무슨 개 똥구멍 같은 소리냐? 나 여기서 사고 많이 쳐서 잘릴 판인데.」

동남이 말투가 생각나서 절로 웃음이 나왔다. 구 과장님이 나를 보며 이상한 표정을 지으며 손가락을 관자놀이 쪽에서 뱅뱅 돌렸다. 애써 고개를 절레절레 흔들며 모니터로 시선을 옮겼다.

「늘봄아. 언제 그만두냐?」

「나? 조졌어. 회사에 돈 빌렸잖아. 그리고 차도 샀어.」

동남이는 한없이 웃음 아이콘을 찍어 보냈다.

「노예 탄생했네. 그만둘 거라는 놈이. 어? 누가 차 사래? 어? 정신 못 차렸네.」

「망했어. 하하하.」

「이제 딴짓하지 말고 혁수 라인 타라.」

「부럽네. 회사 중심부서도 가고. 라인 타면 월급 더 주냐?」

「걔한테 싸바싸바 잘하면 챙겨주겠지!」

참 부러울 일이었다. 누구는 일 하나 제대로 배우지도 못하고 있는데 어떤 녀석은 벌써 회사 중심부서로 가니까 할 말이 없었다.

「진짜 부럽네. 그 부서는 최소 과장급 아니냐? 혁수가 그렇게 일을 잘해?」

「야! 미친놈아. 크크크. 잠시만. 전화할게」

곧바로 동남이에게서 전화가 왔다.

"야! 아. 눈치 없는 늘봄이 새끼. 하여간 봄밖에 없는 새끼."

"왜?"

"왜긴 왜야? 회사 메신저에 이상한 얘기 적으면 안 돼. 그거 다 본다고."

"그래? 지금까지 넌 괜찮고?"

"뭐?! 하하하. 맞네."

지금껏 나한테 떠든 얘기는 다 잊어버렸나 보다. 사실 나보다 걔가 허튼소리는 훨씬 더 많이 적어왔었다.

"야. 너 혁수 몰랐냐?"

"뭘?"

"혁수 사장 조카야."

갑자기 머리가 띵해졌다.

"야! 야! 듣고 있냐?"

"어?! 어."

"그리고 중요한 거는 혁수 말고도 건호랑 유정이, 승건이, 또 누구 있지? 하여간 우리 동기 중 일곱 명은 될 거야."

"그렇게나 많아?"

"어. 겁나게 많지? 기껏 동기가 스무 명이 조금 넘는데 낙하산이 이렇게 많다. 그런데 넌 아직도 몰랐냐?"

"..."

할 말이 없었다. 어째 취업 준비 기간이 길어진 이유 중 하나를 찾은 것 같았다. 차라리 합격 기회가 없다면 예전에 학교 순대로 면접 본 게 오히려 배려였다.

"야. 나 과장님이 부른다. 나중에 통화하자."

"그래. 감동~ 담에 또 얘기해."

전화를 내려놓고 멍하니 모니터를 쳐다봤다. 살짝 비친 내 얼굴은 이미 일그러져 있었다. 곧장 휴대폰을 들었다.

"여보세요?"

"승건아. 나 늘봄이."

"어. 왜? 무슨 일이야?"

"아니. 그냥. 어찌 지내는가 해서."

승건이가 바빠 보이는 눈치였다.

"싱겁기는. 무슨 일인데?"

결국, 짜증 내듯이 나에게 말했다.

"아니… 혹시 너 무슨 과 나왔나 해서?"

"나? 물리학과인데. 왜?"

"그래? 근데 토목 일이 돼?"

"안될 게 뭐냐? 하하하. 갑자기 너 되게 생뚱맞다."

"미안해. 예전에 네가 뭐라고 했던 게 생각났는데 무슨 과인지 기억이 안 나서 물어본 거야."

"아. 몰라. 나도 짜증 나. 사실 하나도 모르겠어. 하하하. 그래서 기획조정실에 안 보내주면 그만둔다고 했어."

"그럼 안 보내주면 갈 데는 있어?"

웃음소리가 크게 들려왔다.

"갈 데 없으면 그냥 놀면 되지. 안 그럼 장사라도 하던가. 넌 뭐가 걱정이 그렇게 많냐? 나 바쁘니까 다음에 통화하자."

승건이가 전화를 뚝 끊었다. 난 지금껏 뭐 하러 아등바등하며 살았나.

사무실 현관문이 세차게 열렸다.

"박늘봄이 잘 배우고 있냐?"

난 반사적으로 고개를 숙였다. 다름이 아닌 토목 본부장님이셨다.

"넌 임마. 요즘은 연애 좀 하냐?"

"아? 저요?"

"그럼, 너지? 누구냐?"

그저 멋쩍은 웃음을 지었더니 눈 깜빡할 사이에 꿀밤이 날아왔다.

"에라. 또 돈 없어서 못 만나지?"

"아닙니다."

"있어봐. 임마."

본부장님은 지갑을 꺼내더니 20만 원을 꺼내 나한테 건네셨다.

"자. 이거 가지고 여자친구 만들고, 만들고 난 후에 데이트 비용은 따로 청구해라. 단, 나한테 꼭 보고하는 조건이야."

"감사합니다. 본부장님!"

난 재빨리 돈을 주머니에 구겨 넣었다. 본부장님은 그 모습을 보면서 웃으시더니 내 머리를 더벅머리로 만들고는 소장실로 들어가 버리셨다.

"이욜~ 박늘봄이 오늘 소고기 쏘나요?"

어느새 돈 냄새를 맡은 구 과장님은 내 팔짱을 꼈다.

"이 돈으로 여친 만들라잖아요."

"하하하. 그 돈 가지고 퍽이나 만나겠다. 20만 원에 꼬실 수 있는 여자 있으면 네가 진작 만들었겠지. 그냥 나랑 술이나 마시러 가자."

"사달라고요?"

"그래. 임마. 나중에 소장님이랑 본부장님이 같이 나가시면 둘이 소주 한잔하자고."

"또 둘이 마셔요?"

구 과장님은 나를 보며 한참을 웃으면서 손가락으로 여러 번 총을 날리셨다.

고기가 익어가는 소리가 무척 맛있게 들렸다. 그리고 구 과장님은 비싼 소고기가 익기도 전에 족족 다 먹어 치우고 계셨다.

"숨 좀 쉬면서 먹어요."

"어? 그래. 걱정해 줘서 고맙다."

"뭘 걱정해요? 적당히 좀 드세요. 저 한 점도 못 먹었잖아요."

"캬하하하. 그럼 나보다 손이 빠르면 되잖아."

그러면서 약 올리듯 두 점씩 쌈에 올리면서 드셨다.

"자. 왼손에 쌈 올리고 한잔하자."

"네."

잔을 높게 들고 소리쳤다.

"좌쌈우주!"

시원하게 잔을 들이켰다. 굽기만 하다가 한 점 먹으니 날아갈 것만 같은 맛이었다.

"늘봄아. 연애하고 싶냐?"

"당연하죠."

"왜?"

"왜긴요? 저 남중, 남고, 토목과 나왔어요. 제발. 저도 여자라고 불리는 사람이 있는지 알고 싶네요."

"엄마 있잖아."

"과장님!"

"그래그래. 하여간 불쌍한 새끼. 한잔해야겠다."

"아!!! 고기 좀 천천히 먹어요."

구 과장님은 또 열심히 쌈을 싸서 드셨다.

"내가 직언하자면, 결혼해 보니까 혼자만의 자유가 없어지더라고. 그리고 애 둘을 낳아보니까 드는 비용이 장난 아니야. 일곱 살짜리 애가 사교육비가 백만 원이 넘어. 나중에 고등학생 된다고 생각해 봐. 애들 크는 게 무섭다."

"애들한테 돈이 그렇게 많이 듭니까?"

"그렇지. 경쟁 때문에 안 보내기 힘드니까 돈을 펑펑 쓰는 거야. 둘이 버는데도 돈이 모이질 않잖아. 오히려 마이너스야. 젠장. 또 한 잔 마셔야겠네. 네 인생 걱정돼서 형이 얘기해주는 거야."

"그래도 하나보다 둘이 낫고, 둘보다 넷이 나은 거 아닙니까?"

"맞지. 맞는데. 돈이 있으면 그런 거고. 돈 없으면 그냥 없이 혼자 사는 게 제일 나아. 나 집에 가면 네 형수랑 말 섞으면 돈 얘기밖에 안 한다. 머리 아파. 내가 버는 건 한계가 있고, 네 형수가 제대로 된 직장을 다녔으면 좋겠는데 애들 키우다 보니 나이가 들어서 사무직은 받아주지도 않네. 그러니까 지금 학생들 과외 하잖아. 아까워 죽겠다. 그거 하려고 대학원까지 나온 게 아닌데. 하여간 돈 때문에 얼굴 붉힐 일이 참 많다."

"알아요. 그래도 연애는 하고 싶네요. 한 번은 만나봐야 할 거 아닙니까?"

갑자기 기분이 멍해지더니 술잔 든 손을 이리저리 움직였다.

"근데 왜 심각한 얘기 하시면서 안주만 다 드세요? 양심껏 하나 정도는 남겨주세요."

"새끼. 쪼잔하게 굴긴."

구 과장님은 그러면서 혼자 술을 들이켜며 안주를 냅다 드셔버렸다.

구 과장님은 배부른지 이미 나가서 담배를 피우고 계셨다. 난 천천히 계산대로 걸어갔다.

"얼마죠?"

"네? 이미 계산 다 하셨어요."

"아. 감사합니다."

가게를 나오자마자 과장님 옆으로 다가섰다.

"오~ 달라진 모습?"

"지랄한다. 내가 너한테 얻어먹은 적 있냐?"

"그냥 말이 그렇다는 거죠. 잘 먹었습니다."

"그래. 다음 주에 나랑 미팅 한 번 하자."

"싫은데요."

"알겠다. 소개팅은 아쉽게 됐네."

"고맙습니다. 형님!"

난 즉시 구 과장님께 폴더인사를 했다.

"그럼 2차는 네가 쏴라. 돈 아까워서 많이 못 먹었는데 소고기 어떻냐?"

"뭘 못 먹어요? 혼자 다 드셔놓고선."

"아깝나?"

"아닙니다. 제가 모시겠습니다."

결국, 육회 가게로 자리를 옮겼다.

한 일주일쯤 지났다. 소개팅 나갈 생각에 마음이 들떠있었다. 숙소에서 나름 괜찮다고 생각하는 옷을 입고 사무실로 들어갔다.

"옷 좀 멋있는 거 없냐?"

구 과장님은 내 모습을 보더니 핀잔을 주셨다.

"이만하면 멋있지 않습니까?"

"에라. 소개해 주고 욕먹게 생겼네."

"얼굴이 커버해 줄 겁니다."

"그래. 네 얼굴이 제일 큰 단점이야. 가자."

구 과장님은 차 시동을 걸었다.

"과장님 차 타고 가면 나중에 저는 어떻게 와요?"

"같이 오면 되지."

"어? 끝까지 저랑 같이 있으려고요?"

구 과장님은 차가 떠나가라 큰소리로 웃으셨다.

"이 새끼 김칫국 한 사발이네. 잘되면 소개팅녀한테 데려다 달라고 해."

"아니. 농담 말고요."

"무슨 농담이야? 그러면서 정도 쌓는 거지. 걔가 운전을 진짜 잘한대."

"그냥 제 차 타고 갈게요. 어떻게 처음 보는데 그래요."

"아서라. 네 똥차 보여주면 여자들 싫다고 할 거야. 새차 나오기 전까지 절대 보여주지 마. 그냥 차라리 차가 없다고 해. 알겠어?"

"제 차가 어때서요?"

"10년 넘은 똥차에 덜덜거리고 담배 냄새 찌들어서 누가 좋아하겠냐? 네가 이러니까 여자를 못 만나는 거야. 딱 형만 믿어봐라."

갑자기 머리가 먹먹해졌다. 새차 나오면 아버지 드리려고 했었는데 구 과장님 논리라면 내가 타야 한다는 건가. 하긴 어린애도 아빠 차가 뭔지 안다던데, 하물며 여자들도 좋고 나쁘고를 알겠지. 그런데 나 필요할 때만 아버지 차 쓰다가 필요 없다고 돌려 드리려니 마음이 편치 않았다.

"어디서 보기로 했는데요?"

"내가 패밀리 레스토랑 예약 잡았지? 하하하. 내가 마음먹고 널 위해서 돈 좀 썼다."

"아니. 무슨 스테이크 썰면서 사람을 만납니까? 그냥 커피 마시면 되죠."

"원래 소개팅은 그렇게 안 하냐?"

"아. 과장님!"

"진짜? 희한하네. 보통은 고기 정도는 썰어줘야 하는데 말이야."

구 과장님은 오히려 나를 이상하다는 듯이 쳐다보셨다.

"너 연애 한 번도 안 해봤지?"

"아니요. 해봤어요."

"언제?"

"그게… 다음에 말씀드릴게요."

"안 해봤네. 이 새끼. 네가 뭘 좀 모르네."

"아! 해봤다니깐요!"

"됐다. 말 마라. 내가 네 소개해 주고 욕먹을 거 같아서 걱정이 앞선다. 세상천지에 이런 선임이 어디 있냐?"

구 과장님은 차 속도를 올렸고, 쏜살같이 인천을 빠져나갔다. 곧이어 낯이 익은 광경이 보였다.

"여기 공항 아닙니까?"

"어. 왜?"

"아니요. 그냥요."

"새끼야. 곧장 신혼여행 가라고 공항까지 온 거 아냐?"

구 과장님은 또 혼자 넘어갈 듯이 웃으면서 핸들을 손으로 두들기셨다. 뭐가 그렇게 재밌는지 나로서는 이해가 안 가서 멀뚱멀뚱 쳐다보니 그제야 뚱한 표정을 억지로 짓더니 창문을 살며시 여셨다.

"사고 치지 말 거라."

"네. 과장님."

"그래. 내 처제 친구니까 잘못하면 집에서 쫓겨날 수 있으니 각별하게 주의하기를 바란다."

"예이~!"

마침 비행기가 착륙하는 게 잘 보이는 패밀리 레스토랑 앞에 도착했다. 어색하기만 했다. 요즘 이런 곳에 가면서 나처럼 정장 차림으로 가는 사람이 있을까? 뭐 옛날에야 돈가스 같은 경양식 먹으러 갈 때 입고 간다고 들었지만, 지금이야 슬세권이라는 말까지 나오는 자연스러운 시대 아닌가? 국밥집이 아니라 다행이긴 해도 그냥 커피 마시러 갔으면 편할 것 같은데 이게 뭐람. 젠장. 과장님 시대에는 아마도 이런 게 대세였겠지.

"들어가자."

나는 애써 머리를 헝클이고 재킷의 단추를 열었다. 가게 안으로 들어가자 여느 레스토랑처럼 가족 단위로 사람이 많았다. 다행히 나처럼 정장 입은 사람이 몇몇 보였다. 아마도 직장 마치고 온 사람들 같았다. 직원의 안내에 따라 정해진 자리에 앉았다.

"곧 도착할 거니까 조금만 기다려. 보통 여자들 화장하는 시간 알지? 그러니까… 어?! 빨리 왔네?"

구 과장님이 벌떡 자리에서 일어나더니 여자분과 악수를 하셨다. 나도 일어나 반사적으로 고개를 숙였다. 천천히 고개를 드는 순간 그 노래가 나왔다. ♪ 별빛이 내린다. 샤라라라 ♫ 세상에. 구 과장님은 내 턱을 당겼다.

"입 좀 닫아. 새끼야."

구 과장님과 자주 만난 사이처럼 보였다. 그녀는 구 과장님의 안내에 따라 자연스레 테이블 반대쪽에 앉았다. 난 급하게 뒤돌아서서 머리 손질과 재킷의 단추를 잠갔다. 구 과장님은 또 이상한 눈초리로 나를 보셨고, 귓속말로 속삭이셨다.

"어떠냐?"

"예쁘시네요."

"미친 새끼. 귓속말로 해야지."

나도 모르게 멍하니 큰 소리로 얘기해 버렸다. 내 말을 들은 그녀는 아무렇지도 않다는 듯 환한 미소를 보였다.

"저기 이 새끼가 연애를 한 번도 못 해봐서 애가 조금 모자래. 네가 조금 이해해라."

"네. 사실 저도 못 해봤는걸요."

"그래그래. 역시 우리 처제 친구는 달라."

구 과장님은 괜히 무안한지 나를 보고 웃다가 화내다가를 반복하셨다. 아마도 그녀와의 자리가 어색한 듯했다.

"스테이크는 좋아하지?"

"그럼요. 없어서 못 먹죠."

"그래. 내가 스테이크 세 개랑 그 뭐야? 파스타도 시켜놨어. 그리고 샐러드? 어? 그것도 말이야."

"오빠. 갑자기 너무 불편해 보이시네요?"

"하하하. 내가? 전혀 아니야."

결국, 구 과장님은 티슈로 열심히 얼굴을 닦으셨다. 누가 보면 내가 아닌 구 과장님이 소개팅하는 것처럼 보일 것 같았다. 난 자리에서 일어났다. 갑작스러운 내 행동에 구 과장님은 적잖이 당황했는지 손으로 막 앉으라며 안절부절못하셨다. 아마도 내가 나가려는 줄 알았나 보다.

"안녕하세요. 박늘봄입니다."

내 행동이 신기한 듯 쳐다보던 그녀는 나처럼 일어서더니 손을 내밀었다.

"이분홍입니다. 반갑습니다."

난 내 손을 내밀어 분홍 씨의 손을 잡았다. 자연스레 입꼬리가 올라갔다. 손이 무척이나 곱고 따뜻했다. 분홍 씨는 살며시 내 손을 빼더니 자리에 앉았다. 난 고개를 돌려서 구 과장님을 쳐다봤다.

"왜?"

"이제 안 가세요?"

내 질문에 구 과장님은 무안해하셨다.

"스테이크 시켜놨잖아."

"그러니까요. 왜 스테이크를 여기서 드세요?"

"야. 밥은 좀 먹고 가자. 이것만 먹고 갈게."

난 고개를 돌려 분홍 씨를 쳐다봤다. 분홍 씨는 입을 가린 채 웃더니 고개를 끄덕였다.

"딱 이번만 봐줍니다."

구 과장님은 내 태도에 당황했는지 헛웃음을 치셨다. 이윽고 지글지글 소리를 내며 음식이 들어왔다. 구 과장님은 나를 한 번 보더니 급하게 드시기 시작했다. 왠지 군대에서 선임병의 눈치를 보며 밥을 먹는 이등병 같았다.

"과장님. 천천히 드세요."

"더럽게 눈치 보여서 내 얼른 먹고 들어가련다."

구 과장님은 대략 5분이 지난 후 입에 고기를 가득 문 채 자리에서 일어나셨다.

"잘 놀다 와라. 그리고 우리 처제 친구도 이 친구 잘 봐줘요. 잠시만."

구 과장님은 고개를 돌리더니 남은 고기를 억지로 넘기셨다.

"캑. 캑. 음… 아! 아! 괜찮아. 괜찮아. 하여튼 둘이 좋은 인연 되고 아름다운 사랑을 기원합니다."

난 자리에서 일어나 곧장 거수경례했다.

"살펴 가십시오."

"15만 원짜리 스테이크 진짜 불편하게 먹었네."

구 과장님은 우리 것도 계산한 금액을 말씀하셨다. 미안한 마음이 앞서서 구 과장님 옆으로 갔더니, 물 한 잔을 들이켜더니 오물오물하면서 나한테 양손 중지로 욕을 하셨다. 난 크게 웃으면서 허리를 숙여 인사했다.

구 과장님이 가시고 나면 자신감 있게 얘기할 수 있을 것만 같았다. 하지만 막상 둘만 앉아있으니 어떤 말도 해야 할지 생각나질 않았다.

"왜 그렇게 긴장하고 계세요?"

"아. 아뇨. 긴장 안 했습니다."

"딱 봐도 긴장하신 거 같은데요?"

내가 식은땀을 흘리는 사이 분홍 씨는 다정한 미소를 내게 보냈다.

"참! 나 늘봄 씨 대해서 얘기 많이 들었어요."

"아! 저요? 혹시 안 좋은 얘기만 들은 거 아닙니까?"

"맞아요."

손을 가리며 웃는 모습이 어찌나 선녀 같은지 눈을 뗄 수가 없었다.

"소개팅 제가 해달라고 한 거 아세요?"

"네?!"

"호호호~"

애써 웃음을 숨기려는 그녀가 너무 귀여웠다.

"오빠가 늘봄 씨가 엄청 엉뚱하다고 얘기했어요."

"하하하. 진짜 안 좋은 얘기만 했네요."

"아니요. 아니요. 그게 아니라… 일하면서 기발한 생각을 많이 한 대요. 한 번씩 충격을 받는다고 하더라고요. 역시 뇌는 신선해야 한다고요. 하하하."

"그런가요? 전혀 신선하지 못한데…"

"에이. 겸손하시네요."

난 멍하니 그녀를 쳐다봤다. 그녀는 괜히 어색한지 고개를 돌렸다.

"제 얘기는 들으신 적 있으세요?"

"음… 전혀요."

"하하하. 혹시 제가 누나인 거 아세요?"

"네?!"

"너무 당황하시지 마세요. 저 잠시 화장실 좀 다녀올게요."

그녀는 자리에서 일어서더니 금세 사라져 버렸다. 난 그녀가 가는 길을 돌아보며 멍하니 하늘을 쳐다봤다. 연애라는 걸 해본 적 없었지만, 어릴 적 엄마에게 여동생을 낳아달라고 보채던 기억은 훤했다. 그래서 여동생 같은 여자친구를 만나고 싶었다. 그런데 그녀가 나보다 나이가 많다니… 온갖 생각이 머리를 스쳤다. 얼마나 나이가 많을까? 어려 보이던데 아마도 한두 살 정도겠지? 그렇겠지? 내 나이 서른인데 너무 차이가 나면 아이는 어떻게 낳아? 그리고 언제 벌어서 애는 키우고? 어? 어? 잠시만. 너무 김칫국 마시고 있는 거 아닌가? 친구들이 소개팅하면 임종까지 생각한다고 하더니만, 내가 딱 그 모양새네. 혼자 실없이 웃고 있다가 뒤에 인기척이 느껴져 고개를 돌려보니 그녀가 날 쳐다보면서 웃고 있었다.

"갑자기 즐거운 일 있으세요?"

"흠! 흠! 아뇨."

괜히 멋쩍은 웃음을 보이며 아무렇지 않은 척했다. 그녀는 더 크게 함박웃음을 지어 보였다.

"혹시 제 나이 궁금해서 그런 거 아니죠?"

"네?!"

어떻게 알았을까. 정말 여자들 촉이란 무섭다.

"좀 나이가 많아요. 늘봄 씨보다 세 살 많아요."

"아."

너무 티가 나게 멍청한 표정을 짓고 말았다. 뭐라고 대답해야 했지만, 막상 어떤 대답을 해야 할지 고민됐다.

"나이가 많죠?"

"네?! 아닙니다. 아닙니다. 다 늙으면 똑같잖아요. 그러니까 3살 해봐야 중학생과 고등학생 차이이지만. 뭐. 그렇지만. 70대가 되면 그까짓 거 10살도 친구 할 수 있죠? 암… 그렇죠."

"하하하. 그렇다면 나이가 더 들어야 친구가 될 수 있겠네요?"

"아. 그런 뜻이 아니라 제 얘기는 어차피 친구 한다면 뭐 젊을 때나 늙을 때나 친구가 될 수 있다는 뜻입니다."

"그러면 연인은요?"

"네?!"

"우린 친구인가요?"

그녀의 적극적인 질문에 얼굴이 빨갛게 물들었다. 갑자기 식은 땀이 막 흘러내릴 것만 같았다. 우물쭈물 고민하는 사이 다행스럽게도 스파게티가 나왔다. 직원이 그녀를 다정하게 쳐다보더니 이어서 내게 고개를 돌렸다.

"손님. 이 스파게티는 이분께서 만드신 겁니다."

내 눈은 휘둥그레 커졌고 서빙을 한 직원분은 웃으며 자리를 떠났다.

"왜 그렇게 놀라세요?"

"네?! 아닙니다. 아니요."

그녀는 내 모습에 살짝 미소를 보였다.

"사실 지난달까지 여기서 일했어요. 오빠 식구도 여기 자주 왔었어요. 아직도 제가 일하는 줄 알고 예약을 잡았던 것 같아요. 진작에 그만뒀는데 몰랐나 봐요."

"아. 그래서 여기에 온 거군요."

"한 번 드셔보시겠어요?"

그녀가 쳐다봐서 부담스러웠지만, 스파게티를 한 젓가락 감아서 입에 가져갔다. 엄마 말고는 내게 요리를 해준 사람이 없었기에 음식의 맛은 평가하기 곤란할 만큼 마음에 와닿았다. 그리고 지그시 눈을 감았다.

"혹시 맛이 없으세요?"

"아닙니다. 감동하는 중입니다."

"감사합니다. 자주 해드릴게요."

"네. 네?!"

스파게티를 먹은 이후 어떤 얘기를 했었는지 정확하게 기억나질 않는다. 그저 횡설수설한 것 같았다. 그녀가 보여준 정성에

넋을 놓아버린 게 아닌지 모르겠다.

 하늘에는 별똥별이 떨어지듯이 비행기가 연이어 착륙했다. 공항 앞의 도로에 그 많던 차량은 시간이 지나면서 어느새 사라지고 없었다.
 "좋은 시간이었습니다."
 "제가 더 고맙죠."
 내 말에 그녀는 살갑게 대답했다.
 "집이 어디세요?"
 "저기요."
 그녀가 가리킨 곳에 낡은 빌라가 우뚝 서 있었다.
 "그럼 살펴 들어가세요. 저는 여기 서서 가시는 모습 보고 들어가 보도록 하겠습니다."
 갑자기 그녀가 입을 가린 채 웃었다.
 "차 안 가지고 오셨다면서요?"
 "네? 아! 과장님이 말씀하셨나 보네요. 그냥 택시 타고 들어가면 돼요."
 "아니에요. 제가 모셔다드릴게요. 멀리서 오신걸요."
 "아닙니다. 아닙니다."
 내가 주춤거리며 뒷걸음질 치자 오히려 그녀는 내게 더 다가왔다. 그러다 그녀는 차분하게 웃으면서 자연스레 차로 향했다.

"빨리 타요. 늘봄 씨가 늦게 타면 저도 늦게 와요."

나를 보며 웃는 그녀의 웃음소리가 귓가에 맴돌았다. 마치 홀린 듯이 차에 탔다. 아담한 경차에 어깨가 닿을 듯 나란히 앉으니 왠지 더 가까워진 느낌이었다.

"늘봄 씨."

"네?"

"우리 연애할까요?"

"네?!"

적극적인 그녀의 행동에 무척 당황스럽긴 했지만 나쁘지는 않았다. 난 곰곰이 생각하는 척하곤 대답했다.

"오늘부터 1일인 거죠?"

재미없는 멘트에도 그녀는 날 슬쩍 쳐다보더니 쑥스러운 듯 웃었다. 그녀는 다시 말문을 열었다.

"그런데 저는요. 늘봄 씨랑 결혼을 생각하고 만나고 싶네요."

도무지 감이 안 잡혔다. 처음 보는 나에게 결혼이라니. 이건 가상현실인가. 우리는 시뮬레이션 세상에 있는 건가. 갑자기 그녀의 집에서 결혼을 재촉하는 듯한 느낌을 받았다. 그러면 이 만남은 소개팅인가, 아니면 중매인가.

"아. 그러신가요? 뭐… 저는…"

"알아요. 저를 잘 모르시니까. 그런데 저는 늘봄 씨 이야기를 자주 듣고 있었고, 미래를 생각해 봤으면 했어요."

"아… 그게 아니라… 사실 연애해 본 적도 없고요. 제가 결혼을 생각할 정도로 행복하게 해줄 수 있을지 장담할 수가 없어서요."

그녀는 내 대답에 대꾸하지 않았다. 10여 분을 어색하게 보낸 후 그녀에게 말을 건넸다.

"분홍 씨. 혹시 시간 되실 때 저랑 우리 집 가보실래요?"

"네. 좋아요."

그렇게 분홍 씨는 우리 집에 가게 됐다.

서울에서만 산 그녀는 한적한 경남 창수시를 마냥 신기해했고, 아버지 차에 그녀를 데리고 내려오는데 아무런 불평은 없었다.

"차가 불편하죠?"

"아니요. 오히려 제 차보다 넓고 좋은데요."

"고맙습니다. 올라갈 때는 버스 타고 가야 해요."

"얼마 전까지 버스 많이 탔어요. 괜찮아요."

분홍 씨는 호쾌하게 웃으며, 기분 좋게 콧노래를 불렀다. 우리 둘이 탄 차는 시가지를 벗어나 작은 읍내로 향했다. 오래된 메타세쿼이어 나무가 도로변에 우두커니 서서 풍경을 가리고 있었다. 몇 분 후 숲을 벗어나고 드넓게 펼쳐진 농지가 보였다.

"우와~ 풍경이 너무 멋져요."

"이런 데 살고 싶으세요?"

"음… 아마도 나이 들어서?"

"하하하. 거의 다 왔어요. 저기 끝에 치킨집 보이죠? 저기가 아버지 가게에요."

가게 옆에 차를 세우고 문을 열고 들어갔다.

"어서 오세요?"

아버지는 손님 얼굴을 보지도 않은 채 습관적으로 인사말을 하셨다.

"아버지 나 왔어."

"어?! 늘봄이 왔냐?"

아버지는 앞치마를 내려놓고 홀로 나오셨다. 두꺼운 손으로 내 손을 잡더니 반갑다며 다시 한번 꼭 잡으셨다. 아버지 손은 더욱 거칠어져 있었다.

"그런데 이 아가씨는 누구야?"

분홍 씨는 아버지와 눈을 마주하더니 재빨리 고개를 숙였다.

"안녕하세요? 아버님."

"아~ 여자친구구나? 여기 앉아요. 내가 후라이드 하나 바로 튀겨올게."

아버지께서는 기분이 좋은지 웃으며 다시 주방으로 가셨다. 주방의 작은 틈으로 아버지는 힐끔힐끔 우리를 보며 미소를 지으셨다. 난 분홍 씨를 식탁에 앉히고 음료를 꺼내 한 잔 따랐다.

"좁죠? 원래 배달만 주로 해서 홀에 식탁이 두 개밖에 없어요.”

“네. 원래 시골에는 크게 안 하잖아요.”

“시골은? 음… 작은 동네인 건 맞는데 여기 사람은 많이 살아
요.”

“아! 죄송해요.”

“아닙니다.”

분홍 씨는 가게 안을 두리번두리번 살펴보았다. 청소가 덜 된
내부 홀과 여러 가재도구 등 도심지에서 보기 힘든 가게이기에
여간 신기한 게 아닐 터였다. 그리고 음식이 그려진 그림을 빤
히 쳐다보더니 그 옆의 엄마 사진을 한참을 바라보고 있었다.

“어머니 참 고우시네요?”

“그렇죠?”

“늘봄 씨는 어머니 많이 닮았네요.”

“아버지 판박이라는데요. 뭘.”

“맞아요. 그냥 둘러 말했어요.”

고소하게 튀겨지는 치킨 냄새가 홀 안에 퍼졌다. 점심을 먹은
지 얼마 되지 않았지만, 그만 뱃고동 소리가 들려왔다. 소리가
밖으로 새어나지 않게 배를 부여잡았다. 분홍 씨는 내가 장난이
라도 치는 것처럼 마냥 웃음을 멈추지 않았다.

“늘봄아. 여기 안으로 들어와라.”

우리 가게는 주방 안쪽으로 작은 방이 하나 있는데 손님이 없

을 때면 엄마와 아버지가 쉬기도 했던 장소였다. 바로 이 장소에 아버지가 치킨을 준비해 놓으셨다. 자그마한 밥상에 김이 모락모락 올라오는 치킨은 한눈에도 먹음직스러웠다.

"아버지. 우리는 그냥 홀에서 먹을게."

"그래도 손님 오면 불편하잖아."

"아니야. 그래도 처음 왔는데 방에서 먹기 그렇잖아."

"조금이라도 편하게 있으라고 하는 거지. 그럼 옮겨줄까?"

그 순간 분홍 씨가 끼어들었다.

"아! 아니요! 아버님. 여기서 먹을래요. 우와! 엄청 맛있겠다."

분홍 씨는 아버지와 나의 동태를 살피다 아버지 말씀을 듣고 부리나케 달려와 방 안으로 들어갔다. 그리고 뜨거운 데도 닭다리 하나를 들어 보이며 냄새를 맡았다.

"아버님. 너무 맛있어 보여서 먼저 들어도 될까요?"

아버지는 얼굴에 화색이 돌더니 고개를 끄덕이셨다. 나는 분홍 씨가 닭을 좋아하는 건지, 아버지를 생각해서 한 행동인지, 아니면 둘 다인지 도무지 헷갈렸다.

"천천히 드세요."

내가 분홍 씨를 채근한 것처럼 보였는지 아버지는 슬며시 방문을 닫으셨다.

"억지로 안 그러셔도 돼요."

"네?! 아니에요. 정말 맛있어요. 그리고 홀보다 방에서 먹는 게 더 좋잖아요."

난 미소를 지어 보였다.

"늘봄 씨는 배불러서 안 드시는 거예요?"

"전 예전에 많이 먹었잖아요."

"에이~ 그래도 좀 드셔보세요. 아버지 치킨 생각 안 나시던가요?"

"음… 가끔 생각나죠."

맞다. 치킨을 먹을 때면 늘 아버지 생각이 나곤 했다. 아버지의 6천 원짜리 후라이드치킨. 이마저도 비싸다고 생각해서 물가가 오르는데도 가격을 올리지 않으셨다. 그래서 늘 신경이 쓰이곤 했었다. 아버지 생활이 늘 어려운 이유였다.

"혹시 제가 실수했나요?"

내가 멍하니 딴생각하는 걸 보고 이상하게 생각했나 보다.

"아니요. 아니요. 그냥 옛날 생각 좀 했습니다."

"그렇다면 다행이네요. 부모님께서 치킨 장사하셔서 어릴 적 다른 친구들보다 많이 드셔서 좋았겠어요."

"하하하. 기름 지긋지긋해요. 배달하는 건 진짜 싫었고요."

"아! 그래도 저는 부러운 데요."

"많이 드세요."

분홍 씨는 눈가에 주름이 잡히면서 웃다가 어느새 그 많은 치킨을 해치웠다. 진짜 닭을 좋아하는 건 맞았나 보다.

"버스 시간 때문에 빨리 움직여야 할 것 같아요."

내가 보채자 재빨리 그녀가 일어나 문을 열고 나섰다.

"아버님. 치킨 정말 잘 먹었습니다."

"실력이 부족해서 입맛에 맞으셨는지 모르겠네요."

"세상에서 제일 맛있는 치킨이었는걸요."

분홍 씨가 엄지 두 개를 펼쳐 보이자, 아버지의 얼굴이 이내 빨갛게 변하더니 덩달아 엄지를 올리셨다. 아버지가 저렇게 쑥스러워하시는 걸 처음 본 것 같았다.

"아버지. 차 조금만 쓰고 다시 가져다 놓을게요."

"알겠다. 오랜만에 이 녀석 보게 됐구나."

"일단 엄마 뵙고 와서 밖에 대놓을게요."

"오늘 올라갈 거야?"

"가야지. 내일 출근해야 하니까."

아버지 얼굴에는 서운함이 묻어있었다.

"그래. 너무 급하게 운전하지 말고."

"금방 갔다 올게요."

난 가게 문을 열고 나왔다. 분홍 씨를 차에 태워 읍내의 한적한 골목길로 달렸다. 멀리 작은 아파트가 눈에 들어왔다.

"저기 빨간색 아파트 보이죠?"

"네."

"저기 4층이 우리 집이에요. 집 구경시켜 드리고 싶은데 지금은 아버지 혼자 사셔서 사생활 때문에 들어갈 수는 없을 것 같습니다."

"네. 알겠어요."

"사귄 지 한 달도 안 됐는데 왜 여기까지 온 줄 아세요?"

"제가 결혼 생각하면서 만나자고 하니까."

난 고개를 끄덕였다. 분홍 씨는 날 빤히 쳐다봤다.

"그저 사실대로 보여주고 싶었어요. 어려운 가정에서 자랐고, 지금도 어렵다는 거. 이런 모습을 보고도 과연 결혼하고 싶을까? 그걸 알고 싶었던 거예요."

"다 알고 있어요."

"네?"

"다 알고 있다고요. 늘봄 씨는 제가 돈만 따지는 여자인 줄 아셨나요?"

너무 당황했다. 순간적으로 분홍 씨에게 어떤 대답을 해야 할지 생각나질 않았다.

"고맙습니다."

얼토당토않은 말을 하고 대화를 마쳐버렸다. 분위기는 가라앉아 버렸고 한동안 어떤 대화도 나누지 않았다.

납골당에 차를 댔는데도 분홍 씨는 특별한 반응이 없었다. 난

먼저 차에서 내려 앞장섰다. 이어 분홍 씨는 내 뒤를 졸졸 따라
왔다.

"여기가 엄마가 계신 곳이에요."

"네."

분홍 씨는 내 옆에 꼭 붙어 섰다.

"엄마가 어디 계시는지 안 궁금했어요?"

내 질문에 잠시 뜸을 들이더니 이윽고 말문을 열었다.

"대충 알 것 같았어요. 살아계셨다면 식당에 어머님 사진만 걸
어놓지 않았겠죠. 물어보는 건 실례인 것 같아서 안 했어요."

"고마워요."

둘이 같이 손을 잡고 건물 내로 들어갔다. 나란히 엄마 앞에
서서 묵념했다. 눈을 떠 두 손을 모으고 고개를 숙인 분홍 씨의
손을 살며시 잡았다.

"엄마. 여기 모시고 일 년이나 돼서 다시 왔네. 자주 올 수 있
을 것만 같았는데 이런저런 핑계로 못 와서 미안해. 오늘은 특
별한 일이 있어서 찾아왔어. 엄마가 여태껏 못 본 내 여자친구
소개하려고. 사귄 지 한 달도 안 됐는데 결혼하고 싶데. 그래서
우리 가게도 보여주고, 우리 집도 보여줬는데 괜찮데. 날 진심
으로 대해줄 수 있는 사람 같아. 종종 찾아올게. 미안해."

나는 가방에서 꽃장식을 꺼내어 유리에 붙였다. 조용히 손을
모아 고개를 숙였고, 분홍 씨도 덩달아 움직였다.

6시가 넘었다. 아버지 가게 앞에는 튀김 냄새가 많이 새어 나왔다.

"아버지. 우리 가볼게."

아버지는 주방에서 바로 나오셨다.

"그래. 조심히 올라가고. 아버지가 버스터미널까지 데려다주고 싶은데 지금 주문이 많이 밀렸어."

"괜찮아. 그냥 택시 타면 돼."

"그래. 다음에 오면 자고 가. 알겠지?"

"알겠어요. 아버지."

분홍 씨가 인사를 하려던 참에 아버지가 내 옷깃을 잡아당기셨다. 난 아버지가 가시는 방향으로 뒤따라 걸어갔다.

"이번 달에 말이야. 재료비가 너무 많이 들어서 도저히 운영이 안 되네. 미안한데 300만 원만 빌려줘. 아버지가 다음 달에 꼭 갚으마."

"알았어. 별 큰 금액도 아닌데 뭘 이렇게 진지하게 얘기해. 내일 아침에 바로 보내드릴게."

"그래. 고맙다."

내가 아버지 곁을 떠나는 걸 보고 분홍 씨는 큰 목소리로 아버지께 인사했다.

"아버님. 잘 먹고 잘 놀다 갑니다. 다음에 뵙겠습니다."

"그래요. 다음에 꼭 봐요."

분홍 씨는 아버지께 손을 흔들었고, 아버지는 기분이 좋은 지 두 손을 머리 위로 흔드셨다.

제5화 둘이 되기까지 (2012년 5월)

 분홍 씨와 연애한 지 벌써 일 년이 넘었다. 어느 순간 자연스레 존댓말은 반말이 되었고, 호칭도 바뀌었다. 지금은 분홍이라고 부르고 있다. 어쨌든 분홍이 덕분에 우리 집에 두 달에 한 번씩 내려가며 아버지를 자주 뵈었다. 아버지께서는 분홍이가 오는 걸 좋아하지만, 나로서는 도저히 불편해서 분홍이에게 뭐라고 하면 연애를 가족처럼 해도 된다나 뭐라나. 고마운 말이긴 한데 본인이 불편한 데 숨기는 건 아닌가 싶다가도 아버지와 농담하는 걸 보면 딱히 불편해 보이는 것 같지는 않았다.

 어느 날, 분홍이 가족들이 결혼 준비 안 하냐고 하면서 대체 연애하는 그놈이 어떤 놈인지 데리고 오라고 했단다. 그래서 오늘 만나기로 약속을 잡았는데, 가만히 생각해 보니 난 일 년 동안 연애를 하면서 딱히 가족관계를 묻지 않아서인지 오빠가 있는지, 동생이 있는지, 가족이 누가 있는지 알 겨를이 없었다. 혹시나 상처가 될 일이 있을까 싶어 애써 묻고자 하지 않았다. 예전에 소개팅하고 난 후 구 과장님에게 분홍이에 관해서 물으면 짜증을 내시며 직접 알아내라고 내게 핀잔을 주곤 했었는데, 정작 분홍이에게는 내가 술주정 부린 걸 다 알려주고 있었다. 아마도 처제한테 얘기한 게 넘어간 듯싶었다. 몹쓸 과장 새끼 같으니. 하여간 마음에 드는 구석은 없지만, 분홍이를 소개해 준 것만으로도 그냥 고맙게 생각하고 있으련다.

마침 분홍이가 카페에 들어왔다.

"어? 멋진데? 정장 어디서 났어?"

분홍이가 내 옷차림을 이곳저곳 만졌다.

"여기 바로 앞에 마트에서 샀어."

"이야~ 대충 사 입어도 멋있는 클라쓰 보소. 우리 서방 맵시가 살아나네."

분홍이 농담에 웃음이 절로 나왔다. 분홍이가 이내 진지한 표정으로 말했다.

"나 고백할 게 있어."

"뭔데?"

"나 부모님 안 계셔. 일찍이 돌아가셔서 언니가 엄마 역할을 했었어."

"…"

"놀랬지? 언니가 나보다 여덟 살 많아. 그래서 자기랑 열한 살 차이가 나. 아마 많이 물어볼 거야. 너무 긴장하지 말고."

"알았어."

이모뻘 되는 부모님을 대해야 하는구나. 일단 따뜻한 아메리카노에 마음을 녹였다.

이전에 봤었던 빌라 3층 초인종을 눌렀다. 시끄럽게 개 짖는 소리가 들렸고, 누군가가 뛰어오는 소리도 들렸다. 문이 열렸다.

"왔어? 왔어?"

조카가 분홍이 뒤에 내가 뒤에 있는지 모르고 큰 소리로 얘기했다. 잠시 후, 나와 눈이 마주치고는 줄행랑을 쳤다.

"귀엽지? 여고생이 원래 저래."

"그래. 귀엽네."

난 문이 열리는 순간부터 정신이 없었다. 분홍이 얘기에 아무 생각 없이 말했다.

"안녕하세요."

우리가 현관에 들어서자마자 멀리서 언니 내외가 나를 보고 정중히 인사하셨다. 나 또한 같이 고개 숙여 인사했다.

"차린 게 많이 없어요. 여기 앉으세요."

분홍이 언니에게는 내가 처형이라고 부르게 맞는 거 같았다. 어쨌든 처형은 내게 티비가 잘 보이는 넓은 가운데 자리로 안내했다. 그리고 조심히 내게 물었다.

"혹시 성함이?"

"박늘봄입니다."

"아이고. 이름이 멋지네요. 일단 식사하세요."

마치 수라상처럼 엄청나게 큰 밥상에 숫자를 셀 수 없을 만큼 많은 반찬과 요리가 있었다. 이걸 어떻게 다 먹나 고민할 새도 없이 처형은 내 앞에 여러 반찬을 먼저 가져다주셨다.

"많이 들어요. 부족하면 얘기하고."

내가 난처한 표정을 짓자, 조카 둘은 내 얼굴을 보며 깔깔대며 웃었다. 아마도 경직된 자세가 우스꽝스러운 모양이었다.

"네. 감사합니다."

"분홍이가 나이가 많은데 부담스럽지 않았어요?"

"사람이 좋은데 나이가 무슨 상관이겠습니까?"

내 대답을 듣고 뒤에 있던 조카들은 팔을 긁는 행동을 했다. 닭살이라도 돋았나 보다.

"분홍이 얘기 들어보니까 대기업 다니신다고 하던데?"

"대기업은 아니고, 중견기업입니다."

"회사 직원이 몇 명이나 되는데요?"

"건설은 5백 명 조금 넘고, 그룹사에 5천 명 정도로 알고 있습니다."

"그렇게 많아요?"

처형은 잔뜩 놀란 표정을 짓고 계셨다.

"그러면 우리 분홍이 고생 안 시키겠네. 월급은 많이 받아요?"

분홍이가 처형을 꼬집으며 말렸다.

"에잇. 물어볼 수도 있지. 나중에 같이 지내다 보면 어차피 다 알아. 그만 좀 해. 아파."

처형은 큰 덩치로 분홍이를 밀쳤다.

"그러면 아파트 하나는 충분히 살 수 있겠네?"

"네?!"

"아니. 그래도 젊은 친구들은 아파트에 살아야지. 그리고 내가 분홍이를 얼마나 고생하면서 키운 줄 알아? 대우 안 해주면 안 보낼 거야."

내 옆에 있던 분홍이가 호흡이 가빠지면서 언니를 쳐다봤다.

"서로 좋으면 단칸방이라도 살면 되지. 꼭 아파트여야 해? 우리도 아파트 안 살잖아."

처형은 언성이 커지셨다.

"야. 그때는 그때고. 그리고 내가 아파트 보상받냐? 네가 받는 거지. 네가 고생할 거 같아서 내가 얘기하는 거잖아. 안 그래? 늘봄 씨. 아. 그리고 내가 반말하는 거 늘봄 씨가 이해해. 내가 어찌 됐든 당신보다 11살이나 많은 아줌마잖아. 난 아직도 우리 분홍이가 내 자식만큼 소중해. 우리 엄마가 나 고등학교 다닐 때 돌아가셨거든. 쟤가 그때 10살이었어. 엄마에 대한 추억도 제대로 없는 애야. 내가 엄마 빈자리 채워주느라고 얼마나 고생했는데. 나는 내가 원하는 거 하나도 못 했어. 나 봐봐. 완전 폭삭 늙어버렸잖아."

애들이 크게 웃기 시작했고, 처형은 당황스러워하며 애들에게 뭐라고 하셨다. 본인이 고생했다는 걸 얘기하다가 엉뚱한 곳으로 방향이 흘러간 것만 같았다. 옆에 계시던 형님께서 말을 거드셨다.

"늘봄 씨. 우리가 분홍이 키웠어. 우리 둘은 아주 어릴 때 만났는데, 만난 지 얼마 안 돼서 애가 생겼거든. 저기 웃는 애 둘 말고 위에 하나가 더 있어. 걔가 지금 나이가 스물이야. 우리가 젊을 때 둘이 오만가지 일을 다 했는데도 이 꼴로 살고, 첫째는 대학도 못 보냈어. 하지만 분홍이는 우리 자식 같아서 대학 보내는 걸 고민도 하지 않았어. 그러니까 자네가 좀 잘 챙겨주라."

옆에 계시던 처형이 한숨을 내쉬면서 말씀하셨다.

"아이고. 그냥 그만해라. 처음 보는 사람 앞에서 왜 청승인데?"

"이때까지 네가 그래 놓고선. 늘봄 씨. 나는 우리 분홍이 힘들게 하는 거 절대로 못 본다. 돈이 있건 없건 무조건 빛깔 번쩍 아파트에 들어가고, 좋은 거 입혀주고, 맛있는 거 해주면 된다. 알겠지?"

당연히 나도 그렇게 해주면 좋겠는데, 돈이 부족한데 어떻게 말씀처럼 할 수 있을까 싶었다. 두 분께서 연이어 말씀하시니 도저히 뭐라고 대꾸할 수가 없었다. 형님이 말을 이으셨다.

"근데 내가 보아하니 연애할 때도 싼 것만 사 먹이고, 커피도 캔 커피만 먹었다고 하더라. 내가 분홍이 너한테 돈 아끼는 사람이라면 만날 필요 없다고 단단히 뭐라고 했었는데 결혼 비용 만든다고 아낀다고 말했어. 그러면 결혼하고는 반드시 잘 살아야 하는 거야? 맞지?"

"네."

"알겠어. 사실 지금까지는 별로 마음에 안 들어서 그만 만나게 하려고 했는데 분홍이가 마음 아플까봐 가만히 있었던 거야. 결혼은 허락한 거 아니니까 그렇게 알고, 준비하는 거 봐서 허락할 테니까 그렇게 알았으면 좋겠어."

"네. 알겠습니다."

형님과 대화가 끝난 후, 처형은 잘했다는 듯한 표정으로 형님에게 눈빛을 보내는 것만 같았다. 식사를 마치고 분홍이와 둘이 밖으로 빠져나왔다.

"말은 저렇게 해도 나쁜 사람은 아니야."

"그래. 세상에 나쁜 사람이 몇이나 되겠어? 너 잘되라고 말씀하시는데. 걱정이네. 아파트가 애 이름도 아니고 적어도 몇억은 하는데 말이야. 나 같은 사람이 어떻게 구하겠어? 일단 노력은 해볼게. 능력이 안 돼서 미안하네."

"아니야. 내가 돈을 많이 못 모아서 미안해. 나도 그동안 시험 공부 하느라 너무 허송세월 보낸 것만 같네. 이럴 거면 그때부터 돈이나 벌 걸 그랬나 보다. 괜히 후회된다."

난 분홍이를 꼭 안아주었다.

"삶이 다 자기 마음대로 안 되잖아. 앞으로 헤쳐 나가면 되지."

"고마워."

분홍이가 나를 꼭 껴안았다.

어제 긴장한 탓인지 몸이 찌뿌둥했다. 구 과장님은 힘없이 있는 나를 보며 큰소리치셨다.

"왜 망했어?"

"아뇨."

"그럼?"

"결혼 준비해야 하는데 뭐부터 해야 할지 모르겠어요."

"난 또 뭐라고."

갑자기 구 과장님은 책상에 앉아 모니터를 보면서 키득키득 웃으셨다.

"뭘 재미난 일 있데요?"

"야! 축하해!"

"네? 제가요? 왜요?"

재빨리 일어나서 구 과장님 옆으로 갔더니 인사명령문서가 띄어져 있었다. 「본사 토목팀 박늘봄 주임」이라고 내 이름이 딱 적혀있었다. 본사 토목팀은 일 많기로 소문난 부서였다. 걱정이 앞섰다.

"본부장님이 너 눈독 들이다가 이제야 채가네. 이제 나는 어쩌나. 나는 너 없이 어찌 살아야 할꼬."

"저는 앞으로 어떡하죠?"

구 과장님은 자리에서 일어나시더니 내 어깨를 툭툭 쳤다.

"어쩌긴? 담배나 피워야지. 빨리 담배 물고 튀어와."

난 졸졸 구 과장님을 따라 사무실 밖으로 나왔다. 구 과장님은 벤치에 앉아서 다리를 쩍 벌리며 손으로 까닥까닥 담배를 찾으셨다. 마지못해 담배에 불을 붙여 건네드렸다.

"자. 이제 이 스승님께서 결혼에 대해서 알려줄게. 잘 들어! 지금부터 한눈팔면 안 돼. 딱 집중해서 들으란 말이야. 일단 결혼은 미친 짓이야. 알겠어? 어? 그런데 네가 기필코 미친 짓을 하겠다면 너 자신을 다독여서 하지 않도록 해. 이상 끝!"

"네? 이게 뭡니까?"

"인생 선배로서 가르침이다. 안 하는 게 제일 좋다."

"그래도 저는 하렵니다."

"반역이냐?"

"반역은 무슨. 그런 개그 재미없어요."

"이야. 늘봄이 많이 컸네. 하하하."

나도 구 과장님 옆에 앉아서 담배에 불을 붙였다.

"그런데요. 인천에 집이 비싼가요?"

"안 찾아봤냐? 괜찮은 건 대략 2억 정도는 하겠지? 너 얼마 있는데?"

"지금 천만 원 정도요?"

"에라. 그럼 괜찮은 빌라 전세 알아봐. 요즘 전세대출도 빵빵하게 해줘."

"안 돼요."

"뭐가 안 돼? 돈도 없으면서."

구 과장님은 태연하게 담배를 피우면서 콧노래를 부르셨다. 갑자기 무언가 생각났는지 대뜸 날 보더니 물으셨다.

"혹시 사랑하는 분홍 씨가 아파트 아니면 죽어도 결혼 못 하겠대?"

"아니. 그게 아니라…"

"아. 접수! 그 집 부모가 원하네."

"부모님 안 계시던데요."

"그랬어? 몰랐네."

그때 돼서야 알았다. 구 과장님도 분홍이에 대해 잘 모르셨던 것이었다. 하긴 다 큰 여자에 대해 이것저것 묻는 게 이상한 일이었을 거다.

"그냥 대충 살아. 능력이 안 되는데 억지로 살면 터져."

"그렇겠죠?"

"본사가 마포니까 일산이나 덕양으로 알아보면 조금 쌀 거야."

"네. 알겠습니다."

"그럼. 출발!"

"네?"

"갔다 오라고 꼴도 보기 싫으니까. 하하하."

"아. 넵! 충성!"

구 과장님은 거수경례를 받으며 큰 걸음으로 사무실로 들어가셨다.

딸랑딸랑.

청명한 문소리에 부동산 사장님이 나를 반기셨다.

"안녕하세요? 어떤 집 보시게?"

"아! 전세 알아보고 있는데요. 아파트 전세 1억 원에 거래할 수 있는 곳 있을까요?"

"뭐라고요? 하하하."

사장님은 느닷없이 큰 소리로 웃으셨다. 왠지 기분 나쁘게 들렸다.

"저기 손님이 어려서 잘 모르시나 본데 이 지역은 적어도 3천, 4천 이상 더 얹혀야 구할 수 있을까 말까예요. 그 돈으로는 부족하니까 자금을 좀 더 모아서 오셔야 합니다."

"그러면 적당한 매물이 없다는 건가요?"

"그렇죠. 혹시 파주 가는 길 인근에는 조금 싸니까 거기 가보시던가? 대중교통이 불편하긴 한데 요즘은 다 차가 있으니까 괜찮지. 거기 공기도 맑고 좋아요."

뭔가 비꼬는 듯해서 기분이 나빴지만, 원하는 정보를 더 얻기 위해 참아야만 했다.

"그러면 혹시 신축 빌라는 있나요?"

"그럼 있지. 그런데 2천만 원 정도는 더 있어야 할 거야. 가볼래요?"

"네. 구경해 볼게요."

사장님과 5분 정도 대화를 나누면서 걷다 보니 어느새 현장에 도착했다. 아직 공용현관에는 비닐도 제대로 뜯지 않은 신축 빌라였다.

"조금 외지네요."

"여기가 조금씩 개발되고 있는 동네야. 조금만 지나면 번쩍번쩍할 거야. 너무 발전해서 밤에 잠도 못 잘 수도 있어."

"에이. 언제 개발되겠어요?"

"저기 봐. 저기도 보고. 건물 많이 올라가고 있잖아. 저것들 다 지어지면 총각은 이 동네에서 집 구하려고 해도 구하지도 못 해."

애써 믿기 싫었지만, 주위를 둘러보면 부동산 사장님 말씀이 맞는 것 같아 빨리 결정해야 할 것만 같았다. 엘리베이터에 3층을 누르니 안내양의 목소리가 흘러나왔다.

"여기 빌라가 최신식이라니까. 301호야."

사장님은 능숙하게 현관문을 여셨다. 좁은 현관은 신발 세, 네 켤레만 두면 꽉 찰 것만 같았다. 현관을 들어서자마자 좌측에 일자형 주방이 있었고, 정면에는 거실이 있었는데 옆집과 닿을 듯이 거리가 가까워 햇볕이 잘 들지 않았다. 신발을 벗지 않고 두리번거리자, 사장님은 재빨리 신발을 벗더니 안으로 들어가셨다.

"여기로 와봐. 일단 안방부터 보자."

난 사장님을 뒤따라갔다.

"안방에 화장실이 하나 더 있어. 여기 붙박이장도 제공되지. 신혼집 찾는 거 맞지?"

"네."

"어쨌든 가구 살 돈을 절약할 수 있으니까 이런 집이 좋은 거야. 여기가 작아 보여도 아파트로 보면 24평 크기야. 이 동네에서 이 가격으로 전세 구하기 쉽지 않아."

사장님은 큰소리로 내게 이 집을 꼭 선택해야 한다며 여러 번 강조하셨다. 나도 오래 고민하기 싫었지만, 문제는 돈이었다. 길게 한숨 쉬고 사장님께 인사드렸다.

"집 구경 잘했습니다. 다음에 다시 올게요."

"몇 군데 더 있는데? 보고 가지?"

"아닙니다. 시세가 어떤지 알고 싶어서 온 거예요. 여자친구 데리고 다시 오겠습니다."

실망만 하고 다시 현장으로 돌아왔다.

반가운 전화가 걸려 왔다. 바로 명우였다. 최근에 공무원 시험에 합격했다고 축하해달라며 윽박질렀다.

"야! 친구한테 술 사러 안 오냐?"

"네가 좋은 날인데 왜 내가 사? 네가 쏴야지."

"알았다. 형님이 살 거니까 언제 올래?"

"어딘데?"

"충안."

"야 이! 인천에서 더럽게 멀어. 안가."

"진짜 섭섭하다."

"섭섭하긴. 풉. 안 그럼 네가 오면 되지?"

"네가 살 거냐?"

"오냐."

"알았다. 딱 기다려라."

퇴근 시간이 가까워질 때쯤 명우에게서 다시 연락이 왔다. 늘 길을 잘 못 찾는 편이라 오래 걸릴 줄 알았는데 용케도 단번에 찾아온 모양이었다.

"가깝네. 얼마 되지도 않고만, 오기 싫어서는. 야. 근데 여기는 뭔 허허벌판이냐?"

"당연히 공사장이니까 그렇지."

"그래? 여기는 언제 택지가 생기는데?"

"일단 준공 2년 남았어. 그때부터 아파트 짓겠지."

"어쨌든 형님은 술이 고프니까 맛있는 가게로 안내해라."

"네네."

아니꼬운 표정을 하곤 명우를 차에 태워 인천 시내로 나왔다.

"어째 조금 나왔는데 분위기 이렇게 다르냐?"

"거기는 이제 개발하는 곳이잖아. 조금 지나면 여기보다 거기가 더 발전해."

"그래?"

명우가 호기심 찬 듯 고개를 갸우뚱거렸다. 나는 감자탕집으로 데리고 갔다.

"먼 데서 왔는데 감자탕이 뭐냐?"

"왜 좋지? 놀이방도 있잖아. 들어가서 놀다가 와. 특별히 기다려 줄게."

"나 참."

명우는 잡담을 늘어놓더니 이내 메뉴를 고르고 있었다.

"공무원도 합격했는데 결혼 안 하냐?"

"해야지."

"그러면 충안에서 살겠네?"

"그렇지. 여친이 온다고 하더라고."

"돈은 있고?"

"돈은… 음… 아버지가 1억 정도 도와준다고 하더라."

돈 얘기에 눈이 번쩍 뜨였다. 자그마치 1억이라고? 그 큰돈을 도와준다는 말인가. 갑자기 부러움이 밀려왔다.

"그래도 다행이네. 1억이면 사회에서 따지면 다른 사람보다 10년은 앞서 나가는 거야. 사실 결혼하고 1년에 천만 원씩 모으기도 쉽지 않다고 들었거든."

"그렇지. 살다 보면 돈 쓸 일이 한두 번이겠냐? 내야 지금껏 모은 게 한 푼도 없으니, 부모님이 도와준다고 한 거고. 사실 미친 듯이 빌었다. 하하하."

"그래도 공무원 됐으니, 부모님께서 좋아하셨겠네. 앞으로 아주 가늘고 길게 생존하겠어?"

명우는 피식 웃음소리를 내더니 음식을 주문했다. 난 휴대폰을 만지작거리다가 또 명우에게 질문을 던졌다.

"여자친구 직장은 어떡하냐?"

"어쩌긴 그만둬야지."

"바로 애 가지려고?"

"아니. 그만두고 오면 여기서 다시 직장 가져야지. 내 월급으로 어떻게 먹고사냐? 진짜 내가 네 월급 정도면 모르겠지만, 공무원 급여로 턱도 없다. 안정되면 애 가져야지."

"야. 나도 돈 얼마 못 벌어."

"지랄은. 어쨌든 애 가지기만 하면 한 명은 일 못 하고, 평생을 가난하게만 살아야 할 텐데 쉬운 선택이 아니지. 다들 나 같은 생각이니까 자녀계획이 없는 거겠지. 애 하나 키우는데 3억 들어간단다."

"3억 들어서 잘되면 좋은 거지. 효도도 하고 말이야."

"하하하. 웃긴 소리 하지 마라. 저건 딱 대학교 졸업이고 나처럼 집 사달라고 하면 저걸로 엄두도 안 난다. 혹시나 잘 컸다고 했는데 아침드라마처럼 배신하면? 아. 상상도 하기 싫다. 마. 머리 아픈 소리 하지 말고 차라리 술 마셔서 간이 아픈 게 낫겠다. 내 그간 체증을 가라앉히고 싶다."

손으로 알겠다는 표시를 하고 종업원이 가져다준 소주를 시원하게 따랐다.

아버지가 부르셔서 분홍이와 창수시에 내려오게 됐다. 저번 설 연휴에 못 내려갔던 터라 이번에도 안 간다고 하면 아버지께서 서운해하실 것 같아서 할 수 없이 집으로 향했다.

"주말에 쉬어야 하는데 괜히 힘들게 하는 것 같네?"

"아니. 아버님 댁에 갔다 오는 것도 힐링이지 뭐. 자기랑 오래

있어서 좋고."

"마음이 고맙네."

분홍이는 내 차를 타는 걸 참 좋아한다. 출고한 지 일 년밖에 안 됐고, 넓어서 그런 것도 있겠지만, 내가 늘 바빠서 못 보기 때문에 여자친구가 퇴근하고 우리 회사 사무실로 와서 늘 내 옆에서 내 얼굴만 쳐다보다가 집에 데려다주기에 그저 차 안이 소중한 데이트 장소였던 셈이다.

차는 4백 킬로미터를 달리고 달려 오후가 다 되어 가게에 도착했다. 아버지께서는 장사 준비를 하고 계셨다.

"아버지. 우리 왔어."

"아버님. 안녕하세요?"

우리 인사에 아버지는 헐레벌떡 주방에서 나오셨다.

"먼 길 오느라 고생했다. 설에는 당직 섰냐?"

"항상 그래. 총각들한테 서라고 하니까."

"네 사정은 알겠는데 가족이라고 너랑 나밖에 없는데 엄마 제사는 같이 지냈으면 해서 하는 말이다."

"알겠어요. 다음에는 사정 좀 얘기할게."

"그래. 우리 아가 안에 들어가서 좀 앉자."

"네. 아버님."

아버지는 주방을 지나 먼저 방 안으로 들어가셨다. 오래된 텔레비전 아래 문갑에서 두꺼운 봉투를 찾아 꺼내시고는 밥상 위에 올리셨다.

"결혼한다니까 축하한다."

"아버님. 감사합니다."

분홍이는 뭔지 모르지만 일단 감사하다는 말부터 먼저 했다.

"내가 고맙지. 우리 늘봄이 옆에서 늘 도와줘서 항상 고맙다."

흰 봉투를 쥔 아버지 손이 떨렸다. 무엇인지 직감하고 있었지만, 사뭇 망설여졌다.

"늘봄아. 이거 챙겨놔라."

"뭔데? 돈이야?"

"집 팔았다."

아버지는 즐겁게 웃고 계셨다. 아버지의 얼굴을 보고 차마 화낼 자신이 없었다.

"왜 팔았어?"

"나 혼자 있는데 집이 다 무슨 소용이겠냐? 어차피 너한테 갚을 돈도 있고, 사업자 대출도 있어서 조금 갚을까 싶어서 팔았다. 오래된 아파트 계속 들고 있어 봐야 돈만 깎아 먹지. 가능하면 더 좋은 일에 써야지."

"그래요. 잘하셨어. 그런데 엄마, 아버지 고생하면서 샀잖아. 나도 어릴 적 추억이 있는데…"

"세월이 가는데 영원할 수는 없지. 아파트도 세월의 무게에 낡지 않았느냐? 추억도 다 같이 있어야 추억이지 혼자 거기 있어서 뭔 의미가 있겠냐? 자. 받아라."

아버지는 봉투를 내게 넘겨주셨다. 난 마다하지 않고 곧장 주머니에 넣었다. 나를 보고 아버지께서 뿌듯해하셨다.

"점심은 먹고 갈 거지?"

"어. 그래야지."

"우리 며느리 왔는데 맛있는 걸 대접해야지."

"아버님. 아직 결혼 안 했어요."

분홍이는 쑥스러운지 얼굴이 빨갛게 물들었다. 아버지는 분홍이가 좋은지 꺼이꺼이 웃으면서 주방으로 가셨다. 곧장 분홍이는 내 옆에 붙더니 조용히 말문을 열었다.

"아버님 여기서 사신다는 거야?"

"어. 이미 그런 거 같은데."

방안을 둘러보니 아버지 옷이 가득했다. 아마도 내가 생각했던 것보다 더 일찍 집을 파셨는지 모르겠다. 3평 남짓한 이 방에서 지내시는 게 마음이 아팠다.

"그러면 샤워 같은 건 홀에 있는 화장실을 이용하는 거야?"

"그렇지. 거기밖에 없으니까."

"저번에 보니까 따뜻한 물도 안 나오던데…"

"들어올 때 보니까 온수기 설치했더라."

"그래도 그건 다행이네."

아버지 생활에 대해 걱정하는 건 분홍이도 마찬가지였다. 가게에서 생활하는 게 불편하실 텐데 아버지는 웃고 계시니 어찌할 바를 모르겠다. 한참 동안 대화하던 중 아버지가 큰 냄비를 들고 방 안으로 들어오셨다.

"처음 요리해 봤는데 맛이 있으려나 모르겠다. 아구찜이다."

"아버님. 음식 냄새가 너무 좋아요."

"그래. 한 번 먹어봐."

분홍이가 젓가락으로 콩나물을 한 움큼 들어 입으로 가져갔다. 콩나물이 씹히는 소리가 방안을 맴돌았다. 소리가 멈추자, 분홍이가 입을 가리며 한 손으로 엄지를 들어 올렸다. 아버지 입가에 미소가 한가득했다.

"아버님. 엄청 맛있어요."

"고맙다. 많이 먹어."

아버지 표정이 너무 좋아 보이셨다. 새로운 가족을 맞이하기 때문에 그런지도 모르겠다.

"신혼집은 구했냐?"

"아니. 갑자기 발령이 본사로 나는 바람에 집을 딴 데 구해야 해서 다시 알아봐야 해."

"우리 아들이 능력이 되니까 본사에서 불러주는구나."

"아니야. 능력은 무슨. 그냥 만만한 사람 불러서 쓰는 거지. 어쨌든 집 구해지면 초대할게."

"아니다. 내가 젊은 친구들 사는 곳에 갈 필요가 있나? 내가 가면 우리 며느리가 불편해서 안 되잖아. 앞으로 결혼하면 둘이 싸우지 말고 늘 서로 감싸면서 살아야 해. 알겠지?"

"알겠어요. 아버님."

식사를 마치고 곧바로 인천으로 올라왔다. 분홍이는 피곤한지 도착했는데도 일어나지 않고 있었다. 내 옷을 이불 삼아 덮어주고 일어나기를 기다렸다. 대략 30여 분이 지난 후 분홍이가 크게 하품하고 나를 쳐다봤다.

"언제 도착했어? 깨우지?"

"너무 예쁘게 자는데 어떻게 깨우냐?"

"그렇지. 내가 자는 모습은 예쁘긴 하지."

난 차의 시동을 걸었다.

"가려고?"

"어. 조금 피곤하네."

"알겠어. 내일 봐."

"아참. 운동화 신고 와야 해. 많이 걸어야 할 테니까."

"알겠어."

그렇게 그날은 마무리했다.

몸이 뻐근한 게 전날 아버지 댁에 갔다 와서 피곤했던 모양이었다. 아침 일찍 분홍이 집에 가니 나와 똑같은 모습에 웃음이 먼저 나왔다.

"머리는 좀 빗고 오지?"

"몰라. 대충 모자 쓰려고. 어디 부동산이야?"

"마포 쪽으로 갈 거야."

"이제 우리 집 생기는 거야?"

한숨부터 나왔다. 돈이 없는데 어떻게 우리 집이 생기겠어. 나는 한 번 부동산에 가봐서 현실의 벽을 대충 알고 있었다. 이제 분홍이가 느낄 차례인 듯싶었다.

"저기 부동산 한 번 가볼까?"

노란색 간판이 있는 꽤 큰 부동산중개사사무소였다. 내 말에 분홍이가 고개를 끄덕이고 부동산 안으로 들어갔다.

"안녕하세요?"

졸린 눈을 비비며 아저씨 한 분이 우리를 맞이하셨다. 부동산 한쪽 벽에는 수많은 부동산 공고가 가득 차 있었다. 우리 둘은 자리에 앉지도 않은 채 두리번거리고 있었다.

"신혼부부 같은데 일단 앉아서 얘기하시죠?"

아저씨께서 소파에 먼저 앉더니 사탕을 하나 까서 입에 넣으셨다.

"어떤 물건 찾으시는가?"

"아파트 볼 수 있을까요?"

"전세집 구해요?"

"네."

"돈은 얼마나 있어요?"

"3천만 원 정도 있습니다."

"음⋯."

내 대답에 부동산 사장님은 가만히 눈만 깜빡깜빡하시더니 소파에서 일어나 자신의 책상으로 돌아가셨다.

"금융권에서 돈 빌리면 최대 1억 5천만 원까지 전세 자금은 될 거 같은데 일단 아파트는 안 돼요. 이 동네에서 그 정도 돈이면 신축 빌라도 못 구하고 대략 10년 넘은 빌라는 가능할 거 같은데? 구경해 보실래요?"

내가 망설이자, 분홍이가 먼저 나서서 구경하겠다고 말했다. 차로 5분여를 달린 후 목적지에 도착했는데 심한 오르막길에 주차장이 없어서 도로는 무척 복잡했다.

"전 세입자가 깨끗하게 사용한 편이고 2층이라서 꽤 좋은 편이에요. 올라가죠."

건물 외부에서 보면 지하층과 1층은 방범창으로 되어있어 다소 갑갑해 보였고, 2층으로 올라가는 길은 엘리베이터가 없고 매우 좁은 계단이었다. 한 번씩 위층 주민과 계단을 통행할 때 불편할 것만 같았다. 사장님은 201호 현관문을 열었다.

"자. 들어오세요."

현관에서 거실 쪽으로 바라보는데 집 안으로 햇볕이 거의 들어오지 않았다. 분홍이는 신발을 벗더니 성큼성큼 안으로 들어갔다. 입구에 있는 작은 방부터 보기 시작했다.

"여기가 방 둘, 거실 하나, 화장실 하나 이렇게 되어있어요. 굳이 설명할 필요는 없을 것 같고, 젊은 분들은 다 계획이 있으시니까 한번 둘러봐요. 밖에서 담배나 한 개비 피우고 있을게요."

사장님은 내게 고개를 숙이고 집 밖으로 나가셨다. 난 분홍이 옆으로 가서 손을 잡았다.

"어때?"

"아니. 우선 집보다는 동네가 조금 무서워. 혹시나 집에 늦게 오면 여기까지 어떻게 올지 걱정되네."

"그렇지? 동네가 조금 무섭네. 나갈까?"

"어."

우리가 생각했던 것보다 빨리 나간 탓에 사장님은 담배를 허겁지겁 끄셨다.

"구경은 잘했어요?"

"네. 집보다 동네가 어두워서요."

"지금 이런 거지. 조금 지나면 여기가 엄청 번화가가 될 거예요. 그럼 무섭지 않을 거라고 제가 장담합니다."

"그래도 당장 살 거라."

"알겠습니다. 다른 집 보여드릴까요?"

분홍이는 고개를 좌우로 조심스레 흔들었다.

"아니요. 일단 여기까지만 보겠습니다. 감사합니다."

분홍이와 나는 사장님께 정중하게 인사를 드렸다.

"그 돈으로 쉽지 않을 거예요. 부모님께 돈 좀 더 달라고 하든지 신용대출을 받으시든지 방법을 찾으셔야 할 거예요."

"알겠습니다."

우린 부동산 사장님과 어색하게 아무 말도 안 하고 다시 사무실로 돌아왔다. 사장님은 침울하게 있는 우리에게 웃으면서 팸플릿 하나를 내미셨다.

"이거 한 번 봐요."

그럴싸해 보이는 빌라 조감도였다. 사장님은 아까 전과 달리 상당히 표정이 밝아 보이셨다.

"신축 빌라인데 이 물건은 돈이 없어도 들어갈 수 있어요. 다음 달에 준공하니까 완전 새 물건이고, 전세로 들어가시는 거예요. 결혼하는데 돈이 어딨겠어요? 이런 걸 잡아야지."

난 사장님을 멀뚱멀뚱 쳐다보다가 의문이 들었다.

"어떻게 공짜로 들어간다는 거예요? 보증금을 다 대출받을 수 없잖아요."

"그러니까 이중계약을 하는 거지요. 보증금을 올려서 계약한 걸 금융기관에 제출하면 돼요. 예를 들어 실제로는 1억 원이면, 금융기관에는 1억 2천으로 해서 대출을 받으면 해결된다는 말씀이지요. 이 집은 우리가 전세 2억 원을 생각하고 있으니까 2억 5천만 원의 계약서를 만들면 되겠네요. 어때요?"

솔깃한 제안이긴 했다. 한 푼도 없이 새집에 들어갈 수 있다는 게 얼마나 좋은 일인가. 국가가 해주지 못하는 걸 이 사람들이 집을 대신 제공 해주는 것처럼 느껴졌다. 자금력이 부족한 예비 신혼부부에게 너무도 좋은 제안을 해주셔서 감사할 따름이었다. 이제는 다른 데 돈을 유용하면 될 것 같았다. 내가 말문을 열려고 하는 찰나 분홍이가 팔을 잡아당기며 귓속말로 말했다.

"섣불리 결정하지 말자."

그 말에 정신이 번쩍 들어서 자리를 박차고 일어나 부동산을 빠져나왔다.

커피를 마시면서 생각했다. 저번에 갔던 부동산이 나을 것 같았다. 난 차를 익숙한 경로로 움직였다.

"어디로 가?"

"고양으로 갈 거야."

"그러면 출퇴근할 때 먼 거 아냐?"

"가까워. 조금만 걸으면 지하철역도 있더라."

분홍이는 미소로 대답했다. 우리가 음악을 세, 네 곡 들으니 이미 부동산 근처에 도착해 있었다. 난 분홍이를 이끌고 자연스레 부동산 안으로 향했다.

"안녕하세요."

"어? 안 올 것 같더니만 다시 왔네?"

부동산 사장님은 말씀과는 다르게 친절하게 대해주셨다. 사장님은 옆에 있는 분홍이를 보더니 살며시 입꼬리가 올라가셨다.

"저번에 얘기하던 여자친구구나. 잘했어. 집은 여자가 봐야 잘 보는 거야."

"네. 몇 군데 둘러보려고 하는데요. 한 2천만 원 정도 여유가 더 생겨서요. 괜찮은 데 있을까요?"

"저번에 갔던 집 있지? 거기가 딱 1억 3천만 원 정도라고 보면 돼. 그때 오고 난 후 다음 날 바로 그 집 나갔잖아. 내가 좋은 집이라고 해도."

사장님은 스크랩북 같은 걸 하나 들고 오셨다.

"이 동네에서 신축 빌라 위치들이야. 어디 가볼래요?"

분홍이는 사장님이 표시한 여러 집을 확인했다. 우선 세 군데를 골라 둘러보기로 했다.

"확실히 보는 눈이 달라. 우선 나가봅시다."

오늘은 뭔가 될 듯한 분위기에 사장님은 흥에 겨워 콧노래를 부르셨다. 하지만 불과 몇 분 지나고 나서 사장님과 달리 분홍이의 표정은 썩 좋아 보이지 않았다. 또다시 차가 어느 좁은 골목길에 도착했다.

"여기가 이번에 신축한 집인데 주변에 상권이 많고 좋아요."

"상권이요?"

"어. 저기 조금만 걸어서 나가면 있지요. 일단 집으로 들어가봅시다."

분홍이는 집을 다 둘러봤지만, 확실한 대답을 하지 않았다. 나는 조용히 불러 얘기했다.

"여기도 마음에 안 들어?"

"이 집은 마포에 있던 거랑 다르지 않잖아. 동네가 개발 중이라 무섭기도 하고, 상권이 있다고 해도 외국인이 엄청 많아."

"그럼 다른 데 가보자."

난 사장님께 얘기하고 두 군데를 더 살펴봤지만, 분홍이의 생각은 여전했다.

"세 군데 다 둘러봤는데 어때?"

"원래 빌라 위치가 다 어두운 골목에 있는 거야? 주변이 너무 무서우니까."

"알았어. 일단 사장님이랑 얘기해 볼게. 결정을 안 하고, 의견도 얘기 안 하니까 사장님이 슬슬 짜증 내시네."

"그럼 어떡해. 여기 살아야 해?"

"아니. 그럼 어떤 집을 원하는데?"

"..."

일단은 이쯤 하는 게 나을 것만 같았다. 괜히 더 둘러봐야 답이 없었다.

"죄송합니다. 여자친구가 집은 마음에 드는데 동네가 조금 무서운가 봐요."

"조금 지나면 괜찮은 동네인데 왜 그럴까. 다른 신혼부부는 이보다 더 안 좋아도 잘만 살더라. 처음부터 이것저것 따져가면서 집 구하다 보면 결국 못 구해. 남자가 그걸 잘 조정해서 결정해야 하는 거야. 무조건 여자 말만 들어서는 안 되고."

"아. 네. 죄송합니다."

"내가 시간이며 차 기름값이며 다 날려서 화내는 거 아냐. 내가 인생 선배로서 얘기하는 건데 한 번 여자 말 들어주면 끝도 없이 들어줘야 하는 거야. 인생 그렇게 피곤하게 살고 싶어?"

사장님은 그렇게 나를 타박했는데 분홍이 앞에서는 부동산까지 가면서 웃으면서 대처하셨다. 혹시라도 계약할 수 있을까 봐 이런저런 얘기 하면서 설득하는 것만 같았다. 하지만 분홍이는 단호했다. 부동산에 도착하자마자 부동산 사장님은 우리가 안 살 거라 판단하고 주차하시더니 우리에게 한마디도 없이 그냥 사무실로 들어가 버리셨다.

"그냥. 밥이나 먹으러 가자."

기분이 많이 상한 듯한 분홍이를 데리고 인근 한식당으로 갔다.

"여기요. 김치찌개 2인분 주세요."

멀리서 우렁차게 식당 아주머니가 "김치찌개 2개."라고 소리치셨다. 토라져 있는 분홍이를 보니 마음이 썩 개운치 않았다. 난 손을 내밀었다.

"잡아줘."

분홍이는 피식 웃더니 내 손을 잡았다.

"아파트 가고 싶어?"

"…."

"어? 아파트지?"

"빌라도 괜찮은데, 오늘 갔던 곳은 다 무서운 곳에 있잖아. 그나마 아파트는 교통이나 상권 중심에 있으니까 좀 낫겠지… 지금 사는 곳 근처에서 변태들 많이 봤는데, 오늘은 지금 사는 집보다 더 무섭더라."

"그래. 아파트 알아보자. 그런데 자기는 돈 얼마 있어?"

"나? 2천만 원."

"참 우리 가난하네. 하하하."

분홍이는 내 말에 고개를 푹 숙였다.

"미안해."

"아니야. 뭐가 미안하다는 거야."

"내가 가진 건 없고, 바라는 건 많잖아."

"에이. 아니야. 그렇게 따지면 나는 돈이 있어? 그런 말 하지 말자."

갑자기 분홍이 얼굴이 빨갛게 상기되더니 눈물이 뚝뚝 떨어졌다. 보고 있으려니 한숨이 나왔지만, 남들처럼 못 하는 주제에 선뜻 위로의 말을 어떻게 해야 할지 망설여졌다. 아마도 주변에 친구들이 먼저 시집가는 모습을 보고 자신도 그렇게 할 수 있을 거라고 기대한 건 아닌지.

"괜찮아. 우리가 아직 여유가 없어서 그런 거니까 살다 보면 나아질 거야. 그만 울고 밥 먹자."

손으로 토닥이면서 냅킨을 건넸다. 분홍이는 눈물이 섞인 밥을 대충 먹더니 이내 엎드려 버렸다.

10)발주처에서 요구한 서류가 있어서 정신없이 작업 중이었는데 구 과장님이 내 어깨를 두들겼다.

"담배 타임은 좀 가지고 일하지?"

해맑게 웃고 있는 과장님을 보니 절로 기분이 좋아졌다. 과장님을 따라 사무실 밖으로 나왔다. 의자에는 따뜻한 믹스커피 두 잔이 올려져 있었다. 난 하나를 들어 올려 입에 가져다 댔다.

"내 정성이 어떠냐? 괜찮아?"

"네. 아주 조금 들어갔네요."

"침 한 모금 넣었다."

내가 고개를 돌려 째려보듯이 보자, 구 과장님은 당황하셨다. 그러면서 손사래 치셨다.

"야. 농담이야. 농담. 새끼 무섭게 왜 그러냐? 담배 하나만 내놔봐."

---

10) 공사를 의뢰한 기관이나 단체를 말함

하여간 담배 좀 사시지. 늘 나한테 뜯어갔다.

"결혼 준비는 잘 돼가냐?"

"잘 안 됩니다. 아파트 알아보려고 하는데 돈이 너무 없네요."

"네가 가진 돈 해봐야 1천만 원인데 그걸로 되겠냐?"

"4천만 원이요."

그사이 난 10년짜리 연금보험도 깼다.

"오~ 용케 구했나 보네. 분홍 씨는? 둘이 합쳐서 한 5천만 원 되냐?"

"6천만 원이요."

"봐. 척하면 척이지. 그럼 4천만 원 정도로 집 구하고 나머지는 신혼여행, 살림살이 구하면 되겠네. 맞다. 그리고 요즘 임대아파트도 정말 잘 나오거든. 한 번 신청해 봐."

"그거 안 돼요. 도시근로자 월평균 소득에 따라 신청 가능한데 저는 초과해서 자격 미달이래요."

"거 참. 집 구하기가 쉽지 않네. 일단 부동산 여러 군데 가봐. 발품 팔다 보면 괜찮은 거 나올 거야."

구 과장님은 하늘을 올려보며 담배 연기를 뿜으셨다.

주말에 행신역 인근에 있는 부동산에 들렀다. 토요일인데도 부동산 안에는 사람이 많았다. 사장님은 내게 조금만 기다려달라고 하고는 소파에 앉은 사람들과 마저 이야기를 나누셨다. 대략

10여 분이 지난 후, 사장님께서 내게 커피를 건네셨다.

"어떤 집 보시려고요?"

"신혼집으로 아파트 좀 보려고요. 전세로 1억 5천만 원 아래로 했으면 좋겠어요."

"음… 마침 신혼부부가 살았던 좋은 물건이 있는데, 가보실래요?"

사장님과 걸어서 불과 몇 분 안 되는 거리에 있는 대규모 아파트 단지에 도착했다. 한눈에 봐도 조금 낡아 보이긴 했지만, 대체로 단지 내는 깨끗해 보였다. 엘리베이터를 타고 올라가자 8층의 복도가 쭉 이어져 있었다. 무려 한 층에 14개 호수가 있었다.

"여기가 공실이 거의 없어요. 그만큼 수요가 많다는 거지. 신혼부부와 어르신들이 많이 살아요. 가끔 반려동물들 소리가 들리긴 합니다. 살다 보면 적응이 될 거예요. 자. 들어오시죠."

사장님께서 문을 여는 순간 밝은 햇볕이 거실에 들어와 있었다. 집 내부가 상당히 밝았다. 사장님은 신발을 벗고 안으로 들어가셨다. 나도 쫄쫄 뒤따라 들어갔다.

"이 집이 원래 1억 5천에 전세가 나왔던 건데 이곳에 살던 신혼부부가 저번 주에 나갔거든요. 신혼집이라 그런지 이곳저곳에 시트지 붙여놓고 막 그렇게 해놓은 거예요. 집주인이 내부 인테리어를 다시 할지 고민하다가 1천만 원 싸게 내놓은 거예요."

난 집을 혼자서 둘러보기 시작했다. 아마도 신혼부부가 들어오기 전에 전체적으로 인테리어를 했었던 것 같았다. 화장실도 깨끗했고, 싱크대며, 벽지 등 다 오래돼 보이진 않았다. 단지 곳곳에 붙여진 시트지에 파벽돌 모양의 장식물이 덕지덕지 붙여져 있는 게 흠이었다.

"시트지가 보기 싫으면 스티커 제거제 사서 떼면 돼요. 이거 먼저 계약하시는 게 좋아요. 이 동네에서 이 정도 물건 구하기 쉽지 않을걸요?"

사장님은 나를 보며 자신 있게 말씀하셨다. 난 주위를 둘러보면서 분홍이가 좋아할지 걱정이 앞섰다.

"이 동네에서 제일 싼 집이죠?"

"아이고. 그럼요. 이보다 더 싼 데 가려면 멀리 가야 해요."

"그러면 다음 주에 여자친구 데리고 올게요."

"그사이 나갈 거 같으니까. 가계약금이라도 걸어놓고 가요."

"얼마나요?"

"5백만 원 정도만 걸어놓죠."

"1백만 원 정도만 걸어두면 안 될까요?"

"그러면 집주인이 별로 안 좋아할 거 같은데. 그냥 안 한다고 할 거예요."

"알겠습니다."

결국, 할 수 없이 부동산에 도착해서 계좌이체를 했다. 사장님은 부동산 하나를 해결해서인지 마냥 기분이 좋아 보이셨다.

"공실이니까 구경하러 와도 되겠죠?"

"그럼요. 잔금 입금과 입주는 한 달 뒤로 하시면 되고, 혹시라도 일정에 문제 있으면 집주인이랑 얘기해서 조절하면 되니까 걱정하시지 마세요. 남은 계약금은 여자친구와 집 보시고 9백만 원 입금해 주세요. 그리고 이건 팁인데, 집주인이 돈이 많아서 그런지 신혼부부가 엉망을 해놓고 갔는데도 크게 뭐라 안 하더라고요. 그러니까 집을 잘 선택하신 거예요."

사장님은 껄껄 웃으시면서 내게 반응하라고 재촉하는 것 같았다. 내키진 않았지만 얼떨결에 같이 웃었다.

이번 주 데이트 코스는 신혼집이었다. 그래서 그런지 분홍이는 한창 기분이 들떠있었다.

"이제 같이 살 것 같아서 좋다."

"그렇게 좋아? 결혼하면 많이 싸운다는데?"

"나는 그래도 알콩달콩할 것 같아서 좋아. 우리 집 기대된다."

오래된 아파트 단지 앞에 도착했다. 분홍이는 주차장에서 이리저리 두리번거렸다.

"동네가 정말 커. 앞에 상가도 많네. 집은 어디야?"

"저기 8층."

내가 앞서 걸으며 안내했다. 차도 많고, 집도 많은 곳이라 복잡했지만, 둘이 요리조리 피하며 동 입구까지 다다랐다. 우리를 보며 웃으시는 경비 아저씨께도 친절하게 인사했다. 엘리베이터는 천천히 우리 집을 향해 올라갔고, 도시 풍경이 보이는 복도를 따라 802호에 앞에 섰다.

"여기야."

문을 천천히 열었더니 채광으로 인해 거실이 밝게 보였다.

"우와. 햇볕이 장난 아니네."

좋아하는 모습에 무척 고마웠다.

"미안해. 다른 친구들은 좋은 집에서 신혼살림 시작하는데 나는 부족한 게 많네."

"아니야. 나는 엄청 좋은데?"

분홍이는 발코니에 가더니 창문을 열었다.

"이야! 멋지다."

"주차장 뷰가 뭐가 멋지냐?"

"우리 자기가 멋지다고."

"허튼소리는. 하하하. 여기는 좀 덜 무섭지?"

"어. 여기는 사람이 많이 다니니까. 솔직히 빌라는 골목이 어둡더라."

"그런데 여기도 밤에는 마찬가지야. 그러니까 일찍 다녀야 해."

"네. 알겠습니다. 서방님."

둘이 자연스레 손을 잡고 밖을 바라봤다. 멀리 새로 지은 주상

복합 아파트가 우뚝 서 있었다. 마음속으로 돈 많이 벌게 되면 저기로 꼭 이사 가야겠다는 생각을 해봤다.

"결혼하면 아기를 조금 늦게 가져도 될까?"

분홍이는 고개를 끄덕였다. 내가 아무런 말 없이 밖을 보고 있으니 잡고 있던 손으로 팔짱을 꼈다.

"알아. 아버님 생각해서 그런 거야? 그리고 나도 공부하고 있잖아. 어쩔 수 없으니까."

"우리 형편이 넉넉하지 않으니까 아기 가지면 늘 가난하게만 살 것 같아서. 조금만 나아지면 가지자."

"어. 요즘은 다 늦게 가진다고 하더라. 너무 염려하지 마. 올해 나도 시험 합격해서 돈 많이 벌자. 화이팅!"

얼굴에 미소가 번졌다.

"늘봄아. 우리 밖에 나가자. 동네 한 바퀴 돌아보고 빨리 적응하고 싶어."

우리는 집 밖으로 나갔다.

저녁 무렵, 사무실에 앉아서 결혼자금을 계산하고 있었다. 무슨 결혼하는데 이렇게 많은 돈이 들어가는지 모르겠다. 6천만 원 중 집값에 절반 이상 들어가고, 신혼여행과 결혼식비에 1천만 원, 가전, 가구에 1천만 원. 이러다가 예물, 중개수수료, 선물 이런 거는 무슨 돈으로 해야 할까.

한숨을 크게 쉬고 있으니 구 과장님께 전화가 왔다.

"네. 과장님."

"담배 들고나와. 새끼야."

무슨 온종일 담배만 피우는 사람인가. 그리고 제발 담배 좀 사서 피우지. 고개를 방풍실 쪽으로 돌아보니 빨리 나오라고 손짓하셨다.

"무슨 한숨을 그렇게 쉬냐? 가뜩이나 얼굴만 늙은 놈이 더 삭겠네."

"그래도 과장님보다는 젊어요."

"그래. 고맙다."

내가 담배를 꺼내자 곧장 뺏어서 자기 입에 물고 불을 붙이라고 내미셨다. 난 하는 수 없이 고분고분 따랐다.

"집 구했냐?"

"네."

"어디에 구했는데?"

"행신요."

구 과장님은 담배를 문 채 두 손을 총 쏘듯이 하며 감탄사를 연발하셨다. 그러더니 담배가 바닥으로 떨어졌고, 다시 주워서 후후 불어 입으로 가져가셨다.

"근데 뭐가 고민인데?"

"돈이 없어서 그렇죠."

"미리 받으면 되지."

"네?!"

"축의금 미리 받으라고."

그러더니 구 과장님은 안주머니에서 5만 원 1장을 꺼내 내게 건네주셨다.

"이거밖에 안 줍니까?"

"이거 보래요? 5만 원이 적은 돈인 줄 아네. 네가 결혼하면 10만 원 주려고 했는데, 네가 필요해서 일찍 주는 거니까 할인을 적용해야지. 안 그래? 아니면 기다리고."

구 과장님은 내가 머뭇거리는 사이 5만 원을 다시 채가셨다. 하지만 나는 다시 5만 원을 뺏으려고 했고, 구 과장님은 재미있어하며 소리를 깔깔 질러대셨다. 마침 지나가던 소장님께서 우리 모습을 보면서 미소를 지으시고는 구 과장님에게 10만 원을 건네주셨다.

"막내 고기라도 사 먹여."

"고맙습니다. 소장님. 충성!"

나는 구 과장님이 인사하기에 덩달아 옆에서 고개를 숙였다. 그 사이 구 과장님은 냅다 사무실로 들어가 버리셨다. 아. 진짜 5만 원은 주지도 않고 본인은 10만 원을 가져가네.

"과장님. 고기 사줘요."

"어? 나 오늘 바쁜 약속이 있어서."

"뭘 숙소 사는 사람이 약속이 어디 있어요?"

"있어. 무시하지 마. 나만의 약속이야."

"오늘 따라갑니다."

"아. 제발 그러지 마."

구 과장님은 자리를 박차서 일어서더니 출입구로 나가려고 하셨다. 나는 그새 출입구를 틀어막고 못 나가게 봉쇄했다. 구 과장님은 나를 위협하며 벗어나려고 하셨지만, 소장님께서 주신 돈은 포기할 수 없었다.

"알았어. 알았어. 소주 한 잔 마시러 가자."

구 과장님은 포기한 척하며 옆을 지나쳐 도망가려고 하셨지만, 난 찰나를 놓치지 않고 팔을 꽉 잡았다. 어처구니없어하며 나를 쳐다보셨지만, 난 자연스레 차 시동을 걸었다.

"이야. 역시 늘봄이 차가 좋아. 나도 차 사고 싶다."

"차 있잖아요?"

"10살 넘은 구닥다리 아반떼 타잖아. 저게 차냐? 차라리 그때 중형차라도 뽑았으면 조금 나을 건데… 애들 유치원생인데도 쪽팔린다고 안 탄단다. 마누라한테 차 바꾸자고 하니까 월급을 더 받아오래. 나 참. 이번 생에는 저 차가 마지막일 듯싶다."

구 과장님의 푸념이 웃겼지만, 젊은 시절 비싼 차를 사봐야 10년 지나면 다 고물차가 되는 건 당연한 일이기에 차라리 구 과장님처럼 다른 데 투자하는 게 더 나은 삶이 아니겠나 싶었다.

"어디 가냐?"

"회 한 접시 하게요."

"메뉴를 네 맘대로 정하는 게 어디 있나?"

"제가 쏘면요?"

"콜!"

바다가 보이는 횟집에 둘이 앉아 시끄럽게 웃으며 술잔을 기울였다.

"낯짝이 두꺼워야 해."

"그건 또 무슨 소립니까?"

"너 말이야. 너! 넌 꼭 없는 새끼가 남한테 미안한 것만 따져 대니 뭐가 되냐 이 말이야. 결혼하면 너 같은 놈은 뿌린 거 하나도 회수 못 한단 말이지. 그냥 네가 줬던 거 다 받는다고 생각하고 네 선배, 후배들한테 다 들이밀어. 알겠냐?"

"네. 사실은 돈이 없어서 내일부터 친구들한테 가불 좀 받으려고요."

"그래. 축의금 어차피 줄 거 미리 좀 주면 어떠냐? 안 그래?"

"그러면 5만 원 주세요."

구 과장님은 안주머니에서 손을 넣고 후비적거리더니 중지를 치켜세우셨다. 그리고 소주잔을 위로 번쩍 올리셨다.

"늘봄아. 결혼 축하한다!"

"암요."

애써 술잔을 부딪쳤다. 술값은 소장님이 주신 돈과 구 과장님
이 보태서 처리했다.

결혼식장은 분홍이 동네에서 잡기로 했다. 오늘은 먼저 예식장
뷔페에서 시식하고, 양가 식구가 처음 만나기로 한 날이다.

"결혼식 날짜가 다가오니까 이제 실감이 나네."

요즘 들어 분홍이는 함박웃음이 가득했다. 나는 돈 때문에 힘
들어 죽겠는데 속도 모르는 것 같았다. 중요한 점은 분홍이가
벌었던 돈은 전부 처형이 들고 있던 터라 확실하게 얼마나 있는
지 모를 일이었다. 뭐 어쨌든 분홍이는 가장 싼 가격에 산 커플
링 하나만으로도 좋은지 내 손과 자기 손을 번갈아 만지며 미소
지었다.

"우리가 아버님 모시러 갈 걸 그랬나 보다."

"아니야. 아버지가 불편하시다잖아. 기차 도착하면 모시러 가
면 돼."

"괜찮은 데라고 해서 예약했는데 마음에 드시려나 모르겠네."

"먹으려고 만나는 게 아니라 양가 인사하는 자리니까 걱정
하지 마."

뷔페에서 식사를 마치고 상담실로 향했다. 멋지게 꾸민 아

가씨가 우리를 안내하더니 지긋한 중년의 여성이 우리를 맞이했다.

"선남선녀시네요."

"네. 감사합니다."

"우리 예식장이 새로 지었는데도 저렴한 편이에요. 게다가 장소도 넓고, 교통도 좋아서 불편하시지 않을 겁니다."

우리가 상담을 막 시작하고 있었는데 예비 신랑 신부가 많이 들락날락했다.

"뷔페는 가족분 4인까지는 무료로 제공해 드리고요. 기본 계산 금액은 100인분입니다. 단가는 3만 원씩인 거 아시죠? 그리고 말씀하시던 홀은 먼저 계약을 해버려서 조금 더 넓은 홀을 쓰셔야 할 것 같고요. 우리 측 착오도 있으니까, 원래는 5백5십만 원인데 뒤에는 줄여서 5백만 원에 해드릴게요."

"잠시만요. 우리는 당연히 예약된 줄 알았는데, 예식장의 실수로 저희한테 제대로 알려주지 않았으면서 무려 비용을 2백만 원이나 올리시는 건 아니잖아요?"

"죄송스러운 말씀입니다. 계약서를 작성하지 않은 걸 담당자가 뒤늦게 알았네요. 말씀드린 그랜드홀이 우리 식장에서 2번째로 좋은 홀입니다. 비용을 선뜻 못 내리는 것은 혹시라도 소문나서 영업상의 문제가 발생할까 염려돼서 그렇습니다. 만약에 신랑, 신부님께서 약속해 주시면 추가로 1백만 원 더 깎아드리겠습니다. 제가 할 수 있는 최선입니다. 죄송합니다."

막상 결혼식 잡은 날로부터 두 달도 남지 않은 터라 망설일 시간이 없었다. 마지못해 계약서에 도장을 찍고 대관료를 지급했다.

"너무 무리한 거 아니야?"

눈을 깜빡깜빡하며 걱정하는 분홍이에게 도리어 미안하기만 했다. 돈만 있으면 이렇게 실랑이 벌이지 않고, 제일 큰 홀에서 할 수 있을 텐데 이마저도 힘드니 한숨만 나왔다. 여건이 안 되니 그냥 바라만 볼 뿐이었다.

"무리하긴 한 번밖에 없는 결혼식인데…"

애써 느긋한 말을 했더니 분홍이의 표정이 환해졌다. 결혼식장을 미리 두리번거리며 살펴봤다. 많은 사람이 북적댈 걸 생각하면 여간 부담스러운 일이 아니었다. 게다가 축가도 불러야 하는데 부끄러워서 제대로 하려나 걱정스러웠다.

해가 뉘엿뉘엿 기울어 아버지를 모시고 한식당을 찾았다. 미리 온 처형 부부가 자리를 잡고 계셨다.

"안녕하세요. 아버님. 저는 언니 되는 사람입니다."

저번 나를 봤을 때와 전혀 다른 사람으로 느껴졌다. 나한테 요구하듯이 말씀하시던 때와 달리 아버지께는 너무도 상냥한 말투였다.

"아드님이 워낙 멋지셔서 우리 분홍이가 너무 부족하지 않을까 걱정되네요."

"아닙니다. 며느리. 아. 아가도 워낙 착하고 부지런해서 제가 꼭 우리 가족이 됐으면 하는 바람입니다."

아버지께서 분홍이를 어떻게 불러야 할지 고민하는 모습에 속으로 웃음이 나왔다. 식사가 나오기 전 처형이 식탁 아래에 손을 넣더니 한참 동안 무언가를 꺼낼지 말지 고민하는 모습을 보았다. 몇 분 후, 마침내 결심한 듯 종이가방을 식탁 위에 내놓았다.

"이게 뭡니까?"

아버지의 무거운 말투에 처형은 잠시 당황했지만, 어느새 말문을 여셨다.

"우리 부부가 많이 고민했습니다. 신랑이 좋은 기업 다니고 우리 분홍이와 오래 살아야 하잖아요. 딸아이 시집보내는 집에서 작지만, 선물을 마련했습니다."

"아! 이런 거는 안 주셔도 됩니다. 저는 이런 거 받아본 적도 없고, 받을 생각도 없습니다. 이건 정리해서 애들 결혼 비용에 보탰으면 합니다."

아버지의 단호한 거절에 처형 부부는 잠시 머뭇거리셨지만, 끝내 포기하지 않으셨다. 그런데 나도 모르게 내 얼굴이 홍당무처럼 빨갛게 상기되어 있었고, 반대쪽에 있던 분홍이는 "왜?"라는 입 모양을 만들며 궁금해했다. 분명히 저 물건은 분홍이가 모은 돈으로 샀을 거로 추측됐다.

"아버님. 비싼 거 아닙니다. 챙겨두세요."

아버지께서는 몇 번 고개를 좌우로 흔드시더니 어쩔 수 없이 가방에 넣으셨다. 결혼자금이 줄었다는 건 기정사실이지만, 아버지께서 평생 제대로 된 선물을 한 번도 받아보신 적이 없으니 이런 감정은 내려놓기로 마음먹었다. 나는 평생 어버이날 문방구에서 흔하게 파는 플라스틱 카네이션도 선물하지 않았기 때문이다.

간단하게 상견례를 마치고 아버지를 모시고 전셋집으로 향했다. 아버지께 현관문을 열어 안을 보여드리니 갑자기 눈시울이 붉어지셨다. 애써 며느리가 못 봤으면 했는지 고개를 돌리셨다.

"아이고. 여보. 우리 늘봄이가 성공해서 이렇게 좋은 아파트에서 신혼집을 다 차렸네. 그려."

아버지께서는 언제 챙기셨는지 엄마의 영정사진을 꺼내어 닦더니 거실 가운데에 모셨다. 또 가방에서 굵은소금을 꺼내어 뭐라고 말씀하며 현관과 집 구석구석에 뿌리셨다. 소금을 다 뿌리시고는 나를 쳐다보셨다.

"집이 지저분해진다고 생각하지 말고 절차라고 생각해라. 내일 내가 치울 테니 걱정하지 말고. 그리고 아버지는 오늘 여기서 잘 거다."

아버지께서 오신다고 해서 근처에 괜찮은 호텔을 예약했는데 무슨 말씀을 하시는지 모르겠다.

"아버님. 근처에 호텔 예약했어요. 오늘은 거기서 주무세요."

"아니다. 집이란 액운이라는 게 있어서 내가 여기서 자는 거라. 오늘 밖에 다닌다고 피곤할 텐데 얼른 들어가라."

아버지께서는 우리 둘을 밀치며 소리를 지르셨다. 공동주택이라서 다른 사람에게 방해 되기 싫어서 하는 수 없이 밖으로 쫓겨나왔다. 분홍이는 아버지를 걱정했다.

"이불도 없고 아무것도 없는데 괜찮으실까?"

"걱정하지 마. 일단 집에 데려다줄 테니까 집에서 쉬어."

"그래도…"

괜찮다고 어깨를 두들기며 집으로 바래다주었다. 그리고 현장 숙소에 도착하여 이불과 베개를 가지고 다시 집으로 돌아왔다. 아버지는 피곤하셨는지 엄마를 향해 새우처럼 몸을 웅크리고 주무셨다. 아버지께 베개를 받치고, 이불을 덮어드린 후 팔을 개어 옆에서 잠을 청했다.

햇살이 많이 느껴지는 걸 보니 아침이 되었나 보다. 기지개를 켜고 주변을 둘러보니 아버지는 보이지 않으셨다.

"여보세요?"

"아버지. 어디 갔어?"

"집에 가는 길이다."

"밥이라도 드시고 가지?"

"에이. 됐다. 내려가서 장사해야지."

"오랜만에 봤는데 서운하네."

"서운할 것도 많다. 결혼식 때 보자."

아버지는 지긋이 웃으면서 전화를 끊으셨다. 가볍게 한숨을 쉰 후 생각해 봤다. 이렇게 작은 집을 구하느라 고민하면서 그 많은 돈을 써야 하구나. 집만 아니었어도 아버지의 아파트를 안 팔았어도 됐을 텐데. 내가 불효자가 됐구나.

결혼을 계획하면 집을 구하고, 가전을 사고, 결혼식장, 신혼여행 등 너무도 많은 과정을 거쳐야 했다. 그래서 그런지 많은 연인이 결혼 과정에서 헤어진다고 했다. 그놈의 돈이 무엇인지 한숨만 나올 뿐이다. 나와 분홍이도 자칫 몇 번씩 싸울 뻔한 일이 있었지만 잘 이겨냈다. 그저 고맙다. 내가 부족해도 날 사랑해 주는 것만 해도 행복할 따름이니까.

며칠 동안 집에 들어갈 가구, 가전을 사면서 쇼핑을 즐겼다. 억척같이 모은 돈은 물 쓰듯이 써졌다. 우습지만 물이라고 표현하기에는 너무 초라하고 오래된 제품뿐이었다. 누가 보면 새 제품이라고 보지 않을 것만 같았다. 하지만 우리 둘은 마냥 같이 산다는 생각에 이런 건 크게 개의치 않았다. 그저 필요해서 산

것일 뿐이었다.

현장에 있던 내 책상과 옷장도 그대로 신혼집으로 들어왔다. 인터넷 최저가로 산 제품들이라서 볼품없어 보였지만 사용하기에는 큰 문제가 없다고 생각해서 들였고, 분홍이도 좋다고 했다.

짐을 하나씩 채워 넣으니 이제야 사람 사는 집처럼 보였다. 둘이 서서 현관문에 시트지를 붙였다.

"이거 붙여도 되는 거야?"

전셋집인 탓에 분홍이가 걱정하는 것 같았다.

"괜찮아. 나중에 떼어주면 되지. 이거 왜 붙이는 줄 알아?"

"왜?"

"이렇게 손잡고 있는 그림을 자주 보면서 화가 나더라도 행복했으면 해서."

"에이. 우린 싸우지도 않는데 뭘."

분홍이는 기분이 좋아졌는지 카라로 예쁘게 문을 다듬었다. 그렇게 함께 살 집이 꾸며졌다.

결혼식 당일 하얀 드레스를 입은 분홍이가 너무나 예뻤다. 자연스레 내게 다가오더니 내 손을 잡았다. 처가댁 아버지가 안 계셔서 우리는 동시 입장하기로 했다. 처음에는 이상할 거로 생각했는데, 오히려 우리 인생을 같이 시작한다는 느낌이 들어서 왠지 더 와닿는 것만 같았다.

"입장!"

박자가 빠른 결혼행진곡이 식장에 울려 퍼졌다. 사회자인 명우가 일부러 장난을 친 듯했다. 빠른 음악 덕분에 일찍 연단에 올라섰다.

"자. 신랑, 신부 결혼서약이 있겠습니다."

결혼식은 초고속으로 진행했다. 추측하건대 명우가 뒤이어 나올 이벤트를 위해 앞의 내용을 거의 생략하고 진행하려는 속셈이었다. 우리 둘은 어리둥절하게 명우를 쳐다봤다.

"둘 다 죽을 때까지 사랑합니까?"

명우는 크게 웃으면서 우리를 응시했다.

"왜 나를 봅니까? 결혼하는 상대자를 봐야지."

명우의 말에 하객들이 큰 소리로 웃었다. 오늘같이 기쁜 날에 웃음소리는 듣기가 좋았다. 분홍이는 손을 가리며 웃다가 날 쳐다보며 미소 지었다. 그리고 둘이 손을 맞잡고 하나둘셋을 마음속으로 셌다.

"네!"

하객들의 박수갈채가 이어졌다.

"음! 음! 조금 뜸 들이는 거 보니 결혼생활이 순탄치… 아니. 잘 살길 바랍니다. 자. 다음 시간은 기다리고 기다리던 우리 신랑의 힘자랑 시간이 있겠습니다. 사실 장모님이 계시면 분위기가 조금 어색하기도 한데 마누라밖에 없으니 오늘 같은 날은 신나게 가봅시다!"

명우는 손가락을 천천히 하늘 위로 찔러댔다. 하객들은 명우의 결혼 진행에 크게 만족했는지 많은 박수 소리와 웃음이 연이어 들려왔다.

이날 난 팔굽혀펴기, 앉았다 일어서기 등을 하며 마치 유격 훈련을 하는 듯했다. 결국, 무리하게 움직이다가 예복이 뜯겨버려서 하객들 앞에서 창피를 당하고, 3십만 원 넘게 예식장에 배상해야 했다.

어쨌든 우리는 이렇게 결혼했다.

제6화 현장에서 본사로 (2013년 6월)

결혼한 지 벌써 일 년이라는 시간이 지났다. 아내를 많이 안다고 생각했지만, 우리 둘은 결혼하기 전과 달리 집 안에서 줄곧 싸웠다. 어차피 말로만 하는 싸움이긴 하지만 서로 상처 입는 건 매한가지인 것만 같았다.

도대체 왜 싸우는지 고민을 해봤다. 아무리 생각해 봐도 수십 년을 다른 집에서 살아온 경험 때문인 것 같았다. 물고기들도 다른 어항으로 옮겨갈 때 다른 물이 섞이면 금방 죽질 않았던가. 그만큼 서로 적응이 힘든 거라는 걸 알게 되었다. 도대체 언제까지 이러고 지내야 하는지 걱정이 됐다.

"야. 임마. 왜 이렇게 멍청하게 있냐?"

내 책상 앞을 지나가던 구 과장님은 내 목덜미를 잡고선 밖으로 데리고 나갔다.

"요즘 뭐? 아기 만든다고 잠을 못 자냐?"

혼자 무슨 상상을 하는지 입을 막고선 키득키득 웃으셨다. 진작에 구 과장님께는 한동안 아기 가질 생각 없다고 말했었지만, 내 말에 크게 신경 쓰는 사람이 아닌 터라 잊어버리신 게 뻔했다.

"아니요. 자주 싸워서 그래요."

"야. 이 형이 금쪽같은 아내를 소개해 줬는데 여왕같이 모셔야지 싸우면 되냐? 너 임마. 분홍 씨 아니면 평생 홀아비로 살았어."

"에이! 뭔 말 같지도 않은 소릴 해요."

"농담인 줄 알아? 요즘 여자가 얼마나 귀한 줄 아냐? 우리 같이 노가다하는 사람들은 여자 못 만나. 저기 이 실장 봐라. 나이가 소장급인데 아직 결혼도 못 했잖냐. 저 양반 겉보기에는 손주도 있어 보이는 얼굴 아니냐? 야. 너는 이 형이 살렸어."

"고맙습니다. 형님."

"술 사. 자식아."

구 과장님은 자랑스럽게 어깨를 들썩이더니 담배를 무셨다. 그리고 불을 붙여 나에게 건네주셨다.

"어서 펴!"

"네?! 저 끊었어요."

"지랄. 하하하. 내가 너 피우고 있는 거 다 아는데 무슨 뚱딴지지 같은 소리래?"

"진짜 안 펴요."

"얼마나 됐는데?"

"오늘부터 안 펴요."

"에라. 치사한 새끼야."

구 과장님은 연거푸 담배 연기를 나에게 뿜으셨다. 난 손으로 부채질을 해댔다.

"늘봄아. 축하한다."

"뭐가요?"

"너 드디어 다른 데 가게 됐어."

"네?! 회사 왜 그런데요? 저번에 인사명령 내놓고선 취소했잖아요."

"야. 그거는 소장님이 너 보내기 싫으니까 그런 거고. 그런데 지금 공사 중지돼서 예산도 없는데 직원이 남아 있으면 되냐? 이제 소장님 입김도 안 통해. 축하한다. 드디어 본부장님 곁으로 떠나네."

"네?! 토목팀요? 안 갈래요."

"안가긴 뭘 안가? 너 그때 인사명령 취소된 게 아니라 토목팀에서 우리 현장으로 파견 처리한 거 모르고 하는 소리냐?"

구 과장님의 말이 맞았다. 내가 한동안 깜빡 잊고 있었다. 젠장. 구 과장님은 내 썩은 표정을 보며 계속 웃으셨다.

"어떻게 출근해요?"

"경의선이나 버스를 이용하세요. 고객님. 이야. 우리 촌뜨기가 드디어 화이트칼라가 됐네. 암. 성공했지 뭐야."

난 멍하니 있다가 구 과장님이 건네는 담배를 받아 불을 붙였다.

"안 필 것처럼 하더니만? 본사 가거든 끊어라."

"저 언제부터 간 데요?"

"2주 후에?"

"그렇게나 빨리 갑니까?"

"갈 놈은 빨리 가야지. 거기서는 담배 피우러 밖에 나가면 눈치 보일 거야."

"그런데 무슨 제 의사도 안 물어보고 가라고 한데요?"

"원래 회사가 그래. 싫으면 그만둬야지. 됐다. 이번 주에 작별 파티 있을 테니까 그렇게 알아라. 소장님께서 많이 아쉬워하니까 어떤 재롱을 피울지 고민도 하고."

구 과장님은 내 어깨를 살짝 짚고 사무실 안으로 들어가셨다.

10시가 넘어 퇴근해서 집에 오니 아내가 식탁에 밥을 차려놓은 채 옆에서 강의를 보고 있었다. 피곤해 보이는데도 열심히 해보려고 하는 것 같았다.

"좀 쉬지."

"얼마 안 남았어."

"얼마나 남았는데?"

"남편이란 사람이 아내 시험 치는 날에 관심도 없냐?"

부엌에 붙여놓은 달력으로 시선을 옮겼다. 이번 달에 아내의 지방직 공무원 시험이 있었다. 난 일한다는 핑계로 생각지도 못했다.

"바쁘니까 그럴 수도 있지. 공부 많이 했어?"

"많이 못 했어."

"많이 못 하면 어떡해? 넌 몇 년을 했으면서도 아직도 공시생이냐?"

아내는 슬쩍 기분이 상했는지 대꾸도 하지 않고 책상으로 가버렸다.

"이번에 떨어지면 그냥 포기할게. 공장 가서 일할 테니까 그만 면박 줘."

시간이 조금 지나고 작은 방을 보니 아내는 고개를 푹 숙인 채 아무런 미동도 없었다.

"밥은 먹었어?"

"…."

"밥 먹었냐고?"

내가 짜증 섞인 투로 물으니 그제야 아내는 자리에서 일어나 눈물을 닦았다. 다시 식탁에 앉아서 숟가락을 들었다.

"안 먹었어. 당신이랑 같이 먹어야지. 늦게까지 고생했어."

가슴이 먹먹해졌다. 시험이 다가오니 예민해져 있는 상태에서 내가 밀어붙인 탓이었다.

"미안해."

"아니야. 다 내가 못 나서 그런 건데. 다른 집은 다들…. 아니다. 내가 어릴 적 공부를 못 해서 그런 건데…."

눈물이 뚝뚝 떨어지더니 결국 눈물 밥을 만들었다. 내가 괜히 쓸데없이 말했나 싶어서 한숨이 나왔다.

"내가 당신이 못났다고 한 거 아니잖아. 당신이 하고 싶은 게 뭔데?"

분홍이는 계속 눈물을 훔치며 고개를 떨궜다. 숟가락을 식탁에 내려놓았다.

"잘 모르겠어. 내가 뭘 잘하는지, 뭘 하고 싶은지… 있잖아. 내가 대학 갈 때 내가 전공을 선택한 게 아니잖아. 그저 그 시대에 맞게 취업 잘될 거라고 들어가고, 아니면 학교 이름만 보고 썼던 거잖아. 내가 대학교 들어갈 때는 사회복지가 전망이 좋을 거라고 했어. 근데 지금은 사회복지 종사자는 최저임금 수준밖에 안 되고, 일이 힘 들어서 자살하는 사람도 비일비재하잖아. 그런데 내가… 내가 어떻게 사회복지를 하겠어? 그래서 행정직 공무원으로 계속 지원하는 거야. 그런데… 그런데… 어려운 걸 어떡해. 노력하는데 쉽지 않잖아. 80명 중 1명 뽑잖아. 너한텐 쉬워 보여?"

속에 맺혔던 이야기를 풀어내고 있었다. 아내는 그동안 일하면서 공무원 공부를 병행하며 힘들었던 과거와 결혼 후 내 눈치를 보며 이겨내야 하는 현재가 뒤섞여 있었다.

"물론 힘들지. 그런데 되는 사람은 또 되잖아. 나도 그만큼 경쟁하면서 살았어. 알잖아? 도대체 언제까지 공부하는 거 쳐다보고 있어야 하냐고? 빨리 취업해야 애를 낳던지, 집을 사든지 할 거 아냐? 나 혼자 벌어서 될 게 아니잖아."

아내는 고개를 끄덕였다. 다시 내려놓은 숟가락을 들었다. 내가 저녁을 안 먹으니 먹게 하려는 배려로 보였다.

"나 본사로 발령 났어. 2주 후에 마포로 출근할 거야."

"그럼 어떻게 출근해?"

"지하철 타고 가야지 뭐."

"그래도 너무 멀지는 않아서 괜찮겠다."

"본사가 강남 아니라서 다행이지 뭐."

아내는 엉망이 된 얼굴로 활짝 미소를 지었다.

"시험 날에는 같이 안 가도 돼. 부담되니까."

고개를 푹 숙이고 울음을 참는 모습이 가여웠다.

일주일이 지났다. 야근 후 집에 가면서 애써 얼굴을 밝게 웃으며 연습했다. 현관문을 열고 들어갔더니 집은 분위기 있게 꾸며져 있었다. 식탁 위에는 촛불이 두 개 켜져 있었고, 가운데는 모난 스테이크 조각들과 와인 두 잔이 올려져 있었다.

"이게 뭐야?"

난 아내에게 조심히 물었다.

"그냥. 마지막 시험 봐서 분위기 좀 냈어."

"잘했어. 그동안 수고했어."

"잘 봤는지 안 물어봐?"

"그걸 왜 물어봐? 그냥 좋게 생각하면 되는 거지."

아내는 날 빤히 쳐다보더니 양팔을 벌려 날 안았다.

"조만간 취업할게. 난 공무원 할 능력이 없는 거 같아."

아내의 팔을 풀어 손을 맞잡았다.

"능력이 없는 게 아니라 시험 한 번에 자격을 논하는 게 잘못된 거야. 그렇게 생각할 필요 없어."

"응."

난 식탁으로 자리를 옮겼다. 스테이크 한 조각을 입에 넣었다.

"음… 스파게티만 잘 만드는 줄 알았더니 스테이크도 잘 만드네. 이 집 맛집이네."

아내는 내 행동을 보며 입을 가리면서 웃더니 한결 표정이 좋아졌다.

"스테이크는 굽기만 하면 되잖아. 고기가 좋은 거야."

"아무리 좋은 재료라도 못 하는 사람도 많더라."

"칭찬해 줘서 고맙네. 근데 본사 가더라도 지금처럼 늦게 오는 거야?"

"몰라? 가봐야 알지. 왠지 그럴 거 같아."

"알겠어."

아내는 다소 아쉬워했다.

"아니면 근처로 이사할까?"

"돈 없는데 무슨 이사야. 30분이면 갈 건데 뭘."

"아니. 야근한다니까 그렇지. 나도 조만간에 근처에 직장 구할게."

"그래. 같이 벌어서 우리도 집 사자."

아내는 내 옆에 나란히 앉아 와인잔을 기울였다.

취업센터를 통해 아내는 불과 며칠 만에 취업했고, 서류를 한 움큼 쥐고 집으로 왔다.

"그게 다 뭐야?"

"손님 상담하려면 공부해야지."

"회사에서 그렇게 하래?"

"어. 상담 일이라서 전문 분야를 모르면 일을 못 하니까. 그런데 오늘 온종일 봤는데 아직 아무것도 모르겠더라."

아내가 들고 온 서류를 대충 훑어보니 의학지식이 가득했다.

"이걸 본다고 알아?"

"그러니까. 하하하. 취업을 잘못했나 보다. 고객관리팀 직원들의 이력을 보니까 다 간호사 출신들이더라고. 나만 비전공자야. 그래서 내가 잘할 수 있을지 걱정되기도 해.”

“걱정하지 마. 잘하겠지.”

“잘하긴… 당신은 내일부터 본사 출근하는 거야?”

“어. 그런데 무슨 본사가 현장이랑 출근 시간이 같은지 모르겠네. 아마 늦어도 새벽 여섯 시에 출발해야 할 것 같아.”

“아침밥은 먹을 수 있어?”

“이제 먹기 힘들겠지. 현장에서는 체조 끝나고 먹었는데 아쉽게 됐지. 뭐.”

“그럼 차려줄까?”

“아니. 됐어.”

아내는 고개를 끄덕였다. 난 부랴부랴 내일 출근할 정장을 꺼냈다. 하지만 입은 지 오래돼서 그런지 빛이 바래있었다.

“그냥 예복 입고 가.”

“어? 결혼한다고 처형이 사준 옷인데 안되지. 그리고 이게 돈이 얼마짜린데.”

“그래도 어떻게 바랜 옷을 입고 가겠어? 이번 주에 아울렛에 가서 정장 사자.”

“그냥 인터넷에서 싼 거 하나 사지 뭐.”

“아니야. 그래도 정장은 몸에 맞아야 예쁘지. 장 보러 가기 전에 한 번 가보자.”

"알겠어. 괜히 본사 발령받아서 돈만 더 들어가네."

어려운 형편에 아내에게 괜한 눈치만 보였다.

본사로 첫 출근 하는 날이었다. 아내는 거실에서 늦게까지 서류를 봤는지 그대로 잠이 들어있었다. 피곤했는지 내가 나가는 걸 알아채지 못했다.

새벽 5시 40분. 첫차가 들어왔다. 승강장에는 아무도 없는 줄 알았지만, 주변을 둘러보니 많은 사람이 하품하며 지하철에 몸을 실었다. 한 칸, 한 칸 여유 있던지라 넓게 다리를 쭉 펴고 앉아있었는데 불과 몇 정거장 지나지 않아 앉을 자리는 물론 객차 안에 사람들로 꽉 찼다. 만약 조금만 늦게 출발했다면 서서 가야 했을 거다. 다행히 우리 회사는 집에서 가까워서 7시까지 출근하기에는 여유로우나, 당장 내일부터 20여 분 늦게 나오면 앉아서 갈 일은 없을 것 같다.

오늘은 정신을 똑바로 차리고 가기로 했다. 혹시나 실수로 지하철을 갈아타지 못했다가 늦어서 첫인상부터 엉망이 되면 안 될 노릇이었다. 왜 하필 오늘따라 이렇게 눈꺼풀이 계속 내려오는지 억지로 잠을 이겨내려고 허벅지를 꼬집었다. 눈물이 팽 돌았고, 이내 고개를 들어 주위를 둘러봤다. 의자에 앉은 대부분 사람은 고개를 앞뒤로 흔들며 졸고 있었고, 서 있는 사람들도 마찬가지로 눈을 감은 채 차의 흔들림을 온몸으로 이겨내고 있었다. 조만간 나도 저런 모습으로 출퇴근을 할 것 같아 끔찍하기만 했다. 우리의 삶은 너무 지쳐 보였다.

합정역 인근은 수많은 빌딩이 빽빽하게 가득했고, 또 수많은 사람이 그 빌딩 아래를 걸었다. 가만히 서서 주위를 둘러보고 사옥을 향해 나아갔다.

"야! 박늘봄!"

내 뒤에 누군가가 와서 팔로 목을 걸었다.

"켁! 켁!"

"엄살 보래요."

다름이 아닌 인사팀 정지홍 대리였다.

"내가 너는 절대로 본사 스타일 아니라고 말렸는데 결국 들어오는구나?"

"조금 더 말려 주시지 그랬습니까?"

"왜? 너한테는 본사가 더 편하잖아. 너처럼 말단 직급은 본사가 더 좋아. 눈치 조금만 살피면 되거든."

"그 눈치가 싫어요."

정 대리는 놀란 듯이 빤히 쳐다보더니 다시 내 어깨에 팔을 올렸다.

"새끼. 편한 걸 모르네. 근데 너 어디 사냐?"

"행신요."

"가깝네. 그래도 그냥 여기 근처로 이사해라."

"왜요?"

"왜긴 왜야? 나랑 놀게. 여기 근처 살면 좋잖아."

"돈이 어디 있습니까?"

"뭐… 부모님께 좀 빌려달라고 해."

"그런 부모님 안 계십니다."

"야! 아니면 은행에서 빌리면 되지. 뭔 걱정이야? 야! 그렇다고 혼자 가냐? 같이 가."

난 정 대리가 소리치는데도 재빨리 본사로 들어갔다.

토목팀은 사옥 5층 맨 구석에 위치하여 있었다. 그런데 하필이면 지나가는 길에 회장님 집무실이 있어서 앞으로 여간 힘든 일이 아닌 것 같았다. 시선을 회장실 쪽으로 두고 재빨리 자리를 옮기는데 누군가와 부딪혔다.

"죄송합니다."

난 앞을 보지도 않고 고개를 숙여 죄송함을 표현했다. 그런데 대뜸 웃음소리가 들리지 않는가.

"늘봄아. 나야."

"네?!"

고개를 천천히 들어보니 승건이었다.

"허승건? 너 왜 여기 있어?"

"왜 여기 있긴? 바로 옆이 내가 근무하는 곳인데?"

승건이가 손가락으로 가리킨 곳은 회장님 집무실 앞인 기획조정실이었다.

"기획조정실?"

내가 놀란 모습에 승건이는 더욱 웃으며 고개를 끄덕였다.

"혁수는 어떡하고? 둘이 같이 있을 수 있어?"

"아니. 너 몰랐냐?"

"뭘?"

"혁수 잘렸잖냐? 몇 년은 됐는데 너도 참 관심이 없나 보네. 저번에 사장님 잘리면서 혁수도 같이 날아갔어. 쪽팔려서 말도 안 했나 보네. 하여간 능력이라도 있었으면 회장님이 세트로 보내지는 않았을 텐데 말이야. 덕분에 내가 기조실 들어왔잖아. 너 토목팀이지?"

"어."

"토목팀 자리 안 좋아. 저기 구석에서 뭘 하는지 몰라. 그리고 요즘 11)수지가 안 좋아서 회장님이 곤두서 있거든. 너 망 잘봐라. 일하고 있는데 갑자기 이만큼 큰 머리가 널 응시하고 있을지 몰라."

"큰머리? 회장님? 아. 회장님이 자주 다니셔?"

"돌아다니는 것만 얘기하겠냐? 요번에 건축팀장도 까였어. 저

---

11) 사업수입 및 지출을 줄여서 일반적으로 수지라고 부르며, 이익을 표현하는 단어로 쓰임

번에는 설비랑 기계도 쫓겨났거든. 회장님이 건축 부분을 완전 박살 내고 있어. 저기 봐봐. 건축팀 완전 맛이 갔잖아. 하여간 회사 돌아가는 게 웃겨. 이거 사내 정치질도 장난 아냐. 건축팀에서 서로 살아남으려고 이간질하고 참. 그렇게까진 하면 안 될 텐데. 쯧쯧. 넌 걱정 안 해도 돼. 우리는 잘릴 정도로 책임감이 필요한 직책은 아니거든."

"그래. 종종 얘기 좀 해주라. 회사 적응 좀 하게."

"알겠어. 조만간 술이나 하자."

승건이는 내 어깨를 툭 치고는 자기 자리로 돌아갔다. 부서에 도착해 보니 토목팀 직원 네 명이 업무를 보고 있었다. 멀뚱히 서 있기가 곤란해서 부서 입구에 서서 큰 목소리로 인사했다.

"안녕하십니까? 오늘부로 토목팀에서 근무하게 된 박늘봄 주임입니다."

씩씩한 인사에도 불구하고 다들 본체만체하며 자기 할 일만 할 뿐이었다. 다들 일찍이도 나오는구나. 이러다가 매일 첫차 타야겠네. 누군가가 갑자기 엄청난 속도로 내게 달려오더니 끌어안았다.

"드디어 왔구나."

토목본부의 공교환 본부장님이셨다. 내가 너무 부담스러워서 뒷걸음질 쳤더니 그런 나의 손을 꼭 잡고 사무실 가운데에 있는 원형 테이블 근처로 데리고 가셨다.

"자자. 일만 하지 말고! 새로운 직원이 왔으면 인사를 받아줘야 할 거 아냐? 야! 서 팀장. 팀원들 소개해."

가운데 가장 넓은 책상을 쓰고 있는 서일호 팀장님이 천천히 일어나셨다. 앉아있을 땐 작아 보였던 덩치는 곧 190㎝가 넘는 거구가 되어있었다. 갑자기 올려다보는 팀장님 모습에 위압감이 느껴졌다.

"박늘봄이. 나 알지?"

"네."

공 본부장님은 첫 소개 멘트가 마음에 들지 않았는지 고개를 좌우로 저으셨다.

"그리고 저 새끼. 저거 알지?"

"넵! 김성욱 차장입니다."

"그다음 저 뒤에 있는 새끼는?"

"박한우 과장입니다."

서 팀장님은 이런 상황이 웃겼는지 사무실이 떠나가라 웃으셨다. 공 본부장님은 서 팀장의 모습을 보며 웃고는 손을 휘저으며 임원실로 들어가셨다.

"자. 마지막으로 저 새끼는?"

"…."

이미 알고 있었는데도 갑자기 기억나질 않았다.

"바로 위 선임 이름을 모르면 어떡하냐? 야! 아무개! 옥상 가서 신병 교육 좀 하고 와라."

말이 떨어지기 무섭게 아무개는 배를 불쑥 내밀면서 큰 소리로 외쳤다.

"네. 알겠습니다."

마치 군대 같아 보였다.

옥상에 올라오는 동안 아무리 기억을 짜내려고 해도 도저히 기억나질 않았다. 대리이긴 한데 이름이 뭐였더라. 성이라도 기억이 난다면 핑계라도 지어 볼 텐데 이건 완전히 빠져나갈 수 없는 그림이었다.

"진짜 내 이름을 몰라?"

"당황해서… 그렇습니다."

"아무리 그래도 공채 선배 이름을 모르면 되냐? 아니다. 됐다. 이수화 대리야."

"아. 이수화 대리."

"야! 그렇게 말하면 반말이지."

이 대리님은 나를 보며 피식 웃으셨다.

"넌 어쩌다가 본부장님한테 찍혀서 본사로 굴러들어 왔냐?"

"그게… 저도 잘 모르겠습니다. 제가 찍힌 건가요?"

"너 임마 현장 있을 때 서 팀장 얘기 못 들어봤지?"

"아니요. 대충 들었습니다."

이 대리님은 내게 알 수 없는 미소를 지으셨다.

"본부장이 있어서 그렇지. 완전 미친놈이야. 조심해라. 담배 피우냐?"

"네."

"한 대 피우고 얼른 내려가자."

우리는 특별한 이야기 없이 담배를 피우고 사무실로 돌아왔다.

둘이 함께 들어오는 걸 본 서 팀장님은 나를 쳐다보셨다.

"이름은 알아냈어?"

"네."

"조심해라. 저 새끼 미친놈이니까."

놀랍게도 이 대리님과 똑같은 말씀을 하셨다. 왠지 둘 다 조심해야 할 것 같은 느낌이 들었다. 이 대리님은 내 팔을 살짝 잡아당기더니 '그냥 무시해.'라고 말하며 빈자리를 향해 자리를 옮기셨다. 내 자리는 예상했듯이 부서 제일 앞에 위치 해있었다.

"여기 자리가 조금 개방적이긴 한데 그만큼 일 잘하면 주목받을 수 있다고 긍정적으로 생각해."

이 대리님은 환하게 웃으며 의자를 빼주었다. 곧 이 대리님은 자기 자리로 돌아가셨다. 우리 팀의 자리는 총 일곱 개가 배치되어 있었고, 디귿 자 형태로 구성되어 제일 안쪽에 중역 책상이 놓인 곳은 팀장님이 쓰셨고, 벽 쪽으로 붙어서 김성욱 차장님, 이수화 대리님, 나 순으로 앉게 되었다. 반대쪽 연결된 세 개 책상의 중간에는 박한우 과장님이 있었다. 나머지 두 책상은 문서고처럼 서류가 올려져 있었다. 컴퓨터를 세팅하는 중 이 대리님이 몸을 내 쪽으로 기울인 채 귓속말을 하셨다.

"대충 정리하고 일하는 척해. 저 미친놈 뭐라고 할 수도 있어."

여전히 이 대리님은 환하게 미소를 보이셨다. 인기척 때문인지 서 팀장님께서 맨 기침을 하더니 자리에서 일어나 다가오셨다.

"야! 넌 온종일 정리하냐? 사내새끼가 빠릿빠릿하질 못하네. 본부장이 워낙 칭찬을 많이 해서 받았건만. 쯧쯧. 너 하는 거 봐서 실력 없으면 바로 다시 현장 보내버릴 테니까 그렇게 알아."

이렇게 성을 내고서는 갑자기 웃으면서 내 어깨를 두드리셨다.

"야. 박 주임. 저 새끼 저거는 왜 저기 앉아있는 줄 아냐?"

서 팀장님은 박한우 과장을 손가락으로 가리키셨다.

"잘 모르겠습니다."

"이 새끼 봐라."

갑자기 또 표정이 바뀌더니 큰 덩치로 날 내려다보시며 위압적인 분위기를 만들었다.

"자. 앞으로 얘기할 때는 '잘 모르겠습니다'가 아니라 '모르겠습니다'라고 해라. '모르면 모른다, 알면 안다' 확실하게 얘기해.

알겠어?"

"네."

난 고개를 숙여 죄송한 표정을 지었다.

"그런데 저 새끼 저기 앉아있는 거 진짜 궁금하지 않냐?"

"..."

"이 새끼가 원래 이 대리 자리에 있다가 일 못 해서 뒤로 보낸 거야. 그런데 꼴에 기분 나쁘다고 그만둔다나? 씨벌. 소통이 안 되는데 저 자리에 앉을 자격이 되냐? 그리고 더 웃긴 건 이 새끼가 실업급여 받고 싶다고 총무팀에 얘기한 거야? 뭔 자존심도 없는 새끼인가? 지가 그만둔다고 해놓고선 실업급여? 에라. 등신 새끼. 야! 박늘봄이! 넌 저러지 마라. 알겠냐?"

"네?! 네!"

"그래. 목소리는 시원해서 좋네. 앞으로 잘해보자."

서 팀장님은 내 어깨를 가볍게 두들기더니 담배를 입에 물고 사무실에서 사라지셨다. 박 과장님은 한동안 고개를 들지 못했다. 이제 막 발령받아 온 팀원에게 먼저 인사하기는 힘들 것 같았고, 나로서도 다가가기 어려울 것만 같았다.

오후 6시 반이 넘어 팀원들만 남았다. 첫날이라 일찍 집에 들어가고 싶었지만, 누구도 먼저 일어서질 않았다.

"자. 오늘 막내 들어왔으니까 술 한잔해야지?"

김성욱 차장님이 의자를 반쯤 돌려 말문을 여셨다. 다들 대답
도 없이 자연스럽게 책상을 정리하고 일어났다. 나도 분위기를
살피며 선임들과 자연스레 어울렸다.

　"박 주임 어디 갈래?"

　"제가 이 동네는 잘…?"

　"누가 너 보고 갈 장소 고르래?"

　김 차장님은 웃으셨다. 이 대리님이 내 옆으로 다가오시더니
속삭였다.

　"소고기 먹자고 그래? 어?"

　그러더니 이 대리님이 잽싸게 김 차장님의 팔짱을 끼고 내 시
야에서 사라졌다. 어느새 내 옆에는 박 과장님이 서 계셨다.

　"적응 안 되지?"

　"아?! 넵! 적응해야죠."

　"그래. 넌 잘할 거 같다."

　박 과장님은 내 어깨를 두들기고는 앞서서 먼저 나가셨다. 난
눈치 보며 아내에게 문자를 보냈다.

　「오늘 회식하니까 늦을 수도 있어. 안 들어오면 일찍 자.」

　내 문자에 바로 답이 왔다.

　「나도 야근 중이야. 너무 많이 마시지 마.」

　진심 어린 걱정에 미소가 절로 나왔다.

어두컴컴한 식당에서 고기 냄새가 퍼져 나왔다. 꿉꿉한 날씨 덕분에 식당 안에는 사람이 많지 않았다.

"박 주임아. 네가 원한 게 삼겹살이냐?"

"그건 제가…?"

내가 괜한 말에 머리를 긁적긁적하는데 이 대리님이 받아치셨다.

"에이. 차장님이 삼겹살집 들어오셨잖아요?"

"어!? 그랬나? 하하하!"

김 차장님은 머쓱하게 크게 웃으셨다. 괜히 기분이 그런지 한 마디를 더하셨다.

"야! 야! 그냥 이해하고 넘어가라. 이 대리 요거 참. 하하하."

"어? 삼겹살집에서 왜 쇠고기 냄새가 나죠? 하하하."

애써 이 대리님은 사태를 수습하려고 노력하셨다. 김 차장님도 웃으면서 넘어갔고, 둥근 테이블에 앉아서 술을 시키셨다.

"박 주임아. 오늘 하루 있어 보니 토목팀 분위기 어떠냐?"

소주 한 잔을 먼저 들이켠 김 차장님은 양파 한 점을 물어서 오물오물 씹으셨다.

"분위기가 조금 가라앉아 있는 거 같았습니다."

"그야 뭐. 회사가 지금 사정이 말이 아니잖아. 오는 길에 봤지? 팀장들 죄다 잘렸어. 아마 대대적인 쇄신을 추진하는 것 같다. 넌 눈치 보지 말고 일만 열심히 해."

"네. 알겠습니다."

"그리고 업무는 업무고, 노는 건 노는 거니까 이렇게 일 마치고 나면 형들한테 대하는 것처럼 편하게 해. 알겠냐?"

"네."

"자. 한잔하자. 막내! 앞으로의 포부?"

편하게 하라고 말해놓고선 바로 불편하게 만들어버렸다. 갑자기 뭐라고 해야 할지 딱히 떠오르지 않았다. 일단 자리에서 일어났다.

"토목팀에서 불러주셔서 감사합니다. 앞으로 우리 팀이 본사에서 최고의 팀이 될 수 있도록 정진하겠습니다. 제가 토목팀이라고 외치면 정진, 정진, 정진 삼창하시면 되겠습니다. 토목팀!"

"정진! 정진! 정진!"

식당 안에는 우리 목소리가 쩌렁쩌렁 울려 퍼졌다. 몇몇 손님들이 쳐다봐서 괜히 눈치가 보였다. 잽싸게 고개를 숙이고 자리에 앉았다.

"박 과장."

"네. 차장님."

"너무 속상해하지 마라. 팀장님 원래 성격 그런 거 알잖아."

"네. 이미 마음 내려놓았습니다."

"갈 데 정했다지?"

"네. 장사해 보려고요."

"뭐 할 건데?"

박 과장님은 괜히 딴청을 피우셨다. 김 차장님은 빈 소주잔에 술을 가득 붓곤 박 과장님에게 건네셨다.

"됐네. 됐어. 이 사람아. 이거 한잔 마시고 툴툴 털고, 네 업무는 나한테 바통을 넘겨줘라. 어차피 일주일도 안 남았잖냐?"

"고맙습니다. 차장님."

박 과장님의 눈에는 금세 눈물이 고였다. 사실 난 무슨 일이 있었는지 모르지만, 분명히 무언가 큰 사건이 있었다는 걸 알 수 있었다.

"자. 자. 우리 박 과장이 약 일 년 동안 고생을 많이 했어. 박 과장. 지금까지 토목팀에서 생활하고 경험한 바에 대해 소감을 말해봐."

방금까지 김 차장님에게 눈물을 보이려 했던 박 과장님의 눈빛은 다시 원망의 눈빛으로 변했다. 하지만 분위기가 하는 수 없이 한마디 해야만 했다.

"저… 저… 그러니까 본사 토목팀 와서 사실… 조금 힘들었습니다. 제 경력이 거의 공사 출신이었고, 공무 조금 보다가 본사에 넘어왔는데 도무지 서류를 칠 수가 있어야죠. 그래서 뭐 그분께서 저한테 욕을 많이 하셨지만, 덕분에 좋은 경험 많이 했다고 생각합니다. 인제 그만두면 장사하려고요. 많은 응원 부탁드립니다."

박 과장님이 고개를 숙여 인사하자 우레와 같은 박수가 이어졌다. 사무실에서는 엄청 조용하신 분인 줄 알았는데 생각보다 말 주변이 있어서 놀라웠다.

"자. 그럼. 다음은 이 대리 한마디 해야지."

이 대리님은 자리에서 일어나셨다. 그리고 나지막하게 말씀하셨다.

"담배 준비됐습니다."

"하하하. 그래. 가자."

김 차장님과 이 대리님은 웃으면서 식당 밖으로 나가셨다.

제7화 직장문제 (2014년 10월)

우리 팀은 박 과장님이 퇴사하신 후 인원 충원이 없었다. 김 차장님, 이 대리님, 그리고 나는 무척이나 바쁜 하루를 보내야 만 했다. 그와 반대로 서 팀장님은 늘 한가로워 보였다. 어느 날, 생각지도 못한 일이 벌어졌다.

"토목팀 요즘 잘하고 있나?"

내 앞에 큰 머리의 사람이 등장했고, 익숙한 목소리에 나도 모 르게 재빨리 일어나 얼굴을 확인했다.

"안… 안녕하십니까?"

적지 않게 당황한 내 모습에 회장님은 미소를 지으시며 내 어 깨를 토닥이셨다.

"박늘봄 대리. 잘하고 있나?"

"네! 잘하고 있습니다."

씩씩한 대답에 회장님은 고개를 끄덕이시며 토목팀 내부를 둘러보셨다.

"좀 치우면서 일들 해. 요즘 토목팀 실적이 안 좋은 걸 알지?"

회장님의 말씀이 끝나기 무섭게 서 팀장님은 회장님 앞에 서서 반사적으로 실적을 보고하셨다. 사실 우리 팀 실적은 작년과 비교해서 상당히 안 좋았고, 일부 몇몇 현장에서 심각한 적자가 발생하여 이를 해결하지 못하고 있었다. 아니, 원인도 제대로 파악하지 못하고 있었다.

"안산에 택지는 어떻게 됐어? 원가 받았어?"

"현재 12)공동도급사로부터 차주에 30억 원 입금 예정되어 있습니다."

"뭐야? 아직 절반도 못 받는다는 얘기네. 야. 공교환이 어디 갔냐?"

"임원실에 있습니다."

"야! 불러와."

회장님은 내 뒤에 있는 원형 탁자에 앉아 공 본부장님이 오길 기다리셨다. 서 팀장님이 들어간 지 불과 몇 초가 지나지 않아서 공 본부장님이 헐레벌떡 뛰쳐나오셨다.

"회장님. 저희 팀에 방문해 주셔서 영광입니다."

공 본부장님의 반가운 웃음과 달리 회장님은 잔뜩 얼굴을 찌푸

---

12) 대규모 공사를 2개 이상의 시공사가 공동으로 수행하며, 상대 시공사를 공동도급사라고 지칭함

리고 계셨다.

"안산택지는 원가 언제까지 받는다고 그랬지?"

"금주입니다."

"그런데 왜 지금 서 팀장은 차주라고 보고를 하나?"

회장님은 잔뜩 화가 나셔서 지팡이로 비서실장에게 가리켰다.

"당장 안산택지 현장 소장한테 전화해."

우리 팀원 모두 긴장하며 회장님만 바라보고 있었다.

"박 소장. 원가 언제 받는다고 그랬지?"

휴대폰은 스피커폰으로 설정되어 있었고 반대쪽에서 우물쭈물 하는 듯한 소리가 들려왔다.

"회장님. 본래 금주에 수금하기로 되어있었는데, 공동도급사에서 결재가 늦어져서 다음 주에 입금해 준다고 연락이 왔습니다."

"그런데 왜 나한테는 보고가 되지 않았지?"

"본사 자금팀과 토목팀에는 구두로 보고를 올렸습니다."

회장님은 통화종료를 누르고 한참 동안 휴대폰을 바라보셨다. 그러다가 갑자기 휴대폰을 공 본부장님을 향해서 던졌고 그대로 몸에 맞고 나가떨어졌다.

"지금 나하고 장난해?"

"죄송합니다."

"네가 나한테 보고한 대로 금주에 완료하도록 해."

"네. 알겠습니다."

"그래. 네가 약속한 거다."

회장님은 자리에서 일어나셨고 우리 팀원들은 회장님이 나가실 때까지 조용히 고개를 숙이며 배웅했다. 조금 시간이 지난 후, 이 대리님이 내 어깨를 두들기며 옥상으로 올라가자고 손짓하셨다. 무슨 영문인지 잘 몰랐지만 잠시 업무를 놓고 따라 올라갔다. 이 대리님은 담배를 하나 물고 계셨고, 하나를 내게 건네주셨다.

"이제 큰일 났네. 너 분위기 알겠지?"

"그냥 원가 미수금 때문에 그런 거 아니에요?"

"아니야. 조만간 공 본부장 잘릴 거야. 그리고 박 소장도 잘릴 거고, 부산 하수도, 일산 도로 현장 소장님도 그럴 거고."

"아⋯."

난 담배를 물고 멍하니 아래를 내려다봤다.

"그러니까 적당히 분위기 보고 있어. 한동안 분위기 안 좋을 거야."

"네. 그러면 공 본부장님 그만두나요?"

"그만두는 게 아니라 잘린 데도."

"그러면 누가 대타로 오나요?"

"누가 오긴? 돌아이가 본부장 역할 하겠지. 하여간 앞날이 답답하다."

결국, 공동도급사는 다음 주 월요일 오후에 13)공동원가를 입금했다. 본사와 현장이 합심하여 노력했지만, 회장님과의 약속은 지키지 못했다. 당연히 공 본부장님은 강제로 약속을 한 셈이어서 책임을 져야 했다.

"내가 너희들 모두 다 챙겨주고 싶었는데, 나 스스로 지키지 못하는 사람이 됐구나. 지금까지 날 챙겨줘서 고마웠고 앞으로도 좋은 인연이 되어 만났으면 좋겠다."

회사의 눈치 때문에 따로 송별회도 하지 못하고, 가운데 회의 탁자에 모여 한마디 하시고는 A4 박스에 소지품을 챙겨서 사무실을 나가셨다. 나를 본사로 당겨준 사람이 초라하게 나가는 걸 보니 마음이 편치 않았다.

이날 오후 인사 명령이 떴다. 이 대리님이 예상한 대로 서 팀장님은 본부장 겸직으로 발령이 났다.

이 대리님과 함께 「한우네 돼지갈비」를 찾았다. 이곳은 그만둔 박 과장님이 차린 가게였다. 회사에서 그다지 멀지 않은 곳에 자리한 가게는 개업할 때만 해도 사람이 많았지만, 약 1년이 지

---

13) 공동도급을 하면 지분이 많은 회사는 주관사, 적은 회사는 비주관사라고 함. 일반적으로 주관사에서 공사에 필요한 자금을 선투입하고 비주관사에 자금을 청구하는 방식으로 진행하며, 이를 공동원가로 집계하여 각 지분에 따라 원가를 분담하게 됨.

난 지금은 그때만큼 북적거리지 않았다. 누가 그러더라. 장사는 개업빨이라고.

"형님. 저 왔습니다."

이 대리님이 큰 소리로 박 사장님을 찾으셨다. 주방에서 열심히 고기 손질하던 박 사장님이 홀로 나오셨다.

"자주 좀 와. 이러다가 장사 접게 생겼다."

"아이고. 형님. 우리도 여기 자주 오면 망해요. 직장인이 돈이 어디 있습니까?"

"야. 돼지갈비가 얼마나 한다고 엄살이냐? 일단 5인분 가져다 줄게."

박 사장님이 들어가셔서 고기를 준비하는 동안 홀에 있던 마지막 손님이 가게를 나갔다. 계산을 마친 알바생이 숯불을 가지고 왔다. 박 사장님은 뒤뚱뒤뚱 걸으면서 고기를 테이블에 올리셨다.

"김 군아. 오늘은 일찍 들어가라."

알바생은 넙죽 인사하더니 계산대 아래에 있는 자신의 소지품을 들고 후다닥 사라졌다. 이 모습을 보고 있던 이 대리님과 난 박장대소했다.

"왜 벌써 보내요? 이제 10시구먼."

이 대리님이 의아한 말투로 박 사장님에게 물었다.

"이미 파리 날리는데 뭘. 그냥 오늘은 접고, 너희랑 술이나 한

잔해야겠다. 야. 늘봄이 넌 어째 일 잘한다고 우리 가게까지 소
문났냐?"

"아닙니다. 과장님."

"근데 넌 아직도 호칭 적응을 못 하네. 자. 한 잔 마셔라."

박 사장님은 내 잔에 소주를 가득 채워주셨다.

"공 본부장 잘렸다며?"

이 대리님과 나는 서로 얼굴을 번갈아 보면서 웃었다.

"이 형님은 어디서 이런 소식을 들을까?"

"야. 암만 그래도 내가 거기 1년 있으면서 사람도 안 사귀었겠
냐?"

"대단하시네요. 형님. 누가 본부장 자리 차지한 줄 알아요?"

"야. 뻔하지. 이제 서 본부장 됐겠네."

"오. 신기 있나 봐."

세 명은 잔을 들어 건배했다. 갈비가 천천히 맛있게 익어가는
냄새가 났다.

"쌍놈 새끼. 내가 1년 동안 스트레스받은 거 생각하면 아직도
피가 거꾸로 솟는다. 너희 힘들겠어. 그 새끼 팀장 할 때도 난
리였는데 본부장 달면 어떡하냐?"

"그래서 술 마시러 왔잖아요. 오늘 일찍 나온 거 아시죠?"

"암. 그 새끼는 지가 퇴근하기 전까지 직원들 나가는 거 싫어
하잖아. 그래도 오늘은 빨리 갔네?"

박 사장님은 혼자서 소주잔을 들이키셨다. 이어서 우리 둘도 마저 마셨다.

"그런데. 아무리 힘들어도 직장은 다녀라. 차라리 다른 데로 옮기더라도 말이야. 자영업은 내가 뜯어서 말릴 거다. 이 가게 임대료가 얼마인 줄 아냐? 자그마치 2백만 원이야. 내가 미쳤지."

박 사장님은 고기를 하나 물더니 질겅질겅 씹으셨다.

"그런데 회사는 잘 돌아가냐?"

날 보면서 말씀하시길래 조금 당황했지만, 그냥 소주 한 잔 들이켜고, 고기를 뒤집으면서 말했다.

"지금은 건설 경기 다시 올라가는 분위기잖아요. 내년부터는 본격적으로 주택시장 투자할 거 같아요. 그런데 토목은 영 죽도 밥도 못 합니다. 잘못하면 건축부서에서 부대토목도 우리 쪽으로 넘기려는 것 같아요."

"야. 그럼 세 명이 어떻게 일하냐?"

"세 명요? 하하하. 아닙니다. 김 차장님은 일 많이 안 하시잖아요."

"아. 그렇지? 그런데 그 사람도 나 많이 갈궜다. 에잇. 있어봐. 내가 숨겨둔 소고기 들고나올 테니까."

"야호!"

이 대리님이 손을 번쩍 들어 환호하셨다. 박 사장님이 안 계신 틈을 타 이 대리님이 내게 조용히 말씀하셨다.

"왠지 저 양반 다시 회사에 올 거 같지 않냐?"

"약간 그런 느낌이 있어요."

"네가 잘 봐서 이 근처에 현장 생기면 꼽아줘. 저 사람이 서류는 약해도 공사 업무는 잘할 수 있으니까. 그래도 네가 우리 공채 직원 중에서는 능력 있다고 칭찬이 자자하잖아. 너 정도면 입김 불어 넣으면 통할 거야."

"그럴까요?"

"그럼. 충분하지."

이 대리님은 잔을 들어서 내 잔에 부딪혔다. 잠시 후 밖으로 나가더니 담배를 피우셨다.

"내가 육회 한 번 만들어 봤어. 먹어봐."

젓가락을 휘휘 돌려서 먹었다. 정말 맛있었다.

"이렇게 맛있는데 왜 하필 「한우네 돼지갈비」로 하셨데요?"

"그 정도냐?"

"네. 정말 맛있어요."

"네 말대로 종목을 바꿀까?"

"그것도 좋죠. 이제 「박한우네」로 하세요. 하하하."

박 사장님은 내 얼굴을 보면서 곰곰이 생각하더니 말문을 여셨다.

"나 놀리는 거지? 너 이 새끼 서 팀장 새끼랑 똑같이 구는 거지?"

"아니. 비교할 사람이 없어서 서 팀장하고 합니까?"

"알았다. 그건 내가 미안하다. 그러면 네 말대로 손님들한테 한 번 팔아 봐야겠다. 고맙다."

"뭘요. 그런데 사장님은 다시 회사 생활 안 할 겁니까?"

박 사장님은 집게를 들고선 멍하니 천장을 바라보셨다.

"직장 생활하고 싶은데 한 번 당해보니까 자신이 없어. 앞으로 안 하려고. 솔직히 진짜 쉬고 싶기는 하다. 나 한 달에 한 번 쉬는 거 알아? 이제 애들 얼굴도 잊어먹겠어. 하하하. 그런데 눈치 안 봐서 좋기는 하다. 서 팀장 그 새끼가 나한테 욕했어도 여기서는 손님…"

"에이. 놀러 왔는데 계속 서 팀장 얘기만 한다. 누가 보면 서 팀장이랑 사귀는 줄 알겠어요. 한잔해요."

이 대리님이 와서 술잔을 들었고, 몇 잔을 연거푸 들이켰다. 박 사장님이 얘기한 걸 가만히 들어보면 직장생활보다는 마음이 편하다는 것 같았다. 하지만 상사나 손님이나 눈치 봐야 하는 거 매한가지인 게 아닌가. 일단, 내 생각은 그렇다. 이날 회사에 있었던 것보다 더 친밀하게 대화를 나눈 것 같았다. 둘 다 내겐 형이 되었으니까.

서 팀장님은, 아니 서 본부장님은 아침부터 유난스럽게 직원들을 자기 임원실로 불렀고, 독단적으로 생각한 토목팀 개편안을 얘기했다.

"자. 우리 토목팀은 본부장이 부재하더라도 인력 충원은 없다. 어차피 팀장과 본부장 역할은 다 내가 해낼 거로 생각하니까 당연한 얘기 아니겠냐? 그리고 박 과장 나간 지 1년이 넘었고, 그 새끼는 워낙 하는 일이 없었으니, 너희들의 업무 공백도 없었다고 생각한다. 맞지?"

"…"

"하여간 이 새끼들은 대답이 없어. 우선 현장 업무는 이 대리와 박 대리가 나눠서 하고, 종합적인 검토는 김 차장이 하면 된다. 김 차장은 추가로 현장 계속 돌아다녀. 한 달에 한 번씩 무조건 나가서 이 새끼들이 나 모르게 뻘짓 안 하는지 철저히 감시해. 그리고 보고 서식 던져 줄 테니까 아침마다 현장에서 전날 있었던 거 작성해서 내 책상에 올려놔. 알겠어?"

"네. 알겠습니다."

김 차장님, 이 대리님과 나는 약속이나 한 듯이 같은 음성으로 대답했다.

"그리고 너 이 대리. 올해 진급 케이스니까 똑바로 해. 똑바로 안 하면 바로 갈아버릴 거니까 정신 차려."

"네."

아침부터 머리가 지끈지끈했다. 가뜩이나 내 말 안 듣는 현장

직원들이 감히 퇴근 전까지 제대로 서류를 작성해서 줄 리가 만무했다. 앞이 캄캄했다.

점심을 먹고 난 뒤 현장마다 보고 서식을 넘길 예정이었다.

"아니. 과장님. 제가 그러는 게 아니고요. 본부장님께서 보고자료 만들어서 매일 보고하라는데 제가 어떻게 하겠습니까? 네? 방금 욕하셨어요? 네? 아. 진짜. 너무하시네. 네? 뭐라고요?"

옆에서 내 전화를 엿듣던 김 차장님은 내 전화기를 뺏어서 받으셨다.

"야. 최 과장. 한 달에 한 번씩 보고서 올리는 거 나도 알고 있는데 본부장님이 새로 부임하시고 자신의 스타일에 맞게 팀을 운영하시려는 거잖아. 좀 하다가 보면 느슨해지겠지. 안 그래? 일단 며칠 만이라도 우리 좀 도와주라."

김 차장님은 애걸복걸하듯이 통화를 마치셨다.

"박 대리. 잘 봐. 말하는 것도 기술이 필요한 거야. 너처럼 막무가내 말하면 안 되는 거라고."

"그거야 차장님은 최 과장보다 직급이 높잖아요."

"높긴 뭘 높아? 이게 다 화법이라고. 알겠냐?"

김 차장님은 이렇게 말하시고 사무실 밖으로 나가려고 했다. 나는 다급하게 김 차장님을 잡았다.

"차장님. 이제 현장 한 곳 전화했는데 이렇게 반발하잖아요. 본부장 명으로 사내 공문 날리면 안 됩니까?"

"음… 굳이 그럴 필요 있을까? 내가 했던 대로 한 번 해봐. 정 안되면 고민 좀 해보던가?"

욕이 입 밖으로 나올 것 같았지만 이내 꾹꾹 참았다. 이 대리 님은 나를 보더니 킥킥대며 웃으셨다. 나도 덩달아 웃었다. 둘 다 어처구니가 없다는 뜻이었다.

다음 날, 서 본부장님은 이 대리님과 나를 불러 세워놓고 사람 들 앞에서 윽박지르셨다. 주변에 있는 건축, 기계, 전기팀 직원 들의 이목이 전부 이쪽으로 쏠렸다.

"너희 새끼들 내가 보고하라고 시킨 게 불과 하루 전인데 어떻 게 된 게 보고를 안 해?"

다행히 임원실이 아닌 까닭에 욕은 하지 않았고, 괜히 분을 못 참고 씩씩대기만 하셨다. 이 대리님이 나를 한 번 보더니 나서 서 말씀하셨다.

"현장 소장들이 공무에게 하지 말라고 시켰다고 하네요. 왜 토 목팀에서 있지도 않은 서식을 만드냐고요. 현장 일도 많은데 본 사 일을 시킨다며 불만을 토로하고 있는 사정입니다. 아마도 저 와 박 대리가 나서서 얘기한들 할 생각이 없을 것 같으니 차라 리 회장님 재가받으셔서 공문 내리시는 편이 나을 것 같습니 다."

서 본부장님은 화가 나면서도 딱히 대책이 있어 보이지 않으셨다.

"박 대리. 넌 어떻게 생각하냐?"

"제 생각에도 본부장님께서 최연소로 본부장이 되셨기 때문에 견제하는 분위기가 있는 것 같아서, 현장 소장들이 그러는 것 같습니다. 결재받아서 회장님 지시로 하시는 게 나을 것 같습니다."

"그렇지? 알겠어. 기안지 만들어서 올려봐."

서 본부장님은 자신의 임원실로 들어갔고, 이 대리님은 혼자서 깔깔대며 나보고 옥상으로 올라오라고 하셨다. 난 믹스커피 두 잔을 타서 옥상으로 향했다.

"늘봄아. 너 제법이다? 나 웃겨 죽는 줄 알았잖아."

"네? 어떤 게요?"

"너 임마 최연소가 뭐냐? 돌아이 완전히 넘어가더라. 진작에 나한테도 정치 수업 좀 가르쳐주지."

"에이. 예전에 돌아이랑 어깨동무도 하셨잖아요?"

"그건 미쳐서 그런 거지. 하하. 그때 나도 술돌아이 돼서 그런 거잖아. 참고로 본부장이 술 되면 슬슬 약 올려도 돼. 단, 때리면 안 돼. 사람이 필름이 끊겨도 은연중에 기억나는 법이거든."

"설마요. 제가."

둘이 아래를 바라보면서 커피를 마셨다. 이 대리님은 담배를 깊게 들이마시고 내쉬었다.

"늘봄아. 2월에 나 진급하면 아마도 현장으로 쫓겨나지 싶다."

"무슨 소리입니까? 갑자기."

"회장님이 슬슬 눈치 주는 거 같아. 요즘 들어서 토목팀에 일이 많이 터지잖아. 내가 가장 오래 있었는데 제 역할 못 했다고 말이 나왔나 봐. 그래서 현장에 가라고 지시한 거 같아. 그렇다고 돌아이가 나 지켜주지 않을 거니 어쩔 수 없이 현장 가야지. 진짜 큰일이야. 현장 일 아무것도 모르는데. 하하하."

"일단 지켜봐요. 그건 나중에 생각하시고요."

근래 들어 새로 개시한 현장들이 대부분 경남, 전남 쪽에 있어서 이 대리님은 그런 부분이 부담스러우신 것 같았다. 게다가 아기가 태어난 지 얼마 안 됐는데 현장 발령 나게 되면 2주에 한 번씩 봐야 했다. 고민되는 듯싶다. 1시간 정도 작업해서 일일 보고문에 관해 기안을 올렸다. 서 본부장님은 기안문을 보더니 괜히 꼬투리 잡을 게 없는지 유심히 보다가 내가 몇 번 대응했더니 포기하고 그냥 기안문 돌리라며 타박하셨다.

서 본부장님은 자기까지 결재한 문서를 가지고 사장실로 들어가셨다. 그런데 무슨 일인지 불과 몇 분 만에 한껏 어두운 표정으로 나오시더니 자신의 임원실에서 결재판을 던져버렸다. 분위기를 봐선 결재를 못 받은 게 분명했다. 나로서는 다행이었다.

서 팀장님이 본부장이 된 이후로 줄곧 나를 찾기 시작하셨다.

나 말고 김 차장님, 이 대리님이 있는데도 큰일이며, 작은 일마저도 나를 시켰다. 이제는 주말에 출근이 일상이 될 정도로 바빠졌다.

"이번 주도 일해?"

아내의 실망스러운 목소리에 마음이 아팠다.

"하고 싶어서 하는 건 아니잖아."

"수당도 안 주면서 너무 부려 먹는 거 아니야? 거기는 당신밖에 없어?"

"그렇네. 나도 답답하다. 내일은 오후 3시쯤에 마치고 올 테니까 공원이라도 같이 돌자."

아내는 이런 소박한 말 한마디에 미소를 보였다. 불과 한 명밖에 안 되는 내 가족도 못 돌보니 이건 뭐 노예나 다름없었다. 김 차장님, 서 본부장님, 사장님, 회장님 이런 사람들은 집에서 편안하게 쉬고 있겠지. 말이나 말자. 나중에 나도 그런 날이 오겠지.

사무실에 나와 보니 이 대리님이 나를 째려보고 계셨다. 그러면서 나한테 다가오면서 어깨에 팔을 감았다.

"야. 늘봄아. 내가 너 얼마나 기다린 줄 알아? 담배 피우러 가자."

"그 사이에 담배를 사러 가지 그랬어요?"

어째 구 과장님이 생각났다. 옥상으로 올라와 내가 사 온 아이

스아메리카노를 나눠 마셨다.

"왜 나왔어요?"

"왜 나오긴. 서 돌아이가 계속 문서 반려해서 결국 나왔잖아. 경주 현장 하도급 변경 계약 건 해결 안 돼서 공무부장 입에 거품 물고 있다. 하하하. 집에서 자고 있는데 새벽부터 전화 와서 결재 안 됐냐고 물어보더라. 소장한테 더럽게 닦이나 봐."

"조금 오래되긴 했죠. 벌써 한 달이 지났으니까요."

"그렇게 오래됐냐? 그런데 내가 잘못한 거 아냐. 서 돌아이가 벌써 4번째 반려했어. 내가 오죽하면 공무부장에게 본부장한테 선물 세트라도 하나 보내라고 했겠냐. 정말 진짜 지친다, 지쳐. 나는 이제 그냥 빨리 현장에 가고 싶다."

"언제는 싫다면서요?"

"이제 이 형은 모든 걸 포기했다. 다음 달이면 진급 발표하겠네. 과장 진급하면 월급도 많이 오르겠지? 내가 맛있는 거 사줄게. 맞다. 이제 현장 수당도 받을 수 있어."

"그러면 한우 형 고깃집에서 진짜 한우 먹어봅시다."

갑자기 이 대리님이 말을 아끼셨다. 아직 소고기 먹을 재력은 안 되는 것 같았다.

2월 중순이 되어 진급 발표가 났고, 곧이어 인사 명령도 떨어졌다. 이 대리님은 진급에 실패하고 대리 5호봉 되어, 경북 청도에 있는 하수관로 현장의 공사대리로 발령받았다. 이 대리님은 좌절했다. 그나마 본사에 있으면 진급이 빠른데, 현장으로 가면 앞으로 진급이 더 어려워질 수 있기 때문이었다. 이 대리님은 일에 집중하지 못하셨고, 며칠 동안 담배만 피우면서 시간을 보내다가 사직서를 제출해 버리고 말았다.

회사 내에서 온갖 말들이 터져 나왔다. 공채 중에 유일하게 진급 못 해서 쪽팔려서 그만뒀다든지, 현장에서 대금 상납했던 게 본사 감사팀에 걸려서 잘리는 거라든지, 능력이 안 돼서 몇 년 전부터 그만두려고 했다는 등의 유언비어는 직원들을 통해 하나씩 하나씩 와전되어 본사에 퍼져버렸고, 어떤 게 진실인지 알 수 없게 되었다. 안타깝지만 이쯤 되니 나도 어떤 게 정답인지 모르겠다.

토목팀에 결원이 생겨 인원을 보충해달라고 요청하는 공문을 인사팀에 보냈다. 그런데 회신 결과가 뜻밖이었다. 3월에 공채 신입사원을 뽑으면 한 명을 보내준다는 것이었다. 신입사원 연수와 업무를 가르치려면 한세월은 걸릴 텐데 너무한 처사라고 생각되었다. 결국은 나 혼자서 업무를 짊어질 수밖에 없는 노릇이었다. 한숨만 나왔다. 오후 5시쯤 서 본부장님은 원탁에 나와 앉아서 껌을 씹으셨다.

"진짜 이게 말이 되냐? 현장이 20개가 넘는데 고작 직원 3명이 앉아있으니 이게 될 일이냐고? 안 그래? 박 대리?"

난 고개를 돌려 살며시 보고는 다시 업무에 집중했다. 서 본부장님은 괜히 말 한마디 걸었다가 아무 대답도 못 들은 터라 애써 김 차장님을 바라보셨다. 김 차장님은 눈치를 보다가 냅다 서 본부장님 반대쪽에 앉아서 아부를 시작하셨다.

"박 대리. 아무리 바빠도 본부장님 말씀은 들어야지. 여기로 와봐. 잠시면 되잖아."

가만히 보고 있던 서 본부장님은 짜증이 섞인 목소리로 소리치셨다.

"김 차장. 네가 네 몫을 못 하니까 우리 박 대리가 고생하는 거잖아. 하여간 차장쯤 달았으면 적당히 업무를 해야지 뭔 의자에 쳐 앉아서 뭘 하는지. 너 임마. 청도 현장 다녀왔어? 확 그냥 영원히 보내 버릴까 보다."

"아. 안 됩니다. 제가 본사에 없으면 중심이 흔들립니다."

"확! 중심 같은 소리 하고 자빠졌네."

서 본부장님은 자리에서 일어서더니 지갑을 꺼내서 내 책상에 20만 원을 탁 내려놓고선 임원실로 들어가셨다. 불과 몇 초 후 서 본부장님은 다시 나와서 큰 소리로 말씀하셨다.

"야. 박 대리. 김 차장 저 새끼랑 술 같이 먹지 마."

아. 김 차장님마저 없으면 이제 누구랑 술이나 한잔할 수 있을까. 이젠 팀에 사람도 없다. 11시가 넘어갈 때쯤 아내에게 전화를 걸었다.

"여보. 나 오늘 한우 형네 가서 소주 한잔만 하고 갈게."

아내는 무엇을 하는지 주변이 조용했다. 목소리는 차분했다.

"알았어. 피곤하다면서 괜찮겠어?"

"괜찮아. 소주 한 병 정도는 약주지 뭐."

"너무 늦지 말고."

이미 늦은 시간이라서 그런지 회사 주변 술집에는 술에 취한 사람이 많았다. 좁은 골목길에 접어들어 한우 형 가게에 들어갔다.

"오. 늘봄이. 우리 에이스가 웬일이냐? 이 대리는? 아참. 이 과장인가?"

"형. 못 들었어요? 정보력이 넘치는 사람이 이건 몰랐나 보네요. 진급 못 했어요."

"그래? 아쉽게 됐네. 그래서 이 대리는 오늘 출근 안 했어?"

"에이. 모르겠어요. 저 술 좀 주세요."

"잠시만."

한우 형은 전골 하나를 진하게 끓여서 나왔다.

"천천히 마셔. 뭔 세상 등진 놈처럼 그렇게 술을 퍼마시냐?"

"그냥요. 술 마시면 그래도 조금 나아요. 잊을 수 있잖아요."

"이상한 소리는 됐고. 이 대리는 어떻게 한대?"

"이미 그만뒀어요. 나쁜 놈이에요. 그래도 술이나 한잔하고 짱박히지. 정이 없네요."

"곧 연락이 오겠지. 지도 고민이 많이 했을 거야. 그냥 한잔해라. 잊어버리게."

잔을 크게 올려 술을 들이켰다. 한우 형이랑 둘이 있어서 조금 어색했지만 나쁘지는 않았다. 난 주머니에 있는 20만 원을 테이블에 올렸다.

"형. 오늘 제가 다 쏠게요. 이거 무슨 돈인 줄 알아요?"

"몰라. 내가 어떻게 아냐?"

"서 돌아이가 내 눈치 보면서 주고 간 돈이에요. 귀한 거예요."

"이야. 네가 조련 잘해놨네. 서 본부장 작년만 해도 뭐든 다할 수 있을 것처럼 하더니만 완전히 망했네. 망했어."

"그냥 폭삭 망했어요. 형. 근데 그 사람은 망해도 멀쩡한데 저는 죽을 거 같네요."

"왜?"

난 다시 술을 들이켰다. 오늘은 왜 이렇게 술이 달게 느껴지는지 모르겠다. 정신 못 차리고 들어가면 아내한테 혼날 테지만 오늘은 그냥 마시련다.

"왜긴요. 노예잖아요. 주말도 없이 일만 해요. 한 달에 하루 쉬면서 일하는데 돈도 안 줘요. 이러려고 회사 들어왔나? 어? 하하하. 참. 형네 가게는 사람 안 뽑아요?"

"야. 넌 뭐 소주 한 병도 안 마셨는데 벌써 맛이 가냐? 사람

뽑고는 싶은데 넌 고임금이라서 안 돼. 너 먹여 살리려다가 내가 정신줄 놓겠다."

"치사하네."

가게에 온 지 얼마 안 됐지만, 12시가 넘어 자리에서 일어났다. 아버지가 생각났다.

"여보세요. 아버지."

"어? 아들. 안 자고 늦은 시간에 전화했어?"

"그냥. 아버지 목소리 듣고 싶어서."

"자식. 싱겁기는. 무슨 일 있냐?"

"아니. 아버지. 요즘 힘들 거 같아서 내가 2백만 원 보냈어."

잠시 아버지가 머뭇거리는 듯한 음성이 들렸다.

"고맙다."

갑자기 눈물이 날 것 같았다.

"자주 못 뵈어서 죄송해요."

"바쁜데 어쩔 수 있냐?"

"알았어요. 건강관리 잘하시고요."

"그래. 시간 되면 며느리랑 같이 내려와. 우리 며느리 보고 싶네."

"알겠어요. 아버지. 끊을게요."

"그래."

집에는 1시가 다 되어 도착했고 아내는 따뜻한 미역국을 끓여놓았다.

　4월 초, 공채사원들이 신입교육 연수를 마치고 본사와 현장에 배치되었다. 어찌 된 일인지 신입사원들의 눈은 초롱초롱하면서 '나는 무엇이든 할 수 있다.'라는 표정으로 사무실에 들어왔다. 마침 토목팀에 배치된 친구도 그랬다. 나는 이 대리님 자리로 옮겼고, 신입사원은 내 자리에 앉게 되었다. 회사에서 무슨 생각인지 몰라도 내 컴퓨터도 새 걸로 내려줬다. 서 본부장님이 나마저 나갈까 봐 총무팀에 압력을 넣은 거로 생각되었다.

　"안녕하십니까? 이번에 토목팀에 발령받은 김영수 사원입니다. 반갑습니다."

　내가 왔을 때 아무도 인기척이 없었던 것과 달리 난 먼저 일어서서 손을 내밀었다. 명함 한 장을 쥐고 영수에게 건넸다.

　"반갑습니다. 박늘봄 대리입니다. 실례지만 나이가 어떻게 되시죠?"

　"28살입니다."

　"저는 33살이에요. 그럼 반말하더라도 불편하지 않겠죠?"

　"네. 괜찮습니다."

　영수를 데리고 김 차장님께 인사시켰다. 김 차장님은 앉은 채로 위에서 아래로 훑어보셨다. 나는 영수에게 잠시 자리에 앉아서 대기하라고 시킨 뒤 커피를 두 잔 타서 영수와 같이 서 본부장님 임원실로 들어갔다. 서 본부장님은 대뜸 누구인지 알아보고 손을 내밀었다. 영수는 잔뜩 긴장했고, 관등성명 대듯이 "신입사원 김영수입니다. 잘 부탁드립니다."라고 큰 소리로 대답했다. 우리 세 명은 회의 테이블에 앉았다.

"야. 넌 집이 어디냐?"

"성남입니다."

서 본부장은 껄껄 웃으셨다.

"성남이 전부 네 집이냐?"

"아? 성남시 분당구 정자동입니다."

"그래. 좋은 데 사는구나. 정자동이 집이구나."

영수는 서 본부장님이 무슨 의도로 말씀하셨는지 고민하는 눈치였다. 여차하면 집 주소 다 부를 분위기였다. 내가 봐서는 별 의미 없는데 참 안타깝다.

"그럼 출퇴근하려면 멀겠네. 얼마나 걸리디?"

"1시간 반 정도 걸렸습니다."

"너 그럼 이 근처에 원룸을 얻든지 해라. 가뜩이나 늦게 마치기나 하면 딱 그만두겠네. 너 그만두면 나 시말서 써야 하거든. 그러면 골치 아프니까 애초에 그만두고 가든지, 아니면 열심히 3년은 다니든지 해라."

서 본부장님 말씀에 멀뚱멀뚱 쳐다보더니 영수는 뒤늦게 큰 소리로 "알겠습니다."라고 대답했다.

"그리고 네 사수가 될 늘봄이가 일을 잘하니까 열심히 배우고. 알겠지? 늘봄아. 너는 할 말 있냐?"

"저는 밖에서 따로 얘기하겠습니다."

"벌써 후임 생겼다고 둘이 속닥속닥하려고 그러지? 알겠다. 그래도 젊은 애들끼리 얘기하는 게 낫겠지. 그만 나가봐."

서 본부장님께 인사하고 밖으로 빠져나왔다. 곧장 옥상으로 올라왔다. 올라오는 내내 영수를 쳐다보는데 왜 이렇게 웃기는지 모르겠다. 엉성하게 걸어오는 모습이 로봇처럼 보여서 영락없이 신입사원임을 티 내고 있었다. 옥상에 올라오자마자 박장대소했다. 영수는 내가 무엇 때문에 웃는지 몰라서 당황하며 어색하게 웃기만 했다.

"야. 긴장 좀 풀어. 넌 어디 학교 나왔냐?"

"송파대학교 나왔습니다."

"거긴 강남에 있냐?"

"아. 네?! 충청도에 있습니다."

"그래?"

예전에 면접 볼 때 '창수대는 창수시에 있냐?'는 질문에 그냥 생각나서 툭 던진 말이었는데 다를 수 있다는 사실에 놀랐다.

"아. 송파대는 송파가 아니구나. 어쨌든 우리 부서는 실질적으로 일하는 사람은 나 하나야. 그래서 네 역할이 굉장히 중요해. 엄청 힘들 거야. 버틸 수 있겠어?"

"네. 할 수 있습니다."

"혹시 빚 있냐?"

"네. 학자금 2천만 원 있습니다."

"언제 상환하는데?"

"1년 전부터 상환하고 있습니다."

"너도 참 힘든 상황이네. 그럼 쉽게 그만두지 않을 거니까 일단 합격. 차는 있냐?"

"없습니다. 사야 합니까?"

"아니야. 집에서 버스 타고 다녀도 돼. 힘들어서 그렇지. 그런데 어차피 서울은 차 있어 봐야 소용없어. 게다가 너처럼 짬 안되는 애들은 회사에서 주차비를 안 줘서 더더욱 힘들고. 하여튼 잘 지내보자. 김영수."

내가 손을 내밀자, 영수가 내 손을 잡았다.

제8화 경력과 아이 (2017년 2월)

영수가 자리에 앉아 부들부들 떨고 있었다. 2월 중순이 되어 진급 발표가 있을 예정이었다.

"야. 그룹웨어 그만 보고 일해."

"대리님. 설마 주임 진급을 누락시키진 않겠죠?"

"신경 꺼. 누가 주임 나부랭이를… 야. 신안산단 현장 회의자료 내려줬냐?"

"아뇨. 죄송합니다."

5분여가 지난 후 갑자기 영수가 소리를 질렀다. 뭐 때문에 그런지 궁금했던 김 차장님이 영수 뒤에 우두커니 서서 내려다보셨다.

"오. 영수. 주임 진급 축하해."

"감사합니다. 오늘은 제가 술 한잔 쏠까요?"

"어? 그런데 네가 쏠 게 아닌 거 같은데? 늘봄아. 이것 좀 봐라."

"잠시만요. 이것 좀 보내고요."

영수가 나를 쳐다보더니 씩 웃었다.

"왜 웃어? 미친놈아, 정들겠다."

"이제는 박 과장님이시네요."

"뭐?!"

난 급히 자리에서 일어나서 영수가 띄어놓은 그룹웨어 공지를 봤다. 세상에. 떡하니 내 이름이 올려져 있었다.

「과장 진급자 : 박늘봄 대리」

조기 진급을 당연히 기대한 바 없었고, 어떤 누구도 언질 주지 않았었다. 도대체 무슨 일인지 몰라 당황했는데 메신저를 통해 너도나도 축하한다는 메시지가 도착했다. 서 본부장님이 임원실에서 빼꼼 얼굴을 내밀더니 따봉을 하나 주시고는 다시 들어가셨다.

"늘봄아. 이제 너도 지배계층이 되었네. 하하하."

김 차장님은 자기 일처럼 너무 즐거워하셨다. 평소에 내가 얼마나 욕했는데 조금 미안해지려고 했다. 김 차장님은 손으로 소주 마시는 행동을 하며 내게 고개를 까딱까딱 흔드셨다.

"오늘 '한우네' 가서 술 한잔할까?"

"네!? 모르셨어요?"

"왜 한우 뭔 일 있어?"

"장사 안돼서 가게 뺐어요. 한 달쯤 됐을 건데요."

"아. 새끼. 꼭 팔아주려고 하면 그러네. 이 앞에 회센터 갈까?"

"좋지요. 본부장님 모시고 갑니까?"

"꼰대? 아. 오늘만 데리고 가자."

이왕 술 마실 거면 김 차장님이 분위기를 주도하고 싶었는데 이게 안 돼서 조금 아쉬워하는 모습처럼 보였다.

서 본부장님은 회센터에 들어오자마자 넥타이를 풀어 헤치고 열심히 폭탄주를 제조하셨다. 영수는 어떤 DNA를 가졌는지 두 분이 뭘 할 때마다 칭찬을 냅다 날렸다.

"본부장님. 이거 완전 황금비율입니다. 저는 언제쯤 이렇게 말 수 있을까요?"

영수의 말에 서 본부장님의 마음은 살살 녹았다.

"이건 그냥 배울 수 있는 게 아니야? 수십 년의 노하우로 축적된 기술인 거지. 너 같은 신삥이 배우려면 적어도 십 년은 족히 걸려야지. 암. 당연한 얘기야."

김 차장님은 옆에서 보더니 또 거드셨다.

"이 잔 마시고 제가 한 번 말아보겠습니다. 선배님."

"건배!"

좁디좁은 회센터에서 덩치 큰 남자 4명이 건배를 외쳤더니 우렁찬 소리로 인해 내부가 흔들릴 정도였다. 다행히 아무도 없어서 망정이지 누군들 있었으면 항의가 들어왔을 것 같았다.

"자. 본부장님. 제가 한 번 말아볼 테니까 평가 좀 부탁드립니다."

김 차장님은 능숙한 솜씨로 맥주와 소주를 양손에 부으며 폭탄주를 제조했는데 객관적으로 퍼포먼스는 서 본부장님보다 훨씬 나았다. 서 본부장님은 고개를 절레절레하며 불만족스러운 표정을 보이셨다. 보다 못한 영수가 물었다.

"차장님. 개량 컵은 원래 안 쓰십니까?"

"개량 컵은 너 같은 하수가 쓰는 거야."

방금까지 개량하신 서 본부장님이 대단히 난감해진 상황이긴 하나 술을 즐겁게 드셔서 앙갚음하실지는 모르겠다. 어쨌든 완성된 술잔은 각자의 자리에 하나씩 배분됐다. 서 본부장님은 다시 술잔을 드셨다.

"우리 부서가 고작 네 명밖에 없지만, 이 중 두 명이 진급하는 놀라운 성과를 이뤘습니다. 먼저, 과장으로 진급한 박늘봄 과장! 앞으로 나와서 소감 한마디 하세요."

서 본부장님 말씀이 끝나기 무섭게 앞에 서서 숟가락을 잡았다.

"친애하는 서 본부장님을 필두로 우리 팀이 괄목할 만한 성적을 꾸준히 냄에 따라 김 차장님, 저, 영수가 이렇게 아름다운 조직을 만들어 낸 것 같습니다. 저는 단지, 서 본부장님과 김 차장님께서 잘 차려준 밥상 위에 숟가락만 올렸을 뿐인데 이렇게 진급을 시켜주시기에 너무 감사할 따름입니다. 토목팀 만세!"

급조한 만세 삼창이 끝나고, 서 본부장님이 한 번 더 큰 소리로 외쳤다.

"소감이 완전히 미쳤다! 만세!"

그러면서 안 주머니에서 무언가를 꺼내면서 내게 전해주셨다. 액수는 얼마인지 모르겠으나 상품권이었다. 상품권을 건네받고 왼쪽, 오른쪽 몸을 돌려가며 즉흥 댄스를 선보였고, 횟집 사장님도 나와서 들썩들썩, 아부맨 영수도 나와서 들썩들썩, 서 본부장님도 덩달아 들썩들썩, 눈치 보던 김 차장님도 들썩들썩 춤을 추었다. 누가 보면 참 웃긴 상황이었다.

"자. 우리 팀 막내 소감 한 번 들어볼까? 넌 이번에 소감을 마치면 브레이크 댄스를 한 번 쳐보자."

"네?! 제대로 이 분위기를 브레이킹 해보겠습니다."

영수는 소감도 얘기하지 않고, 즉흥적인 랩과 댄스를 선보였다. 완전 분위기에 휩쓸어서 우리는 미친 듯이 흔들었고, 서 본부장님은 댄스의 보답으로 상품권을 영수의 안주머니에 밀어 넣으셨다. 그리고 대략 두 시간쯤 신나게 논 결과, 소주를 무려 17병을 마신 뒤였다. 서 본부장님과 김 차장님을 먼저 보내드리고 지친 몸을 이끌고 집으로 돌아왔다.

현관문을 열고 들어가자, 아내가 다가왔다.

"술 많이 마셨네. 얼마나 마신 거야?"

"몰라. 대략 각 4병씩은 마신 거 같은데… 아. 너무 힘들다."

"진급했다고 너무 달린 거 아냐?"

"뭐 좋은 일이니까. 회사에 조기 진급 케이스가 별로 없는데 회사에서 나를 잘 봤다고 그러네."

"우리 남편이 워낙 능력이 출중하니까 그렇지."

아내는 내 외투를 받아서 옷걸이에 걸었다.

"좀 전에 집주인 연락이 왔었어. 당신이 전화를 안 받는다고 그러더라."

"아. 작년부터 계속 전세금 올려달라고 그랬는데… 짜증 나네."

"그럼 어떻게 되는 건데?"

"올려줘야지. 내일이나 대출 알아보고 집주인 만나야겠어."

"저번에 2천만 원이라고 그랬지? 너무 올리는 거 아니야?"

난 식탁에 앉아서 눈을 감고 등을 기댔다.

"이 아파트가 매매가가 낮아서 갭투자인가 뭔가로 전세율이 높데. 그래서 집값 오를 때마다 전세금을 올려달라고 한다더라. 집주인이 그나마 돈 욕심 없는 사람이라서 4년이나 참았겠지. 이제 올려줄 때 됐어."

난 씻지도 않고 거실에 누워버렸다.

다음 날, 팀원들은 모두 초췌한 얼굴이었다. 고작 1차만 했는데도 모두 다 폭삭 늙은 느낌이었다. 이런 날 회장님이 팀에 방문하면 큰일인데 서 본부장님은 아침 출근을 찍고 어디로 사라졌는지 말도 없었다.

"대리님. 아. 아니. 과장님. 저 어제 실수 안 했죠?"

난 빤히 영수를 쳐다보면서 웃으며 대꾸했다.

"야. 그걸 상사한테 물어보면 되냐?"

"김 차장님한테 물어보긴 그렇잖아요. 저 새끼 기억 못 한다고 서 본부장님한테 이른단 말이에요."

"너 겁나게 실수했어."

"네?!"

난 잠시 뜸을 들이다가 내 안주머니에서 상품권을 꺼내서 영수 책상에 올려뒀다.

"미친놈아. 왜 횟집 사장님한테 상품권을 주냐? 서 본부장님이 기억 못 해서 다행이지. 알았으면 넌 사형이야."

"아. 아. 그럼 이건 과장님 거 아닙니까? 됐어요. 다시 들고 가세요."

"그냥 너 써. 난 쓸데도 없다. 옥상에 가서 커피나 한잔하자."

탕비실에서 커피 두 잔을 받아서 옥상으로 향했다. 그나마 바람을 쐬니 정신이 드는 것 같았다.

"영수야. 근데 넌 결혼 안 하냐?"

영수는 아주 길게 한숨을 쉬었다.

"안 하는 게 아니라 못하는 거죠. 살집이 없는데 어떻게 합니까? 진짜 화나요. 월급은 쥐꼬리만큼 오르는데 무슨 부동산은 날개 돋친 듯 날아가네요. 언제까지 원룸에서 살아야 할지 모르겠네요."

"쉽지 않아. 나봐라. 아직도 20년 된 복도식 아파트에서 전세로 살잖냐?"

"그래요? 하여간 집이 문제니까 연애도 하기 싫어요. 어차피 집 안 구해지면 결혼도 못 할 건데, 연애는 뭐 하려 해요?"

"여자친구는 사귀고 고민해라. 하하하."

"대리. 아니. 과장님. 어쨌든 돈 모아봐야 그 돈으로 할 수 있는 게 없어요. 죽어라 모았는데 물가는 한없이 오르고, 부동산은 투기로 병들어 있잖아요."

"맞는 말이야. 나도 그런 생각을 했으니까. 알겠다. 나 전화 한 통만 할게."

집주인에게 전화할 참이었다. 연락 안 한 지 오래돼서 그런지 한참을 검색해서 겨우 번호를 찾은 후 전화를 걸었다.

"안녕하세요. 행신에 아파트 전세 세입자인데요."

잠시 후 밝은 목소리로 집주인이 말했다.

"네. 안녕하세요. 혹시 전세금 마련된 거예요?"

"그게 저번에 말씀하셨던 금액 맞는지 확인하려고요."

"아니. 아니. 그러니까 지금은 그때 그 금액 생각하시면 안 되고요. 지금은 집 가격이 더 올랐으니까 전세금 1천만 원 더 올려주셔야 해요."

한 번에 3천만 원을 올려달라니 너무 혼란스러웠다.

"그래도 얼마나 됐다고 그렇게까지 올리시면 저도 좀 곤란하잖아요."

"그러면 작년에 전세금 올려줬으면 이런 일도 없잖아요. 그리고 전세 만기가 지난 거 아시죠? 그러면 만기 이후니까 앞으로 월세 청구할 테니까 그렇게 아세요."

"아. 아. 아니고요. 죄송합니다. 제가 돈 구해서 이번 주에 연락드릴 테니까 그때 계약 갱신하시죠."

"진작에 이렇게 하면 얼마나 좋아요. 우리도 집을 당장 팔고 싶었는데 자기들 사니까 이렇게 손해를 보면서도 들고 있는 거 아니에요? 고마운 줄 알아야지."

"아. 네. 고맙습니다. 덕분에 잘살고 있어요. 그리고…"

뚜. 뚜. 뚜. 뚜.

전화가 끊겨버렸다. 허탈했다. 치사하고 더러워서 다른 데로 이사 가고 싶어도 회사에서 많이 멀어져야 해서 그마저도 해답은 아니었다. 집주인의 요구를 그냥 수용할 수밖에 없는 현실이 답답했다. 주머니에서 담배를 하나 꺼내 물었다. 회사 옥상에서 바라보는 것만 해도 수많은 아파트가 즐비한데 난 변두리에 오래된 아파트에서도 살기 어려운 사정이니 원. 남들은 큰 회사 다닌다고 부러워하는데 그러면 뭐 하나 현실은 잘난 부모 밑에서 태어난 애들이 집 사서 부자 되는 게 더 유리한 세상인데, 자격증 하나 더 따고 더 나은 경력 만들어봐야 월급은 몇 푼 오르지도 않으니, 한숨만 나올 뿐이었다. 어쨌든 이번 진급을 통해 오른 월급은 집주인한테 뺏기게 생겼다.

어제 그렇게 술을 마셨는데도 일찍 퇴근하지 못했다. 일하는 동안 속이 쓰렸다. 밤 11시가 넘어서 겨우 집으로 돌아왔다. 아내는 티비를 보면서 앉아있었다.

"오늘도 늦었네?"

"뭐 이런 게 하루 이틀인가? 별일 없었어?"

"특별히 없었지."

난 작은 방에 들어가서 옷을 갈아입고 거실로 나왔다.

"집주인하고 통화했는데 작년 12월에 2천만 원 얘기해 놓고선 오늘은 1천만 원 더 달라고 그러더라."

"무슨 1억 4천만 원짜리 전세에 3천만 원이나 더 달라고 그러냐? 진짜 너무한다."

"안 그럼 월세 전환한다고 하더라. 그런데 우리가 다른 데 가도 마찬가지일 거라서 하는 수 없이 줘야 할 거 같아."

아내는 한숨을 쉬었다. 답답할 노릇이었다.

"일단 모아둔 2천만 원이랑 내일 신용대출 1천만 원 받으러 가려고. 그래서 이번 주에 해결할 거야."

"이럴 거 같으면 집 사는 게 낫겠다."

아내 말에 공감은 했지만, 이 오래된 집을 사서 무엇하겠나 싶었다. 1994년 준공한 이 아파트는 무려 나이가 24살이나 되어 군데군데 보수해야 할 곳이 한, 두 군데가 아니었는데, 가격은 무려 2억 원을 넘어가고 있었다. 이런 집을 대출받아서 적어도 10년을 넘게 갚고 나면 건물은 멀쩡하게 있겠나. 우려스러웠다. 그때는 누가 이 집을 사려고 할까? 그리고 고작 20평인 집은 신혼부부나 노부부에 어울리는 거지 3, 4인 식구에게는 부족하다는 생각이 들었다. 그래서 내 결정은 더 나은 집으로 이사 가는 편이 낫다고 생각했다.

"좀 더 사정이 나아지면 이사하자. 이 집은 오래 살 집은 아니 잖아."

내 말에 아내는 고개를 끄덕였다. 가만히 생각해 보니 아내의 나이는 38살이고, 내 나이는 벌써 35살이었다.

주말에 근무하고 있는 동안 처형에게 전화가 왔다. 사무실에는 나와 영수만 있어서 크게 신경 쓰지 않고 전화를 받았다.

"제부. 오랜만이네. 잘 지내요?"

"네. 잘 지냅니다."

"지금 어디예요?"

"회사에서 일하고 있습니다."

"동생한테 들었는데 항상 주말에 근무한다고 하더니만, 참 고생이 많네요. 다른 게 아니라 요즘 우리 조카 가지려고 노력은 하시나 궁금해서 전화했어요."

한 번씩 처형은 나한테 직접 아이를 가지는지 물었다. 하지만 늘 아직은 때가 아니라는 같은 대답을 했었다. 이제는 아내가 나이가 드는 만큼 달리 생각할 필요가 있었다.

"가져야지요."

"혹시 실례지만 부부관계는 해요?"

당혹스러운 질문이었다. 그래도 언니가 아내의 엄마나 마찬가지이니까 대답하는 게 맞을 것 같았다.

"네. 하고 있습니다."

"그런데 왜 아직도 안 생길까? 그럼, 내가 아는 유명한 산부인과가 있는데 그 병원에 우리 동생하고 같이 갑시다. 본격적으로 가지기 전에 서로 검사할 필요는 있잖아요? 안 그래요?"

우리끼리 알아서 하겠다고 말해볼 만도 했지만, 그동안 너무 거절해서인지 어쩔 수 없이 받아들였다. 예약은 다음 주 토요일로 정했다.

"무슨 일 있어요?"

"아니. 무슨 일이야 있겠냐?"

"과장님. 얼굴이 안 좋아 보여서 그래요."

"처형이 정자 검사해 보자고 그러네. 하긴 내 나이도 이제 35살인데 슬 걱정되긴 하지. 임마. 넌 나이가 30살인데 결혼 안 하냐?"

영수는 나를 보며 실실 웃었다.

"과장님. 집이 없다니까요. 과장님께서 엎혀살게 해주신다면 제가 빨리 결혼하겠습니다."

"미친 소리 하지 말고 담배나 한 대 피우고 넌 집에 가. 나가서 길가에 지나가는 여자 바지 끄댕이라도 잡아."

"에이. 농담도. 하하하. 저 할 거 많아요. 보고자료 아직 덜 만들었어요."

"됐어. 그거 하루 정도는 더 미룰 수 있어."

난 지갑을 꺼내서 5만 원짜리 하나를 영수 주머니에 밀어 넣었다.

"왜 그럽니까? 또?"

"왜 그러긴. 학교 여자 후배라도 불러서 오늘은 삼겹살에 소주 한 잔이라도 해라."

"누가 여자랑 삼겹살 먹습니까? 소고기 먹지요. 돈 더 없습니까?"

영수는 능청맞게 나한테 손바닥을 오므려 폈다가 하면서 춤을 췄다. 어처구니가 없어서 웃음이 나왔지만, 어차피 지갑에 돈이 없어서 그냥 지나쳐서 탕비실로 향했다.

"과장님 삐치신 거 아니죠?"

"뭘 삐쳐? 내가 삐까츄냐?"

"아. 진짜 노잼입니다. 저 커피 안 마셔요. 완전 삐까츄 됐네요."

영수는 탕비실을 빠져나가면서 크게 웃더니 짐을 챙겨 사무실 밖으로 나갔다. 분명히 깊이 생각하면 웃긴 걸 괜히 재미없는 척하고 나가는 건 무슨 행동인지 모르겠다. 아니면 내가 아재인 건가.

처형, 아내, 나는 김포에 있는 어느 병원에 들어왔다. 잠시 후 형님도 들어오셨다. 형님은 나를 보고 웃으며 내 옆자리에 앉으셨다.

"박 서방, 이거 처음이지?"

"정액검사요?"

"쉿!"

형님은 반복적으로 내게 검지를 세우며 조용히 얘기하라고 충고하셨다. 병원 대기실에 워낙 사람이 많아서 눈치를 보는 모양이었다.

"나는 5천만 마리 나왔는데 요즘은 그것도 많다고 하네. 아마

자네는 더 많이 나올 거 같아. 이게 남자의 자부심 같은 거라고 봐야지. 건투를 빌어."

옆에서 형님이 어찌나 웃으면서 얘기하시는지 솔직히 이해가 가질 않았다. 이게 웃으면서 얘기할 정도로 내가 가벼운 기분으로 온 것은 아닌데 헤아려 주지 않는 것만 같았다. 2시간 정도 기다린 끝에 간호사는 날 어두운 방으로 안내했다.

"정액은 이 통에 담아주세요. 그리고 저기 보시면 작은 문 안에 밀어 넣어주신 다음에 문을 닫으시고요. 벨을 눌러주시고 퇴장하시면 돼요."

난 조금 민망해서 고개를 푹 숙이고 안으로 들어갔다.

정액을 제출하고 대기실로 나왔다. 아직도 처형과 형님은 그 자리에 계셨다. 아내가 자리에 없는 걸 보니까 검사실에 있는 것 같았다.

"어때? 좋은 결과 있을 거 같아?"

이 형님을 어떻게 하면 좋을까 고민했다. 휴대폰을 보면서 시간을 보내고 있는데 아내가 나왔다. 우리는 수납하러 자리를 옮겼다. 아내의 검사 비용은 꽤 나왔지만, 내 비용은 얼마 되지 않았다. 100여만 원을 할부로 결제했다.

"원래 오늘 검사 결과를 말씀드려야 하는데 환자분들이 너무 많으셔서 조금 곤란할 거 같아요. 우선 전화로 검사 결과 나오면 연락을 드릴 테니까 그때 내원해 주시면 됩니다. 죄송합니다."

티비 연예 프로에서 보듯이 그날 검사 결과를 듣지 못했다. 다들 밖으로 나와서 간단하게 점심을 먹고 헤어졌다.

며칠 후 병원에서 연락이 왔다. 전에 이야기를 나눴던 간호사가 아니었다.

"안녕하세요. 박늘봄 씨. 정액검사 결과 말씀드리려고 하는데요. 시간 괜찮으세요?"

"네. 말씀해 주세요."

간호사는 기록지를 보는지 잠시 말이 없었다.

"검사기록을 보니까 정액량은 정상인데 정자 수가 자연 임신하기에는 부족하네요."

"몇 마리인데요?"

"일단 확인된 건 10마리입니다."

어떤 사람들은 수천만 마리가 나왔다는데 나는 고작 10마리가 나왔다는 말에 할 말을 잃었다.

"그래서 나중을 위해서라도 정자를 냉동하시는 게 낫지 않을까 싶은데 어떻게 생각하세요?"

"..."

"여보세요?"

멍하니 아무런 생각도 들지 않았다. 불현듯 이유가 궁금했다.

"대체 왜 이것밖에 안 나왔을까요?"

"뭐? 다들 이렇게 정자 수가 적게 나오면 이유를 많이 물어보세요. 자세한 건 검사해 봐야 알 수 있어요."

"어떤 검사요?"

"호르몬 때문에 그럴 수도 있고, 유전적이거나 질병 관련된 것일 수도 있고요. 일시적으로 음주, 담배, 스트레스 등으로 인해서 발생할 수 있긴 해요."

"그렇죠? 분명히 스트레스 때문일 거예요."

난 분명히 자기합리화하고 있었다. 간호사는 내 대답에 놀라는 눈치였다.

"그럼?"

"그냥 놔두세요. 일시적인 거니까 두 달쯤 지나서 다시 검사받겠습니다."

"네. 알겠어요."

간호사는 무거운 목소리로 전화를 끊었다. 집에 가서 아내에게 이 이야기를 전했더니 왜 냉동 안 했냐고 나한테 뭐라고 했다. 매일 야근하고, 스트레스받고, 술 마시고, 담배 피우니까 결과가 그렇게 나온 거라고 설명하고, 두 달 후에 검사하면 잘될 거라고 안심시켰다.

아내와 같이 집 근처에 있는 난임센터에 방문했다. 지자체와 정부의 난임부부에 관한 지원책이 무엇이 있는지 알고 싶어서였다. 상담을 받으러 오는 부부들은 꽤 많았다. 시간이 오래 걸려서 그냥 나오려다가 아내의 만류에 겨우 상담받기 시작했다. 기다린 지 1시간은 족히 넘은 거 같았다. 나이가 조금 있으신 상담사와 대화를 시작했다.

"혹시 어떤 점이 궁금하셔서 오셨나요?"

"난임부부 지원정책을 알고 싶어서요."

"간단하게 설명하자면 인공수정과 체외수정이 있어요. 인공수정은 여성의 배란기에 맞춰서 채취한 정자를 특수한 관으로 주입하는 방식이에요. 그런데 최근에는 잘 안 해요. 요즘 대부분 맞벌이가 많아서요. 두 분 다 일하시죠?"

우리는 잠시 얼굴을 마주 보고 상담사를 향해 고개를 끄덕였다.

"그렇죠? 그럼 두 분 시간 맞추기 힘드셔서 체외수정, 그러니까 시험관 아기로 하시는 게 나아요. 최근에는 동결 배아도 지원해 주니까 굳이 두 분 다 병원에 오셔서 하실 필요는 없는 거예요. 혹시 두 분 소득은 어떻게 되시죠? 월 600만 원 넘으시나요?"

"그보다 조금 안 됩니다."

"음… 그럼 중위소득 200% 수준인 것 같은데, 그렇다면 동결 배아 하시면 30만 원 지원받아요."

주변에 들어보면 시험관 아기 준비하는데, 몇백만 원은 들었다고 했는데 지원 금액이 생각보다 적게 느껴졌다.

"동결 배아 시술비만 지원되고 배아 보관비나 검사비 같은 거는 지원 안 되는 건가요?"

"맞아요. 아직 그런 부분까지는 정부 지원 방침이 나오지 않은 상황이에요. 추후에 정책적으로 반영되겠죠."

"그럼 만약에, 혹시라도 제가 난임인 이유가 있는지 검사하거나 아이를 낳기 위해 치료를 받았다면 그 비용은 전혀 지원받지 못한다는 말씀이네요."

"네. 아쉽지만 그래요."

"잘 알겠습니다."

나는 아내와 같이 일어서서 상담사께 고개를 숙여 인사했다. 내게 다른 병이 없기를 기도할 수밖에 없는 노릇이었다.

그날이 왔다. 오늘까지 야간, 주말 근무는 하는 수 없었지만, 가능한 스트레스를 줄이려고 노력했다. 게다가 술과 담배도 평소와 비교하면 상당히 참았다. 이른 아침부터 부산하게 갈 채비를 하고 현관문을 여는데 아내도 같이 가겠다고 했다. 마지못해 같이 병원으로 향했다.

오늘도 여지없이 사람들이 북적댔다. 앉을 곳이 없어서 한참을 서서 대기하다가 내 차례가 되어 검사하러 들어갔다. 1평도 안 되는 좁은 방에서 나 스스로 생물학적 능력을 어떻게든 증명해야만 다음 단계로 넘어갈 수 있다는 게 참 가슴이 아팠다.

검사를 마치고 늦은 오후에 의사 선생님께서 우리를 부르기까지 꼬박 한나절을 기다렸다. 나이가 지긋하신 산부인과 의사 선생님께서 우리 부부를 앞에 앉혀놓고선 근엄한 목소리로 말문을 여셨다.

"그러니까… 음… 조금 속상할 수도 있는데 너무 놀라지 말고 들어주세요. 비뇨기과에서 검사 결과를 받아서 확인했는데 남자분께서 무정자증으로 보이네요. 이 증상이 왜 발생하는지 일단 알아야 치료하니까 우선 호르몬 검사와 초음파 검사를 같이 해보도록 하죠. 만약에 이것으로도 정확한 병명을 알 수 없으면 큰 병원에 가셔서 고환 조직검사를 해봐야 할 것 같네요. 예약은 언제로 하면 될까요?"

머리를 해머로 맞은 것만 같았다. 도저히 무슨 말을 해야 할지 몰라서 그저 멍하니 의사 선생님만 바라봤다. 아내는 내 얼굴을 바라보면서 눈물을 글썽글썽했다.

"그러면 시험관 아기도 안된다는 말씀인가요?"

"지금은 안되고, 병명을 알고 치료를 받게 되어 정자가 나오면 가능하고요. 만약에 그것도 안 되면 고환 조직검사를 통해서 정자가 있으면 가능합니다. 만약에 고환에도 정자가 없다면 임신은 불가능하다고 보시면 됩니다."

의사 선생님은 차분하게 다음 말씀을 하셨다.

"그럼 다음 주 이 시간에 검사하시죠?"

"네."

난 고개를 푹 숙인 채 대답했다. 간호사가 진료가 끝났다고 알리며 나가는 걸 재촉했다. 도저히 내가 일어서지 않자, 아내는 내 팔을 부축하더니 밖으로 데리고 나왔다. 문을 열고 밖을 나오는 순간 머리가 핑 돌더니 주저앉아 버렸다. 아내는 그새 눈물바다가 됐다.

"괜찮아. 괜찮아. 뭐 죽는 것도 아니잖아."

아무런 말도 할 수 없었고, 어떻게 대처해야 할지 몰랐다. 그저 내가 멍청한 행동만 한 건 분명했다. 차라리 정자를 냉동시켰다면 조금이나마 나았을 텐데 이제 앞으로 어떡해야 하나.

겨우 의자에 앉아 깊게 숨을 들이마셨다. 아내는 내 손을 꼭 잡고 눈물을 글썽이며 나만 바라봤다.

"괜찮아. 괜찮아."

잠시 후, 난 자리에서 일어났고 아내의 손을 잡고 천천히 병원을 빠져나왔다.

일주일 후 아내는 기어코 또 따라나섰다. 병원 로비에서 내가 검사받는 동안 몇 시간을 기다렸다. 아내도 일하느라 바쁜데 미안할 따름이었다. 초음파 검사를 받고, 초음파와 호르몬 검사 비용을 수납했다. 무려 2백만 원이 넘게 나와서 또 할부로 결제했다. 기약을 알 수 없는 아이를 가지기 위해 시작부터 큰돈이 들어가기 시작했다.

비뇨기과 의사 선생님을 뵈었는데 고환에 알 수 없는 물질이 감싼 듯이 있었고, 고름인지도 모르겠다고 했다. 어쨌든 이 병원에서는 치료가 어려우니 큰 병원에 가서 꼭 진료를 받아보라고 당부하셨다. 덧붙여서 아이보다는 본인 건강에 더 신경이 쓰인다고 하셨다. 아이를 갖겠다고 한 일인데 도리어 내 몸이 이상하다는 사실을 어떻게 받아들여야 할지 모르겠다.

며칠 후, 호르몬 검사 결과를 듣기 위해 병원을 찾았다. 산부인과 의사 선생님께서 나보고 스테로이드제 같은 걸 맞냐고 물어보셨다. 안 맞는다고 말씀드리니 그러면 도저히 뭐가 문제인지 모르겠다고 하셨다. 상위 1% 안에 들 정도로 남성 호르몬 수치가 높은데 정자가 왜 없는지 이해가 가질 않는다고 하셨다. 일반적으로는 호르몬 수치와 정자 생산은 비례한다는데, 도리어 나는 반비례하는 수치가 나왔다고 했다. 이례적인 일이라며 정밀검사를 위해 또 큰 병원을 찾아보라고 하셨다. 그리고 이날, 비뇨기관 의사 선생님께서 직접 산부인과까지 오셔서 내 건강이 걱정된다면서 소견서도 직접 적어서 주셨다.

한숨만 나왔다. 그동안 아내와 내 검사비만 3백만 원이 넘게 들었는데, 더 큰 병원에 가서 또 검사비를 들여야 한다면 아이를 가지기도 전에 경제적으로 파산하지 않을까 걱정됐다.

회사에서 10시가 조금 넘어서까지 야근하고 교외로 빠져나갔다. 친구 부모님께서 돌아가셔서 충청도까지 가야 했다. 아내에게는 장례식장에서 눈 좀 붙이고 바로 출근하겠다고 말했다. 아내는 걱정이 되는지 몇 번씩 괜찮냐고 물어봤다. 난 괜찮다며 오래간만에 대학 친구들 만나서 기대된다고 도리어 안심시켰다.
장례식장에 들어가기 전에 빌린 검은색 넥타이를 매고 안으로 들어갔다. 첫날이라서 그런지 문상객이 붐비지 않았지만 그렇다고 너무 적지도 않았다. 내가 빈소에 들어가니 친구가 애써 눈물을 삼키며 일어났다. 조문을 드리고 친구 어깨를 토닥이고 빠져나왔다. 새벽 1시라서 대학 친구들은 다 집에 갔는지 보이지 않았다.
"늘봄. 왔어?"
날 보며 손을 흔드는 허민수 옆에 가서 엉덩이를 깔았다. 민수는 대학 때 꽤 친하게 지냈던 친구였다.
"왜 혼자 있냐?"
민수는 웃으면서 젓가락을 내어주더니 말문을 열었다.
"애들 방금 다 갔어. 대기업은 잘 다니냐?"
민수가 먼저 안부 인사를 건넸다.

"대기업은 무슨."

"야. 대한민국 30대 건설사가 대기업 아니냐? 안 그래?"

"그게 뭔 대수라고."

난 민수가 따라주는 술을 연거푸 마셨다. 소주를 막힘없이 마시는 날 이상하게 쳐다봤다.

"회사에서 무슨 일 있냐?"

"아니. 왜?"

"오자마자 술을 막 마시니까 물어보는 거지."

"아니야. 나 잘 나가잖아. 대기업 과장 아니냐?"

"어? 진급했냐? 이야. 대단하네."

민수는 부러운 듯 날 쳐다봤다.

"그러면 뭐 달라지는 게 있냐?"

"뭔 달라지는 게 없어. 난 너만큼 돈 좀 벌어봤으면 좋겠다. 애는 낳았냐?"

어딜 가든 나오는 주제가 또 등장했다. 결혼한 이래로 정말 몇만 번은 들었을 법했다. '결혼했냐?'라는 질문 바로 다음에는 수식어처럼 따라붙었다. 아이가 없는 이유도 설명해야 했다. 정말 지긋지긋했다. 어떤 임원분은 내 대답이 끝나고 국가에서 이렇게 많은 혜택을 해주는데 국가를 위해서 아무것도 안 하는 사람이라고 했다. 도대체 왜 그렇게까지 얘기하시는지 모르겠다. 내가 그 많은 세금을 냈는데도 내가 아이를 가지기 위해서 국가는 치료비 한 푼을 보태주지 않았다. 국가가 내게 해준 게 무엇인지 내가 되묻고 싶었다. 하지만 어른들께 내 의견을 얘기해봤자 도리어 버릇없다고 손가락질당할 뿐이었다. 그저 '네네'하면서 넘어가는 게 차라리 편했다.

"애 없어."

"안 가지려고?"

"가져야지."

길게 한숨을 쉬었더니 민수가 소주 한 잔을 들이켜더니 수육을 내 앞으로 끌고 왔다.

"나도 이번에 시험관 했잖아. 내 정자가 문제라서 마누라 눈치 본다고 고생했어. 게다가 내가 작은 회사 다녀서 돈도 없잖아. 마누라 친정에서 돈 보내줘서 겨우 했었어."

"그래서? 잘된 거야?"

"결론은 잘되긴 했는데, 2번 실패하고 3번째 성공했어. 내 주변에서 시험관 성공률이 30%라고 하더니만 딱 들어맞더라. 얼마 들었는지 아냐?"

난 고개를 가로저으며 모르겠다고 말했다.

"2천만 원. 자그마치 2천만 원 들었어."

저절로 입이 떡 벌어졌다. 그러니까 얘는 정자가 조금 이상했는데 그 정도 돈이 들었다는 것이었다. 그러면 나는 민수보다 더한 상황이니 이보다 더 들어갈 게 뻔한 일이었다. 조금의 희망도 사라져갔다.

"네 얘기 들어보니까 아기는 절대 못 가지겠다."

"아니. 그래도 낳아보니까 아깝다는 생각은 안 들더라. 물론 더 키워봐야 알겠지만."

"그래도 든든한 처가 있어서 좋겠네. 난 그렇지 못하거든."

술잔을 들이켰다. 씁쓸한 안주가 있어서 그런지 술이 더 달게 느껴지는 것만 같다. 새벽 1시 반이 넘어가자, 상주인 강진성이 우리 쪽에 앉았다.

"고생이 많다. 눈 좀 붙이지 왜 나왔냐?"

"그래도 너희들 왔는데 인사라도 제대로 해야지."

내가 진성이에게 소주 한 잔 따랐다. 진성이는 바로 들이켰다.

"한 번씩 아버지가 늘봄이, 민수 많이 기억하셨어. 예전 대학교 때 우리 셋이 아버지 뱀술 훔쳐먹고 도망가서 아버지께서 노발대발하셨거든. 나 방학 때 뱀 잡으러 다녔잖아."

민수가 배꼽 잡고 웃으면서 이야기를 이었다.

"나 그거 기억난다. 늘봄이 이 새끼 술에 완전히 취해서 그 뱀이랑 뽀뽀하고 목에 감고 난리였었거든. 우리 뱀하고 춤도 추고 그랬었지. 아. 그때 진짜 재미있었는데. 안 그러냐? 늘봄아."

"나 그때 취해서 제대로 기억도 안 나. 자취방에서 진성이가 자기 집에 귀한 술 있다고 해서 여기 충청도까지 온 거잖아. 이 건 쟤가 매를 번 거야. 대학생이 술 마다할 놈이 어디 있냐?"

진성이는 소주를 따르면서 웃었다. 그리고 우리 둘 다 따라 웃었다.

"그건 내 탓이 크지. 근데 너희 내가 창수시에서 뱀 잡자고 할 때 뭐라고 했어. 아버지가 그 일 잊을 거라며? 아버지 절대로 안 잊어서 내가 얼마나 고생했는데. 맞다. 그 일 있고 나서 아버지가 창고를 지었거든. 그 안에 술을 보관하시면서 자물쇠로 잠그셨어."

"아. 진짜? 우리가 진짜 큰일 했었네."

시간이 조금 흐른 후, 진성이가 재수 씨와 아이 둘을 데리고 왔다. 아이들이 너무 귀여웠다.

"인사해. 내 대학 친구들. 여기가 민수, 그리고 옆에는 늘봄이. 늘봄이는 한 번 봤었지?"

난 일어나서 정중하게 인사했다.

"안녕하세요. 엄청 오래간만에 뵙네요."

재수 씨가 다정하게 말씀하시고 두 아이를 데리고 다시 빈소 옆에 마련된 방으로 들어갔다. 그리고 진성이는 아이들이 들어가는 거 보고서는 다시 눈길을 내게 돌렸다.

"늘봄아. 그런데 애는 가졌어?"

얼굴이 화끈거렸다.

셋이 어떻게 뒹굴고 잤는지 기억이 나지 않았다. 대학교 엠티

온 것처럼 머리가 띵하게 아팠다. 다행히 제때 알람을 듣고 일어났기에 회사에 출근할 수 있을 것 같았다. 이제 4시가 막 넘어가는데 둘은 아직도 꿈나라였다. 화장실에서 대충 세수를 한 후 밖으로 나왔다.

아직 날씨가 추웠다. 금세 술이 깰 듯이 얼굴이 따가웠다. 재빨리 차에 타서 시동을 걸었다. 얼었던 차는 조금씩 녹았고, 따뜻한 바람이 실내에 들어왔다. 껌 하나를 입에 물고 크게 숨을 들이마신 뒤 내뱉었다. 차를 천천히 몰아 고속도로에 올렸다. 졸음이 밀려와 가속하고 싶었지만, 차량 통행이 없어서 노면이 미끄러울 것 같아서 그럴 수 없었다. 졸음쉼터가 날 유혹했지만, 출근 시간 때문에 어쩔 수 없이 허벅지를 꼬집고 뺨을 때렸다.

거의 3시간을 달렸다. 회사에 도착하자마자 세수했다. 그래도 영 개운하지 않았다.

"안녕하십니까? 어? 과장님 괜찮으세요?"

나를 본 영수가 내 몰골을 보고 놀랐다. 아마도 술 냄새가 꽤 나는 모양인 것 같았다.

"꽤 슬프셨나 보네요?"

"피곤해서 그래."

난 의자에 기대서 눈을 감았다. 뒤늦게 김 차장님과 서 본부장님도 출근하셨다. 두 분 다 날 이상하게 쳐다보셨다.

"어이. 늘봄. 힘들면 집에 들어가."

서 본부장님의 말씀에 허리를 세워 자세를 고쳤다.

"아닙니다. 할 거 많아요. 회장님께 사업수지보고 자료도 만들어드려야 하고, 현장 하도급 계약변경 건도 5개나 검토해야 합니다."

"이제는 영수한테도 넘겨주고 해라. 그래도 이제 짬이 주임이나 되는데 맡길 때도 됐잖아."

"네. 알겠습니다. 새겨듣겠습니다."

내가 90도 폴더인사를 하는 거 보고는 서 본부장님은 껄껄대며 웃더니 임원실로 들어가셨다.

하루를 어떻게 보냈는지도 모르겠다. 체력이 한계에 부딪히는지 계속 눈이 감겨서 집에 일찍 들어왔다. 시간은 8시를 조금 넘어서고 있었다. 아내는 문이 열리는 소리에 놀랐는지 현관으로 뛰쳐나왔다.

"어? 웬일로 이렇게 빨리 왔어?"

나는 입고 있던 재킷을 아내에게 건넸다. 곧장 소파에 주저앉았다.

"힘드네. 눈이 저절로 감긴다."

"또 술 많이 마셨지?"

"뭐 적당히 마셨지. 체력이 안 돼서 과음도 못 해. 그나저나 우리 아이는 포기하자."

툭 던진 말에 아내는 들고 있는 재킷을 소파 한구석에 놓더니 내 손을 잡고 쳐다봤다.

"그래. 우리 둘이 잘 살면 되지."

"미안해."

아내는 내 손을 꼭 잡았다.

"이번에 친구 만났는데 애 가지려고 2천만 원 들었데. 걔는 정자 꼬리가 문제 있었다고 하는데 나는 아예 없어서 고환 조직검사를 해야 하잖아. 그런데 거기에 정자가 있을지 없을지도 모른다고 하는데, 그 검사비만 3백만 원이 넘는다고 하더라. 아마도 우리는 그 친구보다 더 큰 비용이 들겠지. 알지? 저번에 검사한 것도 할부로 계산한 거. 생길지 말지 모르는 아이를 위해서 많은 걸 걸기에는 솔직히 두렵다."

아이를 가진다는 것이 수학에서 말하는 확률과 같아 보였다. 내가 아이를 가질 수 있는 확률은 제로에 가깝고, 그 확률을 끌어올리기 위해 치료를 병행해야 하는데, 그 치료비가 생물학적 기능향상의 확률은 올라가겠지만, 경제 여건에 대한 기대는 낮아질 수밖에 없었다. 난 그래서 아이를 포기하기로 마음먹었다. 이제는 나와 아내는 우리를 닮은 아이를 낳을 수 없게 되었다.

벚꽃이 피는 달에 아내와 함께 아버지를 뵈러 갔다. 해를 거듭

할수록 아버지를 보는 횟수가 줄어만 갔는데 이번에는 거의 반 년이 지나버렸다. 가끔 아버지께서 서운해하시기도 했는데, 나 또한 늘 가게 운영비가 부족하다면서 돈을 빌려달라는 아버지 말씀에 토라지기도 했었다. 그래도 어쩌나. 아버지께서 이 고생 하시면서 날 키웠는데 내가 모른 체 한다는 건 불효자이지 않겠 나.

「늘봄치킨」

 햇빛에 바래진 간판은 가게 안을 들여다보지 않으면 장사를 하 는지 알 수 없는 지경이 되었다. 유리에 붙인 선팅지는 이제 너 덜너덜 일어나서 보기가 매우 불편했다. 문을 열고 가게 안으로 들어갔다. 아버지는 한참 재료 손질 중이었고, 인기척에 우리 쪽으로 "어서 오세요."라고 인사하셨다. 그리고 주방 틈으로 얼 굴을 확인하더니 홀로 나오셨다.

 "아들. 어쩐 일이야?"

 아버지의 얼굴이 밝아지셨다. 미소가 번지더니 웃음꽃이 피셨 다. 아버지가 주방에서 걸어오시는데 내가 봐왔던 아버지 모습 이 아니었다. 얼굴은 검게 그을렸고, 주름은 전보다 훨씬 깊어 졌으며, 군데군데 알 수 없는 딱지들이 한둘이 아니었다. 가까 이 다가오시는 아버지를 보고 아내도 놀라서 움츠렸다.

 "먼 길 온다고 고생했다. 밥은 먹었어?"

 "언제 우리 아버지가 이렇게 나이가 들었어?"

"우리 아들이 이만큼 컸으니 당연히 나이가 들어야지. 이제 내 나이가 65살이네. 진짜 많이 먹기는 했다."

이 나이면 친구들 부모님은 은퇴하시고 편안하게 사실 텐데 우리 아버지는 아직도 치킨집에서 닭을 튀기고 있어서 마음이 불편하기만 했다. 아버지의 3평짜리 방은 이전에 내려왔을 때와 다른 게 없었다. 옷걸이에는 내가 대학생 때 입던 옷이 주로 걸려있었고, 아버지 옷들은 해져서 버리신 것 같았다.

"옷 좀 사 입으시지. 저 옷들 언제 입었던 건데 아직 입어?"

"아이고. 멀쩡한 걸 어떻게 버리냐? 게다가 나는 가게 안에만 있는데 좋은 옷이 필요하냐?"

"아버지. 홀에는 사람이 와?"

"암. 사람들 많이 오지."

"에이. 많이 온다는 사람이 형국이 아저씨 같은 사람들이지?"

아버지는 큰소리로 웃으셨다. 홀은 꾸민 지 벌써 20년은 더 됐었으니, 그때와 지금은 가게 분위기가 완전히 달라졌다. 요즘 사람들은 이렇게 칙칙한 분위기의 식당은 찾질 않으니 당연히 사람이 올 일 없을 테다. 마음 같으면 홀을 조금 바꿔보고 싶지만, 또 돈이 들어갈 것이고, 아버지께서도 나이가 많으시니 차라리 적자가 나면 가끔 용돈 드리는 편이 낫다는 생각이 들었다. 아내와 방 문턱에 걸터앉았는데 배달 음식이 들어왔다.

"자. 먼 길 오느라 고생했을 텐데 식사하자."

아버지는 손수 포장 비닐을 벗기셨다. 따뜻한 김이 올라왔고, 맛있는 냄새가 퍼졌다. 군침이 돌았다.

"그냥 치킨 먹어도 되는데…"

"그건 저녁에 먹자."

우리 가족은 꽤 많은 양인 아귀찜을 순식간에 먹어 치웠다. 식사를 치운 후 아내와 난 방에서 잠시 누워있다가 잠이 들었다.

저녁 7시가 되어 일어났다. 아버지는 한참 닭을 튀기고 계셔서 그런지 인기척을 알아채지 못했다. 아직 잠이 덜 깬 상태로 홀에 앉아서 아버지를 바라봤다.

"요즘도 야근 많이 하냐?"

아버지는 힐끗 나를 쳐다보면서 일에 집중하셨다.

"항상 그렇지. 주말만 안 나가도 소원이 없겠다."

"그래도 이렇게 경기가 안 좋은데 일할 수 있는 게 어디야. 긍정적으로 생각하려무나."

홀에 앉아서 아버지를 보려니 마음이 아파서 주방 쪽으로 다가갔다. 내가 할 수 있는 게 있을까 찾아보았지만, 무엇을 해야 할지 몰랐다.

"내가 도와줄 게 있어?"

"할 거 없어. 너도 들어가서 좀 쉬어라."

"아버지는 요즘 쉬는 날은 있어?"

"나야 뭐. 주문 없으면 쉬는 날이지."

그저 쉬는 날 없이 수십 년 동안 치킨집을 영업하고 계셨다. 아버지는 지친 기색이 역력했지만, 의지로서 버티고 있었다. 왜 그러실까? 과연 집에 빚은 얼마나 있을까? 항상 궁금했었다. 하지만 아버지는 말씀하시지 않으셨다.

"아버지. 이 앞에 아파트 들어선다던데?"

"그래. 한 2천 세대 된다고 하더구나. 그것 때문에 머리가 아프네."

"사람 많이 살면 더 좋은 거 아냐?"

"상가 임대료가 비싸지잖아. 마침 집주인이 바뀌었다고 연락이 왔더라. 다음 달부터 10만 원 더 올려달라는데 돈이 없어서 걱정이네."

아버지의 어깨가 축 처졌다. 이제는 장사를 그만하시길 바라는 마음이다.

"아버지. 우리 집 가서 살래?"

아버지는 멍하게 나를 쳐다보더니 고개를 흔드셨다.

"며느리가 불편해서 되겠냐? 나는 이 동네에 있는 게 맞지. 엄마도 여기 있잖아."

"어차피 아버지는 엄마 보러 안 가면서."

"그래도. 마음이 멀어져서 되겠냐? 어차피 나도 죽으면 내려와야 할 건데 그런 수고로움은 없었으면 좋겠다. 그리고 자기가 하고 싶은 일을 해야지. 난 이렇게 사는 게 좋아."

아버지는 고개를 숙이고 입술을 꾹 다문 채 더는 말을 잇지 않으셨다. 뒤늦게 아내가 홀에 나와서 같이 테이블에 앉았다. 혹시라도 들어올 손님이 있을까 싶어서 아내가 소주 이름이 새겨진 앞치마를 입고 기다렸으나, 아무도 찾질 않았다. 저녁 11시가 넘어서 아버지는 치킨 두 마리를 튀겨서 우리가 앉아있는 테이블에 가져오셨다. 아내는 막 튀긴 치킨을 보며 함박웃음을 보였고, 아버지는 그 모습을 보며 덩달아 웃었다.

"아버님. 너무 맛있어요."

"그래. 아가. 많이 먹어."

점심때 먹었던 아귀찜은 잊어버린 듯 치킨을 빠른 속도로 먹었다. 그리고 아버지와 소주 두 병을 나눠 마셨다. 아버지는 얼굴이 빨갛게 변하셨다.

"원래 아버지가 술 드시면 얼굴이 빨개졌어?"

아버지는 손으로 아니라고 저으셨다.

"내가 요즘 피곤해서 그렇지. 좀 지나면 괜찮을 거야."

"좀 쉬어. 그러다가 큰일 나."

"큰일 나 봐야 죽기밖에 더 하냐? 열심히 살다가 죽어야지. 장사가 잘되면 피로가 금방 풀린다. 한잔해라. 아들."

소주잔을 들고 계신 아버지 모습은 한눈에도 위태로워 보였다. 건배를 외치고 아버지는 눈이 약간 풀리신 듯했다.

"둘은 아직 아기 생각은 없는 거냐?"

난 아버지께 다가가서 몸을 일으켰다.

"또 그 얘기네. 아버지. 내가 문제가 있다고 얘기했잖아. 며느리 앞에서 그런 얘기하지 말고 들어갑시다."

아버지는 일어서면서 다리가 풀려서 휘청거리셨다. 간신히 팔을 잡아서 중심을 잡았다.

"내가. 그래도 내가 죽기 전에는 우리 아들 닮은 아이를 보고 싶은데 힘들겠지?"

"왜 그래? 아버지. 그만 들어가자."

난 아버지를 거의 끌고 가듯이 방에 눕혀드렸다. 아버지는 곧장 잠이 드셨다. 다시 홀에 나와서 셔터를 내리고, 아내 곁에 앉았다. 아내는 혼자 소주를 마시고 있었다.

"괜찮아?"

아내가 웃으면서 내 잔에 술을 채웠다.

"한, 두 번 들었던 것도 아닌데 뭘. 이제 아무렇지도 않아."

"미안해. 술김에 말씀하신 거 같네."

아내는 예쁘게 미소를 보이며 한 번에 소주를 들이켰다.

"아까 아버님이 내가 여기서 자는 게 불편할까 봐 방을 잡아주려고 하시더라고. 그래서 괜찮다고 만류했어. 아버님께서 평소에도 이렇게 신경 써주시는데 말 한마디 툭 던졌다고 미워할 수는 없잖아? 난 아버님이 좋아. 알잖아? 나 부모님 없이 컸던 거. 어머님도 계셨으면 정말 좋았을 거 같은데 그건 조금 아쉽네."

"그만 일어나자. 우리도 자야지."

나와 아내는 홀을 정리하고 방으로 들어갔다. 아버지는 제일 안쪽에 주무시고, 내가 가운데, 아내가 문 쪽에 자리했다. 아내에게 찬바람이 들어왔지만, 달리 방법이 없었다.

"샤워 못 해서 어떡해?"

"괜찮아. 하루 안 씻는다고 무슨 일 생기진 않잖아?"

아내는 내 팔을 잡아당겨 머리에 개었다. 그리고 나를 쳐다보면서 눈을 감더니 그새 잠이 들었다. 나도 눈을 감았다. 아내의 숨소리가 들렸고, 아버지의 코 고는 소리가 들렸다. 그런데 아버지의 숨소리가 불규칙했고, 이따금 힘들어하며 앓는 소리를 내셨다. 몸을 뒤척이다가 머리맡에 비닐 같은 게 있어서 짚었다. 약봉지 같았다. 잠결에 하나를 주머니에 밀어 넣었다.

월요일 아침 몹시 피곤했다. 이른 시간부터 회의가 있었는데 눈꺼풀이 무거워서 계속 내려왔다. 토목팀, 관리팀이 모였고, 관련 임원도 재석하고 있었다. 주재는 서 본부장님이 하셨다.

"아시다시피 다음 주에 소장단 회의가 있습니다. 회장님께서 공식적으로 올해 첫 실적을 확인하실 건데 몇몇 현장에 문제가 조금 있어요. 박 과장 제일 문제가 있는 현장은 어디지?"

난 작성한 보고서를 화면에 띄우고 읽었다.

"서천도로 현장입니다."

서 본부장님은 고개를 끄덕이며 내게 현장 설명을 하라고 시켰다.

"서천도로 현장은 2015년 3월 개설된 현장으로 14)도급액 340억 원으로 현재 15)기성실적 105억 원이며, 누적적자 12억 원입니다. 적자 원인으로는 16)설계 미반영 공사의 투입이 주된 사유이며 현재 약 15억 원에 달합니다."

서 본부장님은 마이크를 손으로 두 번 정도 두들기더니 말을 이으셨다.

"소장과 현장공무 직원이 발주처와 유대관계, 17)설계변경에 대한 이해와 능력이 매우 부족한 것으로 판단되어 이번 회의 때 회장님 재가를 받아 처리하려고 생각 중입니다."

관리부서의 최 부서장님이 손을 들고 발언하셨다.

"그래도 40여 명의 현장소장이 있는 앞에서 인민 재판하듯이 직원 처우를 결정하는 건 우리 회사 관례가 아닌데, 다른 소장들이 뭐라고 생각하겠습니까?"

"그래야지. 소장들이 긴장하겠지요. 우리 부서뿐만 아니라 건축부서에서도 최근 18)원가율이 엉망이 됐어요. 자극을 줄 필요

---

14) 공사계약서에 명시된 금액
15) 선금을 제외한 수금한 금액
16) 계약서 명시된 금액에 포함되지 않은 공사
17) 최초 계획한 설계서의 일부 또는 전부를 바꾸는 것
18) 원가율=현재까지 발생원가/현재까지 매출액

가 있다고 생각됩니다."

관리부서장님은 아니라는 듯 고개를 흔들며 펜을 들었다.

"총무팀과 상의해 볼 필요가 있을 듯한데요. 가뜩이나 요즘 사람이 귀해서 잘 구해지지도 않고, 우리 회사의 대외 이미지가 추락했어요. 그거 아시죠? 개선한답시고 채용사이트 블라인드 게시판에 아르바이트 채용해서 글 적게 하는 거 말이죠."

"그럼 어떤 대책이 있겠습니까?"

어떤 이도 아무런 대꾸를 하지 않았다. 서 본부장님은 시간이 오래 걸리자 또 나를 쳐다보셨다.

"박 과장. 관리부서에서 우리한테 보낸 문서 읽어 보세요."

"문서번호 내부관리 2017-015호. 서천도로 현장의 2016년부터 발생한 매출 대비 투입 초과로 인해 경영진이 투입에 대해 검토하여 보고하라는 지시가 있으므로 귀 부서에 해당 건을 이첩 하오니 검토하여 보고하시기를 바랍니다."

"들으셨죠? 어쨌든 우리 부서에서 해답을 내놓아야 하는데 인력 재배치와 분위기 쇄신 말고는 답이 없는 것 같아요. 박 과장. 손실 금액을 조금 더 자세히 얘기해 보세요."

난 발표 자료를 다음 장으로 넘겨 읽기 시작했다.

"누적적자 12억 원 중 대부분 금액이 [19]직접비인 공사비에 해

---

19) 공사에 직접 사용하는 재료비, 노무비, 장비비 등을 직접비라고 말하며, 직원급료, 운영비, 본사관리비 등은 간접비라고 함

당하고, 7억 원은 장비비, 5억 원은 노무비입니다. 초과 사용에 대한 본사의 별도 품의는 기안하지 않은 상태이고, 본사에서 원인분석에 대한 보고서와 향후 개선 방안에 대해 요청하였지만, 별도 수신받지 못했습니다. 일단 토목팀 자체 검토에 따르면 20) 실정보고 미승인에 따른 손실, 기존 설계 대 초과 투입으로 발생했다고 판단하고 있습니다."

서 본부장님은 진지한 표정으로 말씀하셨다.

"토목팀에 이첩된 사항이니 회의 중 반대하는 의견으로 인해 회장님 결정에 방해되는 행동을 지양해 주시길 부탁드립니다."

이렇게 회의는 간단하게 끝마쳤다.

토목 소장단 회의가 오전 7시에 개최되었다. 김 차장님이 사회를 보며 식순에 따라 회의를 진행했다. 40여 개 현장 중 7번째로 서천도로 현장의 천형인 소장님이 발표했다.

"2017년 1월 말 기준 원가율 111.4%이며, 누적적자 12억 원입니다. 현재 추진 중인…"

"잠깐!"

회의실 가운데 앉으신 회장님께서 고함을 치셨다.

"내가 서천 현장에 대해 매달 보고서를 봤는데, 왜 너는 개선

20) 설계변경에 앞서 현장 실정에 대한 발주처에 사전 동의를 구하는 서류작업으로 보면 됨

시키지 않고 악화만 시키고 있냐? 말해봐."

천 소장님의 얼굴은 하얗게 질려 버렸다.

"발주처와 지속해서 개선 방안에 대해 협의하고 있습니다. 실정보고 금액이 워낙 커서…"

"흠… 공무원 때문이라는 거야? 이런 말을 하려고 그러냐?"

"…"

회장님은 눈을 크게 뜨고 천 소장님을 쏘아보셨다.

"회사는 손해를 봐도 된다는 말인가? 내가 널 소장에 앉혔으면 네가 책임져야 마땅하지."

"죄송합니다. 개선될 수 있도록…"

"서 본부장."

서 본부장님은 회장님 바로 옆에 앉았으면서도 일어서서 회장 곁으로 다가갔고, 곧장 무릎을 꿇어 자세를 낮췄다. 회장님은 서 본부장님에게 귓속말로 어떤 말을 전달했고, 서 본부장님도 자신의 의견을 회장님께 전달했다. 회의는 중단됐다. 회장님은 잠시 회의실을 빠져나가셨고, 서 본부장님께서 연단에 서셨다. 발표하던 천 소장님은 자리를 비켜서더니 멍하니 서 본부장님을 바라봤다.

"현장에서 고생하시는 건 알고 있으나, 상벌은 확실히 해야 한다고 생각합니다. 서천도로 현장에 대해서는 작년부터 회장님께서 추적관리를 하라고 지시하셨고, 우리 토목팀에서 꾸준히 보고드린 바 있습니다. 하지만 현장에서 제대로 된 답변을 주지 않았고, 근래에 회장님께서 불시 점검을 하셨으나 개선되는 바가 없었습니다. 오늘까지 시일을 두고 살펴보셨지만 더는 안 되겠다고 생각하여 조치할 예정입니다. 금일부터 한 달 이후에 서천도로 현장의 소장님과 공무부장님을 해고하고, 토목팀 김성욱 차장 또한 현장점검에 소홀하였으므로 3개월 감봉과 서천도로 현장 공무차장으로 인사이동 조치할 것이며, 이와 같은 사항은 금일 그룹웨어에 공지할 예정이니 참고하시기를 바랍니다. 서천도로 현장 소장님과 김성욱 차장은 회의장에서 퇴장해 주시고, 지금부터 10분간 정회하고 회의를 재개하도록 하겠습니다."

갑작스러운 상황에 소장님들은 자리에 앉아서 웅성웅성했다. 아무도 서 본부장님이 연단에서 테이블 사이를 지나는 동안 한마디 말을 하지 못했다. 서천도로 현장소장님께서 밖으로 나가자, 몇몇 소장님이 따라나섰다. 김 차장님은 내 곁으로 오더니 회의자료를 책상에 올려두고 조용히 나가셨다. 정회 시간이 10분이 될 무렵 나갔던 소장님들이 들어왔고, 서 본부장님도 자리하셨다. 회장님도 수행원을 대동하고 들어오셨다. 서 본부장님은 나를 보면서 말씀하셨다.

"박 과장. 나가서 진행하게."

당황스러웠지만 스크린을 향해 당당하게 걸어 연단에 섰다.

"안녕하십니까? 회의 진행을 맡게 된 토목팀 박늘봄 과장입니다."

　난 당당하게 회의를 이끌었다. 하지만 의문이 들었다. 나도 언젠가 김 차장님처럼 될지 알 수 없는 일이었다.

제9화 희망은 없다 (2021년 8월)

미리 휴가 계획을 짜지 못해 이틀간 쉬면서 집 안 청소를 하기로 했다. 아내와 둘이 옷장을 청소하면서 오래된 잠옷 바지를 찾았다. 버리려고 밖에 던져뒀더니 아내가 주머니에서 뭔가를 찾았다.

"이거 무슨 약이야?"

"어? 약이라니?"

난 던져놓은 옷가지를 피해 성큼성큼 걸어서 아내에게 다가갔다. 약봉지를 살펴보는데 대체 뭔지 알 수 없었다.

"이거 뭐 이상한 거 아니야?"

아내가 인상을 찌푸리면서 나를 쳐다봤다. 난 당황해하며 손사래 쳤다.

"아니야. 난 그런 거 안 먹어도 돼. 알잖아?"

"수상한데."

아내는 의심을 풀지 않았다. 난 강제로 약봉지를 뺏어서 쓰레기통에 넣었다. 그런데 이상했다. 아무리 생각해도 평소에 영양제 하나도 먹지 않는 나인데, 어떻게 이런 게 있을 수 있을지 의문이 들었다. 다시 쓰레기통에서 꺼내어 서류 가방에 쉽게 찾을 수 있는 위치에 구겨 넣었다.

회사에 도착하자마자 약봉지가 생각나 약국 이름을 검색했더니 창수시로 나왔다. 약국은 이미 폐업했는지 다른 가게로 최근에 바뀌어 있었다. 어깨가 잔뜩 올라간 영수가 출근하면서 나를 툭 툭 쳤다.

"차장님. 괜찮았어요?"

"뭘?"

"휴가요."

"휴가는 무슨. 이틀 동안 집만 치우다가 왔지."

팔을 쭉 펴서 기지개를 켰다. 난 약봉지를 영수에게 건넸다.

"영수야. 너희 누나가 약사라고 했지?"

"네. 맞아요."

"이 약 뭔지 좀 알려줄래?"

"네. 그럴게요. 이거 찢어도 되죠?"

영수는 나를 보면서 약봉지를 찢고는 약에 적힌 글자가 잘 보이도록 배열한 후 사진을 찍었다.

"안녕하십니까?"

햇병아리같이 보이는 여자분이 인사했다. 영수는 내가 놀라는 걸 보고는 웃으면서 그 친구를 데리고 왔다.

"차장님. 우리 팀에 배치된 정하영 사원입니다."

"아. 네. 안녕하세요. 반갑습니다. 박늘봄 차장입니다. 야. 영수야. 잠시 옥상에 가자."

난 자리에서 일어서서 옥상으로 향했다. 뒤따라오던 영수가 갑자기 사라지더니 캔 커피 두 개를 들고 졸졸 쫓아왔다. 옥상에 도착하자 영수는 캔 커피를 따서 내게 건넸다.

"왜요? 마음에 안 드세요?"

"마음에 안 들기보다 현장 공무들 다 날이 선 성격들인데, 저 친구가 버틸 수 있을까? 혹시나 상처받을까 염려돼서 그러지."

"그래도 토목과 출신인데 별놈들 다 봤을 거 아닙니까?"

"그래. 몇 년 동안 제대로 충원을 안 해주더니 신입에 여자라니 일 가르치기 쉽지 않겠구나."

"너무 걱정하지 마세요. 그래도 없는 것보다 낫지 않겠습니까?"

"일단 내려가면 면담해 봐야겠다."

영수의 휴대폰이 깜빡깜빡했다.

"어? 그 약 있잖아요. 중증 간 치료제라는데요. 차장님. 간 안 좋으세요?"

"아니. 내가 아니야. 어쨌든 내려가자."

담뱃불을 끄고 사무실로 내려갔다.

난 정 사원을 회의실로 불러 앉히고, 냉커피를 두 잔 타서 면담을 시작했다.

"반가워요. 혹시 나이가 어떻게 되시죠?"

"26살입니다."

다소 면접 보는 분위기 같아서 긴장하는 모습이 귀여웠다.

"보시다시피 우리 토목팀은 휑해서 초상집 분위기처럼 그래요. 팀장은 공석이 된 지 너무 오래됐고, 서 본부장님께서도 본인이 팀장 역할을 하신다고 그래서 그때부터 없었어요. 김성욱 차장님이라고 지금은 서천도로 현장에서 공무차장으로 일하고 계시는데 그분이 4년 전에 제 위에 있다가 현장 발령받은 이후에 제 위에는 아무도 없어요. 그래서 하영 씨가 여기 계시면 제가 가진 정보밖에 못 드려요. 다시 말하면, 실력이 부족해질 수 있다는 건데 괜찮나요?"

얼굴을 살펴보니 뭔가 감정선이 흔들리는 것 같았다.

"여기 올 때 박 차장님과 김 대리님께서 일 잘하신다는 소문을 듣고 지원해서 왔습니다. 만약 제가 여자라서 못 할 거라는 선입견이 있으시다거나 못 가르쳐주겠다고 생각하시면 먼저 제게 다른 부서에 지원해서 나가라고 하시면 기꺼이 전보 요청하도록 하겠습니다."

당당해 보이는 정 사원을 보면서 미소 지었다.

"그런 의미가 아니고, 염려돼서 말씀드린 겁니다. 그리고 소문은 소문일 뿐이에요. 일단 제가 하영 씨에게 큰 역할을 할 수 있도록 노력하겠습니다. 보통은 방금 저처럼 여직원에게 이름에 '씨'를 붙여서 부르고, 보통은 성과 직급을 붙여서 부르잖아요. 그런데 저는 그냥 이름을 부르겠습니다. 그게 일할 때 편하고 친밀감도 있으니까요. 하영 씨도 저를 너무 어려워하지 마세요. 이제부터 저는 반말하겠습니다."

"네. 알겠습니다. 차장님."

"같이 잘 해봐요."

내가 일어나자마자 하영이는 재빨리 일어나 회의실 문을 열었다. 나는 고개를 숙이고 밖으로 빠져나왔다.

큰 목소리로 인사하는 반가운 사람이 사무실에 와있었다.

"안녕하십니까? 박 차장님."

부담스럽게 인사하는 사람은 다름이 아닌 김성욱 차장님이었다. 나는 곧장 폴더인사를 했고, 옆에 있던 하영이도 눈치를 보면서 따라 했다.

"옆에는 누구?"

"아. 우리 신입사원. 예쁘죠?"

"진짜 너무하네. 늘봄이 너는 복도 많다."

난 하영이를 쳐다보면서 김 차장님에게 인사시켰다. 하영이는 생긋생긋 웃으면서 자기 자리로 돌아갔다.

"그런데 무슨 일 때문에 오셨어요?"

토목팀 가운데 있는 테이블에 앉아서 말문을 열었다.

"다른 게 아니라 6월에 구조물 공사 계약 건 때문에 난리야. 발주처에서 추천한 업체가 있는데 그 업체가 금액이 높아서 떨어졌었잖아. 그런데 낙찰받게 되면 받기로 한 돈을 이놈의 발주처 팀장 놈이 미리 받았던 거지. 문제는 그 돈을 받고, 자기 주변 사람한테도 돌린 거야. 액수도 크고, 도의회 관련된 사람한테도 돈이 흘러 들어갔어. 지금 그 하도급 업체는 이미 로비했으니 자기 돈을 돌려주던가, 아니면 공사를 달라고 협박 중이야. 사장이 미쳐서 다 엎어버리겠다고 난리야."

한숨이 절로 나왔다.

"아니. 그건 발주처 자기들끼리 주고받은 건데 왜 우리한테 이래라저래라하는 겁니까?"

"몰라. 그러니까 나도 답답한 거지. 머리가 아파죽겠다. 내가 하도급 변경안 만들어왔으니까 검토 한 번 해주라."

김 차장님은 불과 몇 장밖에 안 되는 서류를 내게 들이밀었다. 숫자를 하나씩 확인하며 보고서를 보는데 이건 내가 다룰 수 있는 게 아니었다.

"아니. 계약한 지 몇 달 만에 변경계약 해준다는 게 우리 상식선에 맞습니까? 게다가 실정보고 승인이 나서 추가 물량을 주는 것도 아니고 기존 21)내역을 준다니요? 이거 기안하면 욕먹어요. 누가 봐도 발주할 때 장난질 친 거밖에 안 된다고요."

"그러니까 내가 부탁하러 온 거 아니냐?"

"일단 이렇게는 안 됩니다. 본부장님도 이거 보시면 뭐라고 하실 거예요. 누가 발주처 봐주자고 회사가 수천만 원의 손실을 봅니까?"

"아. 미치겠네. 소장님한테 욕먹을 것 같은데. 일단 내가 소장님하고 의논해 볼게. 점심같이 먹을래?"

"네. 그러면 팀원들 다 데리고 가죠."

"알겠다. 일단 의논해 보고 말해줄게."

김 차장님은 헐레벌떡 토목팀을 빠져나가셨다. 뭔가 심각한 이야기를 나누는 것 같아 영수와 하영이는 나를 빤히 쳐다보다가 내가 자리로 돌아오는 걸 보고 다시 고개를 돌렸다.

점심부터 고깃집을 찾았다. 점심인데도 사람이 딱히 많지 않았다. 김 차장님은 고기를 직접 구우면서 말문을 여셨다.

"코로나 시즌 지나더니만 가게들도 다 시원치 않은 거 같네. 지방은 이거보다 더 슬픈 거 알아?"

---

21) 도급액을 결정하기 위해 공종, 규격, 수량, 단가 등을 표기하여 산출한 표

"거기는 그래도 동네 사람들 많이 갈 거 아니에요?"

내 대답에 김 차장님은 고개를 절레절레 흔드셨다.

"아이고. 동네 사람들도 돈을 많이 벌어야 하는데 다들 힘들어 해. 사람들이 먹고살려고 빚을 꽤 냈나 봐."

다소 무거운 얘기에 말을 더 잇지 못했다.

"내가 영수가 대리인 건 이해하는데, 늘봄이 너랑 같은 차장 달고 있으니까 너무 이상하네."

"그렇죠? 제가 토목팀 들어올 때가 주임이었으니까."

"사실 인제 그만둘 때가 됐지 싶어. 원래는 소장단 회의 때 잘 려야 하는 게 맞는데 본부장님이 괜히 얘기해서 호흡기만 달고 버티고 있네. 그런데 웃긴 게 서천 현장 와서 끝났다고 생각했 는데 계속 원가가 좋아져서 이렇게 버티고 있다."

김 차장님은 혼자서 무엇이 그렇게 재밌는 건지 이상한 표정을 지으며 웃으셨고, 우리 셋도 덩달아 쓴웃음을 지었다.

"소주 한 잔씩 할래?"

김 차장님의 제안에 다소 망설였다.

"영수야. 오후에 결재 건 있냐?"

"급한 건 없습니다."

"그럼. 간단하게 한 잔씩 하자. 어차피 오늘은 우리 하영이 환 영회를 못 할 것 같으니까, 예행연습이라도 하자. 하영아. 괜찮 지?"

"네."

그렇게 점심에 양념갈비를 구우면서 옛이야기를 했다. 점심시간이 끝나고 졸음이 밀려오려고 할 때, 서 본부장님께서 호출하셨다. 임원실에 빨갛게 상기된 얼굴로 들어갔으나, 서 본부장님은 크게 신경 쓰지 않으셨다.

"박 차장. 서천도로 현장소장이 나한테 전화 왔는데…"

서 본부장님은 자신이 메모한 것을 인상을 쓰며 보셨다. 그리고 말을 이으셨다.

"구조물 공사 계약 건 때문에 난리인 거 김 차장한테 들었지? 하여간 참 머리 아프게 됐어. 아. 공무원 씨벌 새끼들. 이번 건 제대로 해결 안 되면 감사 같은 거 우리 현장에 집중될 거야. 가뜩이나 이 현장에 터질만한 게 한, 두 가지가 아니거든. 우선 관로공사 추가분 변경계약 추진해 주자."

갑자기 머리가 띵해졌다. 관로공사는 자격 있는 업체로 추가22)발주 예정이기 때문이었다.

"본부장님. 관로공사는 아직 발주하려면 반년은 더 있어야 합니다. 발주처 입장 고려한다고 미리 발주하면 23)물가변동으로 인한 당사 이익만 적어도 수천만 원을 포기하는 거고요. 게다가 면허가 없는 업체에 추가 물량을 배정하면 법률 위반 사항이고,

---

22) 회사에 등록된 하수급자에게 예정된 공사를 공고하는 행위
23) 물가인상에 대한 공사비를 증액하는 변경계약

발주처에 24)하도급 통보하기도 힘들어요. 더욱이 우리가 판단했다 치더라도 애초에 발주내역에 포함하지 않았고, 추가로 10억 원에 가까운 금액을 변경계약 해준다는 건 저뿐만 아니라 본부장님도 특혜시비로 인사위원회 개최될 수 있는 사항이에요."

"네가 염려하는 건 나도 알겠다. 하지만 본사가 현장 운영을 위해서 지원해 줘야지, 알아서 하라고 놔둬서 되겠냐? 일단 현장으로부터 기안지 받고, 검토서 작성해서 나한테 보내. 그럼 내가 직접 사장님, 회장님 결재받을 거니까. 너무 걱정하지 말고 검토서 작성까지만 해주라."

난 본부장님을 가만히 서서 쳐다보았다. 괜히 민망하신지 자리를 고쳐 앉으셨다.

"그럼. 나가봐."

고개를 숙이고 임원실 밖으로 나왔다. 아무리 생각해도 지금 상황을 모면하기 위한 미봉책으로밖에 보이지 않았다.

김 차장님이 준 서류를 이리저리 돌려봐도 황당하기 그지없었다. 발주처에 소개받은 업체에게 돈을 주기 위해 현재 계약한 하도급 업체에 추가 공사를 만들어 주고, 선금을 지급하여 전해 주도록 한 것이었다. 현장에서 이 업체와 협의해서 전체 공사를

---

24) 시공사가 하도급사와의 계약 시 전문자격, 하도급률 등에 관한 내용을 발주처에 통보하도록 법률로 정해져 있음

잘 마무리하면 좋겠지만, 도리어 이 일을 빌미로 무리한 요구를 해올 수 있지 않은가. 머리가 아프지만, 본부장님께서 책임을 지시고 업무를 추진한다고 하니 내 선에서는 어쩔 도리가 없었다.

　업무가 마무리가 돼가는 무렵 익숙한 전화가 걸려 왔다.
　"아유. 오랜만이네요. 다름이 아니라 집주인이에요."
　반갑게 전화하는 것 보니 또 전세금을 올려달라는 것 같았다.
　"벌써 4년이 지났잖아. 전에 2년 지났을 때는 내가 또 얘기하는 걸 깜빡해서 그냥 넘어갔는데, 이젠 안 될 것 같아서."
　"그러면 얼마나 생각하시는데요?"
　"아니. 이번에는 집을 팔지 생각 중이야. 그래도 세입자 의견을 물어봐야 해서 전화한 거지."
　무슨 말을 해야 할지 고민됐다.
　"요즘 집값이 3억 원을 넘기기 직전이거든. 그런데 지금 자기 전세가 1억 7천만 원밖에 안 되잖아. 지금 전세가 2억 6천만 원 정도 하거든. 어떻게 생각해요?"
　집주인은 반말과 존댓말을 섞으면서 얘기했다.
　"그럼 어떻게 하라는 건가요?"
　"아니. 아니. 1억 원만 주면 이 집 그대로 늘봄 씨한테 넘길게. 계속 전세 올리기도 그렇고, 우리도 사정이 있어서 집을 처분할 생각이거든. 두 집 가지고 있으려니 여간 힘든 게 아니야. 어떻게 생각해요?"

"그러면 제가 아내와 상의하고 내일 연락드려도 될까요?"

"그럼. 그럼. 내일 꼭 연락해 줘요. 안 그럼 다른 사람한테 팔 거니까."

또다시 머리가 지끈지끈했다. 집값이 이렇게나 많이 올랐는지 생각지도 못한 일이었다. 집주인은 고작 1억 원도 안 되는 돈으로 아파트를 샀는데 10여 년 만에 3배나 뛰었으니 이건 뭐 할 말이 없는 노릇이었다. 만약에 결혼할 때, 그때 집을 샀더라면 지금처럼 이렇게 고생은 하지 않았을 텐데 후회만 밀려왔다. 이번에 기회를 놓치면 앞으로 이 작은 아파트에서도 살기 힘들지 모르겠다는 생각이 들었다. 이건 선택이 아니었다.

추가 발주 검토서는 불안하기 짝이 없었다. 구조물 공사에 인접한 관로 구간을 우선 검토하여야 하며, 일부 관로 구간을 검토하기 위해 소액 발주하기에는 추가 비용이 발생하므로 차라리 관로 공사 전부를 발주하자는 내용이었다. 다시 말하자면, 집 대문 고치려다가 전선이 걸린다고 집 전체 전기공사를 맡기는 격이었다. 이 엉성한 기안문을 들고 서 본부장님께 전달했다. 한참을 읽어보시다가 구체적인 내용을 나한테 듣고는 곧장 긴급 건으로 사장 집무실에 연락했다. 다행히 자리를 비우지 않으셔서 서 본부장님은 즉시 올라갈 수 있었다.

대략 1시간이 지난 후, 서 본부장님이 호출하셨다.

"우선 재가하셨으니까, 현장에 결과를 내려주도록 해. 박 차장. 우리 명분도 중요하지만, 현장에서도 일을 풀어가려고 하니까 서로 이해하자고. 서천도로 현장이 굉장히 어려웠던 거 알잖아. 게다가 김 차장도 거기 붙어있으면서 고군분투하고 있고. 이제 마무리 잘하도록 도와줘서 김 차장도 진급 시켜주고 우리 토목 팀도 성과를 인정받도록 하자. 자. 힘내고."

서 본부장님은 용케 사장님과 회장님의 결재를 받고 오셨다. 결재 서류를 내게 건네주셨고, 몇 분 지난 후 회장님 비서가 그룹웨어에 결재 승인 버튼을 눌렀다. 아마도 현장에도 문서 결과가 송신되었을 것이다. 이제 이 서류를 외주팀에 넘겨주고 변경 계약을 기다리면 됐다.

"박 차장. 고생 많았어."

소식을 기다렸던 김 차장님은 내게 전화를 해 반가운 목소리를 전했다.

"소장님이 많이 좋아하셔. 네 덕분에 내가 그나마 할 말이 생겼어."

"네. 축하드려요. 그런데 제가 한 건 없고, 본부장님이 직접 결재 받으셨으니까, 나중에 소장님께 말씀드리세요."

"그래. 그래. 알았어. 언제 우리 현장에 놀러 와. 내가 맛있는 거 사줄게."

"네. 알겠습니다."

저녁 7시가 넘어서 머리가 지끈지끈 아파서 책상 위에 있던 캔 커피를 한 번에 마셨다. 관자놀이를 두 번 꾹꾹 누르고 옆을 살펴보니 아직 영수와 하영이가 퇴근하지 않았다.

"영수야. 할 일 많냐?"

"네? 아. 현장 기안문이 몇 개 있어서요. 마저 해놓고 가야지 아니면 뭐 했는지 까먹어요."

"까먹으면 어떠냐? 내 일 아니냐? 내 일은 내일 해야지. 몰라?"

"에이. 또 삐까츄 같은 개그 하신다. 그러는 차장님은 항상 야근하면서 뭔 말도 안 되는 소리 하십니까?"

"그러니까 말이다. 오늘은 일찍 정리하자. 하영아."

내가 하영이를 부르자 재빨리 일어나서 나한테 달려왔다. 꽤 부담스러웠다.

"아니. 이렇게까진 뛰어올 필요는 없는데. 하하하. 집이 어디라고 그랬지?"

"인천 계양입니다."

"그럼 두 번 갈아타는 거야? 생각보다 시간 좀 걸리겠네."

"네. 조금 걸려요."

"이만하자. 퇴근 준비해."

내가 서류 가방을 들고 먼저 나서니 영수와 하영이가 따라나섰다. 나와 하영이는 DMC까지는 같은 방향이었다. 직원들과 같이 출퇴근을 해본 적이 없었는데 기분이 이상했다.

"차장님은 왜 토목 했어요?"

"나? 별다른 뜻이 있나? 그냥 대학 맞춰서 가다 보니 어쩌다 토목과를 쓴 거지? 넌?"

"저도 그런 거 같아요."

"넌 학교도 좋은데 나왔으면서 선배들이 조언 안 해주던?"

"음… 사실은 부모님이 건설 쪽에 일을 하셔서 배우래요. 사실 적성에 맞지 않는 것 같아요. 한때 제가 수포자이기도 했거든요."

수포자라는 말에 웃음이 나왔다. 나도 중학교 때는 수학을 너무 못해서 수학을 포기한 적이 있었다. 한 번은 OMR카드에 3번만 일렬로 찍었다가 교무실에 끌려가서 반성문을 여러 번 적기도 했었다.

"수포자라고? 대단하네."

"그렇죠? 저 문과 출신이에요. 그런데 토목과 지원했잖아요. 얼마나 고생했는지 몰라요. 교수님께 몇 번 불려 가서 욕먹었어요. 왜 토목과 왔냐고? 하하하. 너무 자존심 상해서 부모님께 하기 싫다고 얘기했는데 과업을 이어받아야 한다나? 뭐라나? 억지로 해서 학점이 겨우 2.5점 받았잖아요. 다행히 잘 찍어서 기사 자격증 따고 어학 성적 900점 넘어서 봐줄 거나 있었지. 아니면 취업했겠나 싶어요."

하영이가 조금 특이하다 싶은 생각이 들었지만, 억지로 공부했는데도 잘 버텨온 걸 보면 대견해 보였다.

"원래 하고 싶은 건 뭐야?"

"음… 놈팡이? 하하하. 집에서 뒹굴뒹굴하다가 엄마 밥 먹고 쉬었으면 좋겠네요."

"넌 그렇게 살아도 되겠다."

하영이는 내 말에 공감한 듯 갑자기 한 손가락을 펴면서 강조했다.

"진짜 그러고 싶어요. 생각해 보세요. 어차피 저 같은 애한테 회사 맡겨봐야 회사 망해요. 능력도 안 되는 자식이 핏줄로 기업을 이어받으면 그 밑에 일하는 사람은 뭐가 되나요? 차라리 전문 경영인한테 맡기면 직원들도 좋고, 기업도 커나가고 얼마나 좋아요. 저야 뭐 주식 있으니까 배당금 받으면서 놈팡이 하면 되죠. 하하하. 얼마나 좋아요."

하영이는 꽤 열변을 토했다.

"산다는 게 너무 정형화되어 있어요. 대학생 때는 사회적 불의를 보고 한 번 싸워봐야 하는데 취업 공부만 줄곧 하고, 취업하면 해외여행도 다니고, 연애도 하고, 악기도 다루고, 여러 활동을 해야 하는데 죽어라 돈 아껴서 결혼해야 하고. 하하하. 그런데 그렇게 모아도 죽었다 깨어나도 결혼 못 하잖아요. 하하하. 웃겨요. 정말. 그리고 결혼하면 애 낳아서 한 명당 5억 원씩 양육하고, 걔들 키우면 결혼자금 보태줘야 하고. 공장처럼 착착 돌아가는 거 같아요. 이럴 거면 저는 안 하려고요."

"그런데 넌 집 형편이 되니까 그런 걱정은 할 필요 없잖아?"

내가 한 말에 갑자기 나를 보며 정색했다.

"아니요. 저 이래 봬도 알바한 여자예요. 그리고 부모가 돈이 많은 거지. 제가 많은 건 아니에요. 그거 받을 생각도 없고요. 사실 놈팡이도 말만 그런 거지. 내가 즐기고 잘할 수 있는 일을 찾고 싶어요."

하영이는 대뜸 미소를 지었다.

"차장님은 꼰대 같아요."

난 너무 황당해서 어처구니없이 웃었다. 자칫 웃음이 너무 커서 많은 사람이 날 쳐다볼 뻔했다.

"넌 오늘 처음 본 상사한테 꼰대라고 하냐?"

"아. 죄송합니다. 차장님. 실수했네요."

"아니야. 근데 꼰대는 너무했다."

"음… 말씀하시는 건 꼰대와 가까운 꼰대 스타일? 하하하."

지하철 내에서 둘이 이야기를 주고받으면서 퇴근하니 기분이 좋았다. 평소에는 텅텅 빈 지하철 의자에 앉아서 이어폰으로 강의를 들으면서 가곤 했다. 객실 내부를 살펴보면 몇 명밖에 되지 않는 사람들이 술에 취했거나 일에 지친 회사원들로 보였다. 그중 나도 일부였고 그 사람들을 볼 때 나를 보는 것만 같아서 슬펐다.

"먼저 가보겠습니다. 내일 뵙겠습니다."

"그래. 내일은 일찍 퇴근해."

"네. 감사합니다."

하영이는 지하철 출입문에서 내게 폴더인사를 하고 사라졌는데, 사람들이 날 신기한 표정으로 쳐다봤다.

아내는 집에서 빨래를 널고 있었다. 작은 방에 들어가서 옷을 벗고, 서류 가방을 내려놓은 채 거실로 나왔다.

"오늘 집주인한테 전화 왔었어."

"또 전세금 올려달래."

"아니. 집을 사라는데?"

"얼마나 더 달래?"

"1억."

아내는 빨래를 널다가 멈추고 내 곁에 앉았다. 한 번 천장을 쳐다보더니 날 향해 고개를 돌렸다.

"뭐? 1억?"

"집이 곧 3억을 넘어가. 이 집이 이렇게 오를 줄 어떻게 알았겠어?"

"참. 말세다. 말세야. 경기가 이렇게 안 좋다고 하는데 사람들은 돈이 남아돈다는 말이야? 어휴. 그러면 우리 어떡해?"

아내가 한숨을 쉬었다. 조용히 일어나서 냉수를 한 잔 마시고, 다시 아내에게 권했다.

"어떡하긴 별수 있어? 사야지."

"우리 돈 없잖아."

"집주인이 안 그럼 부동산에 내놓으려고 하는가 봐. 그래도 우리 오래 살았다고 2억 7천만 원에 해주겠다고 하는데 지금 시세 최고가가 3억 원 가까이 되니까 그나마 싼 편이야."

"그래도 걱정되네."

"집값은 안 내려가잖아. 계속 올랐었잖아."

"그런가?"

"통장에 지금 4천만 원 있지?"

"어? 음…"

갑자기 아내가 말을 더듬었다. 집을 사려면 주택담보대비대출가능비율(LTV)을 만족해야 했는데 적어도 우리 돈이 3천3백만 원은 필요했다.

"왜? 없어?"

"사실은 저번에 형부가 코로나 때문에 장사가 너무 안된다고 해서 빌려줬어."

"얼마나?"

"천만 원."

내게 아무 말도 없이 우리 돈을 빌려줘서 짜증이 나긴 했지만, 생각보다 큰 금액은 아니었고, 나도 아버지께 한 번씩 돈을 보내줬으니, 화를 내지 않았다. 어차피 형님과 처형은 아내에게 부모님과 같은 존재였으니까 말이다.

"알겠어. 하는 수 없지. 다음에는 나한테 말해줘. 집 사려면 취득세도 들 거니까 여유 있게 천만 원 정도 신용 대출받아서 처리할게."

"미리 얘기 안 해서 미안해."

"아니야. 괜찮아."

몇 주 후 집주인과 부동산 매매계약을 마무리 지었다.

아버지로부터 부재중 전화가 들어와 있어서 전화를 걸었다.

"어. 봄이니?"

"아버지 전화했었네?"

아버지는 잠시 아무 말도 없으시다가 "아"라고 짧게 말씀하시며 생각난 듯 보였다.

"다른 게 아니라 며느리 통해서 집 샀다고 들었다."

"아니. 그냥 지금 사는 집 산 거야. 조금 더 지나면 도시 외곽으로 쫓겨날 것 같아서 하는 수 없이 그런 거야."

"그래도 우리 아들이 대단하지. 수도권에 집 사는 게 쉬운 일이냐? 우리가 아무것도 해준 것도 없는데 아들이 이토록 커 준 것만 해도 너무 감사할 따름이다. 아버지가 참 복이 많은 사람인 거 같아."

아버지 말씀에 미소가 절로 나왔다. 그런데 평소보다 목소리가 조금 무겁게 들렸다.

"무슨 일 있어?"

"아무 일 없어."

"목소리가 영 안 좋구먼."

"아. 이거. 찬 바람 쐬면서 자서 그런지 감기 기운이 있어서 그래. 금방 나을 거야."

"가게 안에 있으면서 무슨 감기야?"

"뭐. 늙어서 그렇지."

수화기 너머 아버지께서 기침하는 소리가 들렸다. 굉장히 세차게 하시는 거 같아서 건강이 걱정됐다. 불현듯 영수가 말했던 약봉지가 생각났다.

"아버지. 혹시 간 검사 했었어?"

"간? 왜?"

"내 주머니에 약봉지가 있는데 우리 집 주변 약국 이름이더라고. 동전약국 알아?"

"알지. 그거 엄마 친구가 운영하던데 아니냐?"

아버지가 대수롭지 않게 말씀하시기에 아버지와 관련이 없나 싶은 마음이 들었다.

"근데 약이 중증 간 치료제라고 하던데?"

"..."

아버지는 한참 동안 말씀을 하시지 않았고, 마른기침만 하셨다.

"그게. 그게 말이야. 아참. 손님이 저번에 놓고 갔던 걸 거야. 나도 무슨 약인지 몰랐는데 그게 간 치료제구나. 그런데 그게 어떻게 너한테 갔냐? 희한한 일이네."

"몰라. 집 정리하면서 보니까 주머니에 있더라고. 하여튼 아버지도 건강관리 잘해요. 내가 자주 내려가면 아버지 챙겨드리는데 나도 참 여유가 없네."

"그래. 그래. 바쁜 데 뭘 내려오겠어? 그저 돈 많이 벌고 우리 아들 행복하면 되지. 아버지가 응원하마."

아버지는 이렇게 말씀하시고 전화를 끊으셨다. 약봉지는 도무지 어떻게 얻었는지 기억이 나질 않았다. 아버지가 대수롭지 않게 생각하시는 걸 보면 손님 것이 맞겠다는 생각이 들었다.

몇 달이 지난 후 집값은 3억 원을 넘어있었다. 제때 집을 산 것만 같아 뿌듯했고, 집주인은 그때 집을 판 것을 후회할 수도 있을 것만 같았다. 아닌가? 오히려 우리 집을 팔고 더 좋은 집을 사서 더 많은 수익을 창출했을지 모를 일이었다. 결국 우리는 내 집을 가졌고, 이제는 더 오를 일만 있을 거로 생각되어 매일 부동산 관련 홈페이지에 들어가는 게 일상이 되었다.

"또 보십니까?"

영수가 뒤에서 뭐라고 하는 소리에 재빨리 인터넷 창을 닫았다. 내가 창을 닫는 걸 보고 웃어댔다.

"많이 올랐습니까?"

"그래도 산 거 비하면 3천만 원 넘게 올랐지."

"네? 산 지 얼마나 됐다고 그렇게 올랐어요?"

"요즘 사람들이 돈이 많잖냐? 너도 코인 같은 거 하지 말고 집을 사."

"차장님. 집 살 돈 있으면 코인 했겠습니까? 집 사려고 코인 하는 거죠. 그나저나 저는 망했네요."

난 자리에서 일어나서 기지개를 켰다. 계속된 야근으로 얼굴은 말도 안 되게 핼쑥해져 있었다. 예전에 '미생'이라는 드라마의 과장처럼 눈은 빨갛고 기운은 없어 보였다.

"왜 망했는데?"

"집값 2억 할 때 나름대로 희망을 품었는데, 이제 3억이라면 결혼하겠습니까? 이건 모아도 모아도 할 수 없는 신기루 같네요. 집 구하려고 도박하는 신세도 처량한데, 요즘은 '영끌족'이라고 사람들이 막 욕하데요. 돈 있으면 나도 하기 싫은데."

"그러니까. 네가 올해 34살이지?"

"네. 차장님 30살에 결혼하셨죠?"

영수의 눈을 보니 '제발 아니라고 해라.'라고 메시지를 보내는 것 같았다.

"그때 했지."

"아. 진짜 잘못 태어났나 봐요. 우리 친구들 돈 없어서 연애도 결혼도 못 하는 애들 엄청 많아요."

"네 친구가 아니고, 네 얘기네. 내가 참한 아가씨 소개해 줄게. 하영이라고 예쁘지, 집안 빵빵하지, 게다가 능력까지 뛰어나고 나이까지 어려. 네 생각은 어떤데?"

구석에서 일하던 하영이는 우리 쪽으로 고개를 돌리면서 웃었다.

"차장님. 저는 못생긴 사람 싫어해요."

하영이 말에 웃겨서 머금고 있던 숨을 순간적으로 뱉어버렸다. 하영이는 더럽다고 난리였고, 내 행동에 영수는 실망한 듯이 쳐다봤다.

"에이씨. 진짜 짜증 나고 화나네요."

난 재빨리 자세를 고쳐잡고 영수를 따라 옥상으로 올라갔다. 영수는 담배를 꺼내 물고 있었다. 나는 손가락을 가져다 댔다. 자연스레 담배를 하나 물려줬다.

"야. 미안하다. 너무 화내지 마라."

"알아요. 차장님."

"그런데 하영이가 너 못생긴 건 알더라."

"에이. 왜 그럽니까?"

영수는 웃으면서 담배 연기를 들이마셨다. 나도 영수를 쳐다보면서 웃었다. 이렇게 힘들 때 한 움큼 담배라도 없으면 어쩔 뻔했나 모르겠다.

"영수야."

"네. 차장님."

"이게 네가 잘못하는 게 아니라 사회적 문제라서 고치려면 몇 년, 아니 수십 년은 걸릴지 몰라. 그러니까 네가 어쩌지 못하는 거에 너무 화내지 마라. 근데 여자친구 생겼냐?"

"아니요."

난 실소가 튀어나왔다. 연애도 안 하면서 집 걱정하는 터라 우선적인 걸 먼저 할 필요가 있었다.

"일단 여자 먼저 만나. 앞으로 야근 줄여줄 테니까."

"진짜요? 거짓말하기 없기입니다."

영수는 그새 기분이 좋아졌는지 성큼성큼 걸어서 사무실로 돌아갔다. 아까 영수가 화내고 나가서 그런지 하영이는 우리가 들어오는 걸 유심히 보면서 양손으로 하트를 크게 만들어 날렸다. 나와 영수는 둘 다 어처구니가 없었지만, 더욱 웃긴 건 마지막 한 마디였다.

"대리님. 존잘!"

나는 하영이에게 쌍따봉을 날렸다.

11월에 접어들자 조금씩 실적 압박이 생겼다. 그리고 현장마다 연말 추정 실적을 보고했는데 서천도로 현장은 여지없이 꼴찌였다. 회장님은 몇 년 동안 현장을 수습한다고 했는데 아직도 제대로 운영되지 않는다며 집무실에서 크게 소리를 지르셨다. 집무실 밖에서도 소리가 쩌렁쩌렁 울렸으니, 회장실 안에서 경영진 회의에 참석한 임원들은 죽을 맛이었을 것 같았다. 두어 시간의 회의가 끝난 후, 서 본부장님이 나오셨고, 평상시 같으면 내게 회의 내용을 전달하고 가시는데 유달리 오늘은 말없이 임원실로 들어가셨다. 잠시 후 김성욱 차장님을 해고한 소식을 접할 수 있었다.

토목 현장의 매출은 계속 줄어들었고, 앞으로 20여 개의 현장 중 연말을 기점으로 절반으로 줄어들 예정이었다. 현재도 회사 매출의 15% 수준으로 초라했고, 그나마 토목으로 시작한 회사라는 자부심에 그 명맥을 겨우 유지하고 있었는데 내년이 되면 부서 존폐에 관한 얘기가 나오지 않을까 염려되었다.

서천도로 현장의 공무가 갑작스레 해고되면서 대체자를 뽑기 위해 모집공고를 올렸으나, 사람이 귀해서 그런지 영 반응이 시원치 않았다. 게다가 회사의 처우가 굉장히 안 좋다고 소문이

나서 주변 지인에게 물어보면서 경력직을 구해야만 했다. 당분간 사람이 구해지기 전까지 내가 본사와 현장을 병행해야 했다.

 현장의 사기는 지하층을 뚫고도 남았다. 소장님은 본사 직원이 와도 아는 체도 안 했고, 직원들도 인사만 대충 한 번씩 하고는 어떤 말도 꺼내지 않았다. 내가 이 현장에서 무엇을 할 수 있을지 모르겠다. 발주처 감독이 불러서 사무실에 방문했더니 감독은 현장소장과 직원들이 공사할 의욕이 없어서 예산을 확보하고 일을 시켜도 할 생각이 전혀 없다고 한탄했다. 그런데 예전에 소장단 회의할 때면 현장소장의 발표는 발주처가 도와주지 않는다고 했으니, 어떤 사람은 도와줬다고 하고, 어떤 사람은 안 도와줬다고 하면 누구를 믿어야 할지 도무지 모를 일이었다. 감독은 내게 밀린 실정보고를 완료하고 설계변경을 진행해야 한다고 신신당부했다. 하지만 현장에서 줄곧 공사일보와 기타 잡문서만 다뤄봤고, 나머지는 본사에서만 경력을 쌓아온 나로서는 도저히 할 능력이 되지 않았다.

 점점 본사에서 내 능력을 의심하는 얘기가 들려왔고, 능력이 안 되면서 왜 출장비를 써가며 왔다 갔다 하냐는 얘기가 관리팀에서부터 나오기 시작했다. 서 본부장님은 전반적인 현장관리에 힘쓰고 있으며, 이전부터 문제가 많았던 현장이라서 바로 변화하기에는 시일이 걸린다고 설명했지만, 본사 내에서는 그런 말을 믿어주지 않았다. 당연히 나도 내 능력 부족이라는 사실을 스스로 인정해야만 했다.

 이런 일이 계속 벌어지다 보니 회사를 옮기려고 시도했지만, 본사 토목직 자리는 하늘의 별 따기였다. 더욱이 상승하던 집값은 한국은행의 기준금리 인상으로 인해 조금씩 꺾이더니 하락하기 시작했고, 금리는 이미 1% 이상 올라버렸다. 2억 원에 가까운 원금과 이자를 감당하기에는 조금씩 버거워져만 갔다.

 "차장님. 괜찮으세요?"

 영수가 나를 흔들어 깨웠다. 분명히 모니터를 보면서 일하고 있었는데 마치 술을 마시다가 필름이 끊겼던 것처럼 앞섰던 일들이 기억나질 않았다. 뺨을 서너 차례 때리고 화장실에 가서 거칠게 세수했다. 정신을 차려보려고 노력했지만, 쉽게 정신이 돌아오지 않는 것 같았다.

 평일과 주말에 꾸준히 일했고, 서천까지 차로 수시로 다녀왔다. 서천도로 현장의 현장소장과 직원들은 내가 본사에서 감사 직무를 하러 왔다고 생각해서 나와 밥도 같이 먹지 않았으며, 나와 말 한마디 섞지 않아 현장에서 외톨이가 되었다. 여기에 왜 있어야 하는지 알 수 없었지만, 성과를 내야만 하기에 억지로라도 감독에게 욕을 먹으면서 조금씩 배우며 일했다. 아마도 김성욱 차장님도 현장에 왔을 때 이랬을 것만 같았다. 얼마나 힘들었을까.

 고등학생 때도 이렇게 잠을 못 자진 않았는데 지금은 너무 지쳐버렸다. 하루에 세, 네 시간이라니. 이렇게 일한다고 나한테 돌아오는 것은 득보다 실이 많았다. 너무 힘들었다.

 아버지 생각이 간절해서 전화를 드렸다. 아버지는 전화를 안 받으시더니 1시간쯤 지나서 전화가 왔다. 시간은 자정을 향해가고 있었다.

"캑. 캑. 아들. 무슨 일로… 캑캑. 전화했어?"

"아버지. 왜 그래? 어디 편찮아?"

"아니. 뭐. 감기 때문에 그러지."

"좋은 것 좀 드시지. 내가 영양제 하나 보내드려?"

"아니야. 아니야. 너희들 돈 없는데 아껴야지. 나는 조금 있으면 죽을 팔자 아니냐?"

"또 쓸데없는 소리 하신다."

 갑자기 눈물이 핑 돌았다. 엄마 돌아가신 후에 아버지는 꼭 잘 챙기겠다고 약속했는데 늘 멀리 있으면서 전화마저도 제때 하지 않았다.

"집이니?"

"아니. 인제 가려고."

"무슨 회사가 그렇게 고생시키냐? 얼른 가서 쉬어. 캑캑."

"알겠어. 아버지. 아직 일해?"

"캑캑. 내야 뭐. 캑. 주문 들어오는 대로 일해야지. 캑. 이만

끊자."

"아버지. 병원에…"

뚜. 뚜. 뚜. 뚜.

아버지 몸이 편찮으신 것 같았다. 병원에 가시라고 항상 말하지만, 아버지께서는 그냥 웃으시고 마셨다. 자식이라면 한 번쯤 내려가서 모시고 가는 것도 맞을 법한데 연차를 쓴 날에도 나와서 일하는 처지에 평일에 아버지를 찾아뵙는 일은 쉬운 일이 아니었다. 딴에 고향이 서울과 가까웠으면 어땠을까 하는 생각이 들었지만 단지 생각에 지나지 않았다. 또다시 한숨이 절로 나왔다.

제10화 정신 차리자 (2022년 3월)

 어제부터 아버지께 휴대폰과 가게 전화로 연락을 해봤지만 닿지 않았다. 부재중 전화를 확인하시면 연락을 주시는데 이렇게까지 늦어진 적은 없었다. 아내에게 전화했다.

"아버지가 통화가 안 되셔."

"아침에도 안 받으시는 거야? 그럼 내가 내려갔다 올까?"

아내는 고맙게도 먼저 제안했다.

"고마워. 일단 아버지 친구분께 전화 한번 해보고 연락할게."

"알았어. 만약에 연락 안 되면 전화 줘."

"미안해."

"아니야. 가족 일인데 뭐가 미안하다고 그러냐."

아내와 전화를 끊은 후 곧장 고형국 아버님께 연락드렸다.

"여보세요?"

"아버님. 안녕하세요. 저 늘봄입니다."

"아. 치킨집 늘봄이?"

"네. 맞습니다."

고형국 아버님은 친절하게 내 전화를 받아주셨다.

"그런데 무슨 일이야?"

"죄송한 일인데, 아버지께서 전화를 안 받으셔서 혹시 근처에 계시면 한 번만 방문해 주실 수 있나 부탁드리려고요."

"그래? 그 양반 집에서 한 발짝도 안 움직이는 사람인데 이상하네. 그런데 내가 내일이나 돼야 집에 갈 수 있어."

"아. 그래요? 알겠습니다. 죄송합니다."

"아니야. 아니야. 별일 없어야 하는데. 쯧쯧. 늙어서 가족 걱정시키면 되나."

고형국 아버님과 통화를 마치고 바로 아내에게 전화했다.

"아버지 친구분 출타 중이신가 봐. 고생 좀 해줘야겠어."

"알겠어. 그리고 너무 미안해하지 마. 계속 그러니까 내가 가족이 아닌 것 같다."

"알았어. 이제 안 그럴게."

아내는 그렇게 창수시로 향했다.

아버지 일로 정신이 없는 사이 기획조정실에 있는 승건이가 내선으로 연락이 왔다.

"늘봄아. 너 무슨 일 있어?"

아무리 생각해도 딱히 특별한 일은 없었다.

"왜? 갑자기?"

"아니. 회장님 실에서 네 이름이 계속 나오더라고. 네? 네. 바로 갈게요. 야. 미안하다. 조금 있다가 얘기하자."

이게 무슨 황당한 일인가 싶어서 별 대수롭지 않게 생각하고 수화기를 내려놓았다. 가만 생각해 보니 지금 시간이 11시가 넘어가는데 서 본부장님이 보이지 않으셨다.

"영수야. 혹시 본부장님 못 봤냐?"

"몰라요. 어디 출장 가신 거 아닌가요?"

하영이에게 눈길을 주었더니 하영이도 못 봤다고 고개를 절레절레 흔들었다. 이상한 일이었다. 서 본부장님께 전화를 걸었다. 하지만 전화를 받지 않으셨다. 대략 5분여가 지났을 무렵, 문자가 도착했다.

「우리 토목팀 직원들 볼 엄두가 나지 않구나. 미안하다. 박 차장.」

도저히 무슨 소리인지 알 수가 없었다. 대체 왜 볼 엄두가 나지 않고, 무엇이 미안하다는 것인지 계속 곱씹어봐도 무슨 연유로 말씀하시는 건지 이해할 수 없었다.

"차장님. 오늘 인사위원회 개최한다는데, 차장님 이름이 있어요."

"뭐? 내가 왜?"

"모르겠어요. 이유는 인사위원회 전까지 아무도 모르잖아요"

인사위원회는 오후 1시에 개최될 예정이었고, 그때까지 어떤 일도, 식사도 할 수 없었다. 내가 잘못한 게 과연 무엇이 있는지 고민하고 고민해 봤지만, 도리어 서천도로 현장에 아직도 파견 다니고, 주말에도 나와서 일을 하는데 나만큼 회사에 헌신한 사람이 어디 있나 싶어서 억울할 따름이었다.

중회의실 바깥에 인사위원회라고 크게 써 붙인 안내판이 보였다. 억지로 문을 열고 들어갔더니 각 부서 임원분이 나란히 앉아계셨다.

"왜 이렇게 늦었죠?"

기획조정실장님이 나를 쏘아보듯이 추궁하셨다. 지금 시간은 아직 1시가 되지 않았다.

"죄송합니다."

임원분들은 마른기침을 몇 번 하더니 자신이 가지고 있는 서류를 꺼내어 들춰보기 시작하셨다. 면접 보듯이 마주한 임원 세 명과 아무것도 준비되지 않은 채 반대쪽에 앉아있는 내 모습은 극명히 달랐다. 기획조정실장님이 인사위원회를 주도하셨다.

"늘봄 씨. 천둥건설 아세요?"

"네. 압니다."

"그 회사가 어떤 회사죠?"

서천도로 현장과 관련된 사실이었다. 아무리 머리를 굴려도 내가 천둥건설과 직접적인 연관은 없었다. 단지 내가 한 것이라곤 현장에서 올려준 서류에 대해 본사 기안을 한 것뿐이었다.

"구조물 공사에 낙찰된 회사입니다."

"그리고 최초 계약한 지 얼마 되지 않아서 변경계약을 했죠?"

"네. 맞습니다."

"자격이 안 되는 사실을 알았습니까?"

맞다. 자격이 되지 않았다. 그래서 서 본부장님께도 그 사실을 말씀드렸다.

"네. 알았습니다."

"그렇다면 왜 기안하셨죠?"

내 말 한마디에 내 처지가 어떻게 바뀔지 모르니 신중해야 했다. 크게 숨을 들이마셨다.

"구조물 공사 발주 전, 현장 담당 공무원이 소개비 명목으로 일부 금액을 받았다고 들었습니다. 본래는 소개를 해주더라도 낙찰된 후에 받는데, 낙찰되기도 전에 담당 공무원은 미리 당겨 받아서 썼습니다. 우리 회사 하도급 업체 결정은 전자입찰로 경쟁하여 이루어지는데도 소개받은 업체는 당연히 25)수의계약으로 낙찰받는 것으로 오해한 것으로 알고 있습니다."

내가 잠시 뜸을 들이자, 세 명의 임원분은 서로 웅성웅성하며

25) 경쟁 없이 자격이 되는 한 개 업체와 계약하는 단독계약임

대화를 나누셨다. 너무 긴장한 탓에 무슨 말을 주고받는지 알
수 없었다.

"계속하세요."

"그러니까 그 회사가 낙찰을 못 받았기 때문에 공무원에게 준
돈을 회수하려고 했고, 그 과정에서 공무원이 다칠 위험이 있었
으므로 현장에서 관로공사를 발주하는 대신 무마하려고 했습니
다."

"아. 그랬군요. 그럼 무려 10억 원이나 되는 발주내역을 추가
해 주면서 어떤 보상은 없었나요?"

"없었습니다."

기획조정실장님 옆에 있던 인사총무 전무님이 나를 매서운 눈
초리로 노려보셨다.

"다 이야기 들었어요. 이실직고하세요. 만약에 여기서 해결이
되지 않으면 늘봄 씨한테 법적 조치가 들어갈 겁니다. 이미 현
장소장과 서 본부장에게 돈이 흘러간 흐름을 확인했다고요."

갑자기 가슴이 답답해졌다. 내가 줄곧 현장을 오가며 정성을
쏟았던 것에 대한 노력보다 나에 대한 의심이 더 커져만 갔다.

"단연코 저는 없습니다."

"허허. 이 사람 참 문제야. 문제."

"저는 맹세코 그런 적이 없습니다."

"천둥건설에서 우리 회사 사장 명으로 내용증명을 보냈어요.

본사 2명, 현장 1명으로 특정했는데 이름은 공개하지 않았지만, 성씨로 본사 서○○, 박○○, 현장 정○○라고 특정하고 있다는 말이에요."

"박○○가 저라고 어떻게 확신하실 수 있습니까?"

"나 원 참."

다시 기획조정실장님이 바통을 이어받으셨다.

"자금이 왔다 갔다 했을 때 집을 사셨던데. 그 집을 사는 비용을 어떻게 충당했죠?"

화가 치밀어 올라서 책상을 두 주먹으로 내려쳤다.

"아! 진짜! 그 돈은 아내와 4년을 죽어라 모았던 돈입니다. 어떻게 그런 모함을 할 수 있습니까?"

"그건 우리가 안 봤으니 알 수 없는 일 아니겠습니까?"

기획조정실장님은 아니꼬운 듯이 쳐다보셨다.

"아니. 그렇게 흥분하셔도 달라지는 건 없어요. 어차피 박○○라고 하면 본사에서 누가 받았다고 의심하겠어요?"

"그 사람이 잘못 알고 보낼 수 있는 건 아닌가요?"

"에이. 설마요. 내용증명 보내는 사람이 어떻게 그런 실수를 하겠어요?"

"저는 천둥건설 사장인지 임원인지 누가 한 소린지도 모르고, 저는 그 사람들과 통화해 본 적도 없어요. 혹시라도 계약부서에서 금전적 요구를 했는지 제가 어떻게 압니까?"

총무인사 전무님은 나를 쳐다보더니 씩 웃으면서 말씀하셨다.

"그동안 외주팀에서 근무한 사람 중에 박 씨는 없어요."

"어떻게 직원 말보다 하도급 사장 말을 더 믿으십니까? 제가 지금껏 회사를 위해서 얼마나 노력했는지 모르십니까?"

"그 노력하고 이 문제는 별개에요."

귀신이 곡할 노릇이었다. 그럼 도대체 누가 이런 일을 저질렀다는 것인가. 내가 어떤 말도 못 하고 있자 법무부 이사님이 나섰다.

"알아요. 분명히 억울할 수도 있어요. 누가 당신 이름을 써먹으면서 장난칠 수도 있잖아요. 그런데 회사라는 조직이 쉽게 와해 되기는 어려운 일입니다. 아마도 당신이 억울한지 아니면 실제 이런 일이 벌어졌는지는 차차 시간이 지나면 알 수 있겠죠. 하지만 우리는 시간이 그렇게 많지 않아요. 당신이 억울하든 안 하든 중요한 사안이 아니에요. 우리는 빨리 직원들을 교육하고 다시는 이런 일이 발생하지 않도록 하는 거예요. 알겠습니까?"

"아니. 제가 했다는 증거가 있나요? 왜 제가 하지도 않은 것을 인정해야 한다는 식으로 말씀하시나요?"

"두 번 말하게 하지 마세요. 우리는 시간이 없어요. 당신이 인정하고 물러나면 퇴직금은 손대지 않고 드리도록 하겠습니다. 물론, 직원들에게는 당신 퇴직금의 일부는 공금을 제외하고 지급했다고 알릴 겁니다."

"아씨! 그러면 내가 뇌물을 받아먹은 거로 되잖아요. 내가 안 받았다고 하잖아요. 조사해 보세요. 그토록 고생했는데 왜 나한 테 뒤집어씌우냐고요!"

내가 큰소리를 지르자 회의실 안에는 메아리가 되어 몇 번의 울림이 있었다. 세 임원분은 내 말에 서로 약속이나 한 듯이 고 개를 절레절레 흔들었다. 자존심은 무너졌고 화는 머리끝까지 솟아올랐다. 대체 그 내용증명이 어떻게 적혀있는지 보기라도 했으면 좋겠다. 하지만 그들은 무슨 비밀서류라고 내가 쳐다보 려고 하면 손으로 가리기를 급급했다. 사람을 범죄자 취급했으 면 적어도 그 내용을 제대로 전달해야 하는 게 맞지 않는가.

"이쯤에서 정리하시죠."

기획조정실장님의 말에 모두 다 일어서더니 내가 고개를 숙이 고 있는 틈을 타서 나가버렸다. 화가 더욱 치솟아서 사정없이 주먹을 내려쳤다. 정신이 없었고 곧바로 사무실로 향했다.

"차장님! 차장님!"

내가 화가 나서 움직이는 걸 보고 영수가 쫓아왔다. 아무 소리 도 들리지 않았다. 옷장의 코트를 들고 나섰다. 무슨 이유인지 모르는 하영이가 눈물이 그렁그렁 맺힌 채 나를 쳐다봤다. 나는 외면하고 본사 건물을 빠져나왔다.

소주 두 병을 사 들고 공원에 앉았다. 아무 생각도 하기 싫었다. 연거푸 술을 들이켰다. 몽롱하게 회사 본사 건물을 바라봤다. 그 건물은 나의 20대에 동경의 건물이었지만, 지금 40대에 원망의 건물이 되어버렸다. 피식 웃음이 나왔다. 내가 뇌물을 받았다니. 그런데 서 본부장님은 정말 실망이었다. 미안하다니. 그렇다면 내 얘기라도 해줘야 하는 거 아닌가. 내용증명을 보지 못했을까. 서 본부장님에게 전화를 여러 차례 걸어봤지만, 전화도, 문자도 응답하지 않았다. 개 같은. 정장 차림에 어린이 공원에서 욕이나 하고, 술이나 퍼마시고 있다니 한심스럽다. 내가.

조금 졸아버렸다. 휴대폰을 보니 아내의 전화가 부재중으로 수십 통이 있었다. 이상한 기분이 들었다. 아내에게 전화를 걸었다.

"여보세요? 잘 내려…"

"왜 이렇게 전화를 안 받아?!"

아내는 하염없이 울고 있었다. 무슨 이유인지 나도 눈물이 쏟아져 내렸다. 그래. 큰일이 났었던 게 맞는구나.

"아버님. 돌아가셨어."

들고 있던 휴대폰을 떨어뜨렸다. 나는 아무 짝에 쓸모없는 놈이었다. 어떤 약속도 지키지 못했고, 내 가족도 지키지 못했다. 난 쓰레기다. 죽어 마땅한 놈이었다.

휴대폰에서 아내의 울음소리가 계속 이어졌지만, 휴대폰을 들

힘이 남아 있지 않았다. 하염없이 눈물만 쏟아냈다. 마저 남은 소주병을 들어 모두 입에 털어 넣었다. 머리가 깨질 것만 같았다. 겨우 휴대폰을 들어 아내에게 전화하려고 했으나 도저히 숫자가 구분되지 않아서 그냥 주머니에 넣었다. 어디로 가야 할지 몰랐다. 정신이 혼미해졌다.

다시 정신을 차렸을 때는 지하철 안이었다. 사람들은 날 촬영하고 있었다. 크게 한 번 호통친 후 바를 잡고 일어섰다. 아래에는 한 움큼 토가 남아 있었다. 아. 이래서 사람들이 나를 찍고 있었구나. 급히 지하철을 내렸다.

비틀비틀. 비틀비틀. 비로소 여기가 우리 집 근처에 다다랐다는 걸 알았다. 술에 많이 취해도 집을 잘 찾아오는 모습에 피식 웃음이 나왔다. 근처 편의점에 들어가서 또다시 소주 두 병을 샀다. 그리고 편의점 앞 의자에 앉아서 병째로 마셨다. 이대로 깨어나지 않길 바랐다. 오늘만은 더는 생각하기가 싫었다.

소주 한 병을 손에 쥐고 택시를 잡았다. 흐릿하게 보여도 택시 기사가 인상을 찌푸리고 있는 건 확연히 보였다.

"아니. 초저녁부터 무슨 술을 이렇게 많이 드셨데요."

"..."

"어디 가시는데요?"

"우주대교."

"일단 출발하겠습니다."

택시 기사는 빠른 속도로 과격하게 운전했다. 속이 울렁거려서 또 무슨 일이 벌어질 것 같았지만 눈을 지그시 감고 등을 기대어 애써 참았다.

"손님. 우주대교 거의 다 왔습니다. 어디에 내려드려요?"

"저기. 그냥 우주대교 입구."

"음… 저기 하차하면 안 되는데… 그럼 차 안 올 때 입구에 세울 테니까 빨리 내리세요."

난 고개를 끄덕였다. 택시 기사는 날 보더니 한숨 섞인 소리를 내뱉었다. 차가 우주대교 초입에 댔다. 나는 택시기사 말대로 빨리 내렸고, 길가에 또다시 토했다.

바람이 거세게 불었다. 한 움큼 소주를 마시려 했는데 빨리 내리라고 재촉하는 바람에 그만 소주를 놓고 내리고 말았다. 토하면서 정신이 조금 돌아온 상황이라서 더 마시고 싶었으나 돌아갈 길을 생각하니 뒤돌아보기 싫었다. 그냥 천천히, 천천히 다리 중앙을 향해 걸었다. 바람은 더욱 강해졌고, 취한 몸은 가누기 힘들었다. 걸을수록 왜 이렇게 눈물이 앞을 가리고, 정신이 멀쩡해지는지 모르겠다.

우주대교 중앙에 섰다. 내 인생의 절반을 도는 반환점까지 난 너무 무기력했다. 다 무너졌다. 내가 그토록 노력했던 성과는 다른 사람이 쟁취해 버렸다. 난 지금껏 아무것도 모르고 열심히

만 하면 다 될 거라 믿었다. 아니 믿고 싶었는지 모르겠다.

　난 내 가족을 외면하고, 스스로 쉼도 포기하고, 감정마저도 내려놓으면서 얻은 대가는 직장에서 모함당해 해고 위기에 처하고, 가족은 세상을 떠났으며, 희망은 사라져 버리고 말았다.

　어릴 적부터 숱한 경쟁을 하며 살아왔지만, 내 능력은 부족해서 연애도, 결혼도, 자녀도, 부동산도 미루거나 실패했고, 앞으로도 남 뒤치다꺼리만 하면서 살 바에야 남은 삶은 더는 의미가 없지 않은가. 그래. 이젠 난 그들의 노예가 아니다. 곧 해방이다.

　난간 위에 올라섰다. 달리던 차들이 경적을 울리며 멈춰 섰다. 나는 아랑곳하지 않고 뛰어내렸다.

　내 나이 마흔 살. 이제 모든 건 끝났다.

　아쉽기만 한 삶이었다.

　노력했으니 후회하지 않겠다.

　잘 있어라. 세상이여.

　첨벙첨벙.

　떨어지는 순간 온몸이 너무 아팠다. 조금씩 의식을 잃어가는지 희미해졌다. 숨을 들이마셨다. 폐에 물이 들어왔다. 숨쉬기가 어려워졌지만 조금씩 무언가 선명해졌다. 아. 이것이 주마등이라는 거구나. 아.

엄마. 엄마. 엄마….

정신을 차려보니 너무 밝았다. 온몸은 다 젖어있었고 병상에 누운 채로 있었다. 몸을 일으키려고 하니 아내가 눈물이 범벅되어 나를 바라보고 있었다. 아내는 세차게 나를 때렸다.

"죽으면 어떡해? 나는 어떡하라고 죽으려고 그래? 나 혼자 아버님이랑 너 장례식 치러야 해? 나 혼자 앞으로 어떻게 살아야 할지 고민 안 해봤냐고? 어?"

아무 말도 할 수가 없었다. 아내는 병원 바닥에 주저앉아 하염없이 눈물을 흘렸다. 애써 담담하게 아내를 바라봤다. 갑자기 아내가 호흡을 가다듬더니 말했다.

"넌 진짜 불효자야. 어떻게 아버님 돌아가신 날 같이 가려고 하니? 아버님이 너 따라오면 좋다고 하겠다. 자. 이거 아버님이 며칠 전에 쓰신 편지야. 너한테 쓴 거야."

아내가 건네준 편지를 펼쳤다. 삐뚤삐뚤한 글씨가 아버지가 쓰신 게 맞았다.

우리 아들. 늘봄아.

늘 고맙고, 자랑스럽다.

못난 부모를 만나서 고생이 많았다.
어릴 적 치킨집 한다고 친구들에게 놀림 받으면서도
배달일을 척척 하는 걸 보고
이 아비는 우리 아들이 큰 인물이 될 거로 생각했었다.

늘봄아.
단 한 번도 엇나가지 않고 건강하고 착하게 자라준
너에게 늘 미안한 마음뿐이다.
이 아비가 다른 가정처럼 널 도와주지 못하고
자식한테 돈이나 빌렸으니
부모로서 자식한테 부끄럽기만 하구나.

늘봄이란 이름은
엄마와 이 아비가 널 가졌을 때
꽃을 봤던 기억에 늘 봄처럼 컸으면
하는 바람으로 지었단다.
겨울이 지나고 봄이 오듯
힘든 일이 있으면 좋은 일도 따라올 테니
늘 봄처럼 이겨냈으면 좋겠구나.
우리 며느리와 함께 말이다.

이 아비가 죽는 걸 슬퍼하지 말아라.
자식한테 보태주지 못한 부모가
무슨 염치로 아프다는 핑계로
너희에게 또 기대면 되겠니.
도리어 이번 기회에 너희 엄마를
만날 생각에 설레는구나.

이 아비는 널 만나서 너무 행복했다.
만약에 다음 생이 있다면
우리 가족이 다시 행복하게 만나
살았으면 하는 바람이다.
우리 아들 고맙다.

아버지의 편지를 부여잡고 고개를 숙였다. 눈물이 멈추질 않았다. 세상을 포기하러 갔는데, 세상을 포기하고 아버지와 함께하고 싶었는데 도대체 내가 어떻게 살아야 하는지 앞이 막막했다. 내가 울음보가 터진 걸 보고 아내가 부탁했다.
"당신. 이제 아버님 모시러 가야 해. 영안실에 혼자 계시면 추우실 거야. 우리 빨리 내려가자."
아내가 내 손을 잡았다. 미안했다. 아내를 꼭 껴안았다.

영수에게 아버지가 돌아가셨다고 말했더니 회사의 상조회에서 모든 절차를 알아서 준비해 줬다. 언제는 날 범죄자 취급하며 내쫓으려고 했던 태도와는 너무 상반되어 보였다. 곧 뉴스와 유튜브에는 내 이야기가 터져 나오기 시작했다.

"안녕하십니까? ○○○뉴스 이지나 앵커입니다. 어제 오후 11시경 우주대교에서 투신자살 미수사건이 발생했습니다. 40대 초반인 이 남성은 모 건설회사 직원으로 밝혀졌는데요. 오후 2시경부터 술에 만취해 지하철과 택시, 거리에서 배회했던 것으로 CCTV를 통해서 확인되었습니다. 이 남성이 이러한 행동을 한 이유에 대해 집중취재 중 같은 회사의 직원들로부터 증언을 들을 수 있었는데요. 회사 내에서 인사위원회를 개최하여 이 남성에게 뇌물 정황에 대하여 압박을 가한 것으로 밝혀졌습니다. 일부 직원들은 무리한 처사라고 주장했습니다. 우리 뉴스는 회사에 공식적인 답변을 요청하였으나 회사 측에서는 내부 보안 사항이라는 이유로 취재를 거부하고 있습니다. 다음 뉴스입니다."

건물 밖에 있는 사람들은 아버지께서 돌아가신 것을 어떻게 알았는지 장례식장 앞에는 엄청난 인파가 붐볐다. 이날 장례를 치르는 다른 가족분들께 너무나 미안하게 되었다. 출입문 밖에는 취재진이 장사진을 이루었고, 내가 나오기를 바랐다. 하지만 나갈 수가 없었다.

회사 사장님이 직접 장례식장에 오셨다. 일반적으로 평직원 가족의 장례식에는 가시지 않는데, 예외적으로 방문하셨다. 그리고 식사하면서 나를 잠시 불렀다.

"박 차장. 회사에서 이런저런 고민을 많이 했어."

사장님은 안주머니에서 봉투를 꺼내시더니 내게 내밀었다. 얼마가 들어있는지 모르겠으나 나는 봉투를 받지 않았다.

"죄송하지만 받을 수 없습니다."

"회사 내부에서 많이 고민하고 결정한 거야. 이건 좀 받아주게나."

봉투에는 꽤 많은 돈이 있을 것으로 생각했지만 다시 생각해도 받을 수는 없었다. 봉투를 사장님 앞으로 다시 밀었다. 안주머니에 있던 사직서를 사장님께 드렸다. 사장님은 한참 동안 사직서를 보시더니 옆에 있는 영수에게 넘겨주며 인사팀에 전달하라고 말씀하셨다. 사장님을 보필하러 온 영수와 하영이는 사직서를 보면서 울었다. 사장님은 숟가락을 내려놓으시고 긴 한숨을 쉬셨다.

"밖에 취재진이 많아. 만약 박 차장이 나가면 취재진이 덤벼들거야. 가능하면 회사에 관한 이야기는 안 했으면 좋겠어. 우리도 직장을 다니면서 월급으로 먹고사는 사람들 아닌가. 자네에게 부탁함세. 이런 부탁을 해서 미안하네."

사장님은 말씀하시는 내내 내 얼굴을 바라보지 않으셨다. 자리에서 일어난 후 내게 손을 내미셨다. 난 그 손을 잡았다.

"사장님. 저도 부탁이 있습니다."

"무엇인가?"

"위로금 같은 건 필요 없습니다. 사직서 처리되면 급여와 퇴직금만 부탁드립니다. 그리고 제가 결백하다는 사실만 알아주십시오."

"알았네."

 사장님은 영수, 하영이와 함께 장례식장 밖으로 나가셨고, 수많은 인파에 둘러싸였다.

 화장을 마친 후 아버지 유골함을 모시고 가게로 왔다. 부모님께서 수십 년 동안 생업을 하시던 장소는 더는 의미 있는 장소가 되질 않을 예정이다. 이곳을 비워줘야 했다. 유골함을 내려놓고 아버지 유품을 정리하러 방 안으로 들어갔다. 겨우 3평의 작은 방은 치울 게 별로 없었다. 아버지 옷가지와 유품을 차에 실었다. 이제 이마저도 다 소각해버리면 아버지에 대한 기억을 남길 만한 게 있을까 싶었다. 예전에 엄마가 한 장, 한 장 보관한 사진첩을 꼭 안고 아내에게 전달했다. 마지막으로 티비 아래 문갑 서랍을 열었다. 구분이 안 되는 서류뭉치가 가득했다. 하나씩 꺼내어 살펴보던 중 이상한 서류를 보게 됐다.

색깔이 바래진 서류는 다름이 아닌 토지 등기서류였다. 토지의 주소는 경남 하동이었다. 바로 엄마의 고향. 토지의 이전등기 날짜는 엄마가 돌아가시기 전이었다. 그렇다면 엄마가 고향에 돌아가고 싶어 했다는 얘기였다. 이제 엄마가 납골당에서 나와야만 했다. 눈물을 참으며 겨우 아내에게 등기서류를 보여줬다.

"우리 하동에 가서 살자."

아내는 나를 보더니 많은 생각을 하는 듯했다.

"나는 농사짓고, 당신은 가게 하면 될 거야. 늦었지만 엄마 고향에서 가고 싶어."

내가 눈물을 흘리는 걸 보고 덩달아 아내가 눈물을 흘리더니 이내 고개를 끄덕였다.

사실 엄마가 돌아가시고 교통사고 보상금을 어디에 썼을까 궁금했었다. 엄마에 대해 돈으로 얘기하기가 싫어서 아버지께 물어보지는 않았는데, 이 등기서류를 보니 돌아가신 이후에 근저당 말소하는 데 사용한 거로 나왔다. 아버지가 나중에라도 가시려고 생각했던 것 같아 눈물이 멈추질 않았다. 그저 눈을 감고 상상만 해도 미안할 따름이다. 난 아버지를 원망했었다. 장사하면서 엄마 보상금을 쓰면서도 아들한테 돈을 빌려달라고 하는 무정한 부모로만 봤었다. 그런데 실제로는 자신의 집을 팔아서 자식이 집을 얻는데 도와줬고, 아파도 참으며 자식에게 짐이 되지 않으려고 노력하셨다. 아버지. 정말 죄송합니다.

상가 주인에게 전화를 걸어 설비와 가구가 오래됐지만, 치킨집 하시는 분이 들어오면 바로 쓰실 수 있으니 두고 간다고 말했다. 상가 주인은 그동안 싸게 임대료를 받았는데 이런 불미스러운 일이 생겨서 임대를 내놓을 수 있을까 걱정된다며 도리어 책망했다. 난 죄송하다며 거듭 말씀드렸고, 그동안 장사하게 해주셔서 감사하다고 인사를 했다. 그 말에 상가 주인은 아버지께서 좋은 사람이라고 칭찬하며 전화를 끊었다.

　이제 우리 둘밖에 남지 않았다. 우는 아내를 꼭 껴안고 가게 안에서 한동안 서 있었다. 마지막으로 「늘봄치킨」이라고 크게 쓰인 간판 앞에서 아버지의 유골함과 함께 사진을 찍고 납골당으로 향했다.

제11화 반환점 (2023년 4월)

아. 정말 힘들다. 농사라는 게 정말 쉽지 않다. 내 몸은 1년이 안 돼서 시꺼멓게 변해가고 있었다. 어떤 사람이 날 보면 예전의 박늘봄이 맞는지 의심하겠다. 웃음이 나왔다. 책상에 앉아서 서류나 깨작깨작 만지던 사람이 육체노동을 하고 있으니 말이다. 과거에는 부모님께서 이런 모습을 좋아하시지 않을 것 같지만, 지금은 좋아하실 것 같다. 바로 곁에 있으니 말이다.

하동군 두메산골에 농로로 대략 3㎞는 들어와야지 부모님이 샀던 밭이 있었다. 워낙 외진 곳이라서 땅값이 싼 덕분에 3천 평이나 되는 넓은 땅이었고, 처음 이곳에 왔을 때는 임야인 줄 알았다. 나보다 더 큰 나무들이 즐비했고, 칡넝쿨 같은 게 사방에 깔려있었다. 이것만 정리하는데도 한 달은 족히 걸렸던 것 같다. 어쨌든 이곳에 작은 농막을 짓고, 가장 높은 언덕에 부모님 묘소를 만들었다. 봉분은 다른 사람들에 비해 작게 만들고

석실을 만들어 두 분의 유골함을 안치했다. 생전에 자주 못 뵈어 죄송했는데 지금에서라도 농사지으러 오면 꼬박꼬박 절하면서 인사를 드리고 있다.

참고로 내 옆에는 작은 꼬마 아가씨가 열심히 호미질하고 있는데 어설프긴 하지만 모양새는 내려고 노력 중이다. 아마 이 모습을 도시 사람들이 봤다면 아동학대로 신고당했을 거다. 아이는 반년 전에 입양단체를 통해서 우리 가족이 되었다. 나이가 3살이라서 우리를 계속 낯설어할지 걱정했는데 다행히 조금씩 성장해 가면서 행복해하고 있다.

"나라야. 지금 뭐 하세요?"

소꿉놀이하듯 작은 손으로 흙을 만지는 모습이 너무 귀여웠다.

"나무 키워."

"이건 나무가 아니고 상추라고 해."

"삼추?"

"삼추 아니고 상추. 아빠가 잘 먹는 거야."

"토끼도 이거 좋아해?"

"토끼? 모르겠네. 시장에 토끼 보러 갈까?"

"좋아."

난 나라를 번쩍 들어서 품에 안고 성큼성큼 걸어서 차로 향했다. 아이를 차에 앉히고 가볍게 부모님께 인사를 드리고 뒤돌아섰다. 내 행동을 아이가 따라 하는 것과 흙을 잔뜩 묻힌 포터에

카시트 달고 있는 게 왜 이렇게 웃기게 보이는지 모르겠다. 사진을 찍어서 아내에게 보냈다.

촌에는 시장에 가면 동물들이 있다. 나라는 여기가 동물원으로 알고 있었다. 여러 동네에서 강아지, 병아리, 개, 닭, 고양이, 토끼를 가지고 와서 파니까 동물원이나 마찬가지라는 생각이 들긴 했다. 시장을 한 바퀴 둘러보다가 나라처럼 아주 작은 토끼가 보여서 가리켰다.

"저기 하얀 토끼 살까?"

너무도 사랑스러운 표정을 지었다.

"응"

어르신은 아이의 행동을 보더니 박스에 토끼를 담아서 내게 건넸다. 박스는 진돗개 성견 하나가 들어갈 정도로 컸다.

"5천 원."

어르신 말씀을 듣고 주머니에서 만 원을 꺼내 드렸더니 굳이 5천 원권 한 장을 세면서도 침을 바르시고 내게 거스름돈을 주셨다.

"애가 안 닮았네."

"네?!"

"애가 안 닮았다고!"

어르신은 내가 못 알아듣는 것처럼 보이니까 큰 소리로 호통치셨다. 아이가 들을까 봐 걱정되어 뒤돌아보니 천진난만한 표정으로 토끼와 놀고 있었다. 아이에게 입양한 사실에 관해 설명하지 않았지만 어린 나라는 어떤 상황인지 알고 있는 눈치였다.

"눈, 코, 입 다 있으면 닮은 거죠. 하하하. 어르신 수고하세요."

내가 호쾌하게 웃으며 인사드렸더니 어르신도 웃으며 손을 흔드셨다. 나라는 토끼를 손에 안고 쓰다듬었다.

"나라야."

"응?"

"토끼는 똥을 참을 줄 몰라서 나라 손에 있으면 언제 똥 쌀지 몰라. 지지한다니까."

"응? 그냥 싸는 거야? 나라하고 똑같네."

아이가 웃는 모습에 덩달아 내 기분이 좋아졌다. 나는 차를 몰고 읍내에 있는 아내 가게로 향했다.

읍내에는 「나라양식」이라는 생뚱맞은 가게가 있다. 바로 전통시장에 스파게티와 스테이크를 파는 아내의 레스토랑이다. 이제 개업한 지 겨우 두 달째인데 줄을 서서 먹는 명소가 됐다. 주말이면 이곳에 오는 관광객들, 주중이면 동네 주민분들이 방문하셨다. 그래서 아내가 항상 바빴다.

"왔어?"

문소리에 아내가 홀로 뛰어나왔다. 나라를 보고 번쩍 들어 안았다.

"귀염둥이 왔어? 토끼는 뭐야?"

"아빠가 사줬어."

아내는 나라에게 계속 뽀뽀했다. 나라는 기분이 좋은지 씩 미소를 지었다.

"내려줘."

아내가 나라를 내려주자, 나라는 홀을 뛰어다니더니 어느 할머니께서 스파게티를 드시는 걸 봤다.

"많이 먹어."

할머니가 어이없이 보다가 웃으셨다. 나라는 할머니 옆에 앉았다. 아내는 할머니가 계신 곳으로 갔다.

"죄송합니다."

"아니야. 그럴 수 있지."

"아직 존댓말이 힘들어서 그래요."

할머니는 스파게티를 돌돌 말면서 나라에게 주려고 했다. 나라는 고개를 저었다.

"안 먹을래. 배 안 고파."

할머니가 포크를 내려놓고 나라에게 얼굴을 내밀었다.

"얘는 뭐야?"

할머니의 투박한 말투에도 나라는 방긋방긋 웃으며 토끼를 쓰다듬었다.

"토끼야. 토끼."

"토끼가 우리 아기 닮아서 예쁘네."

나라는 할머니에게 만져 보라고 토끼를 할머니에게 밀었다. 할머니는 아이가 하는 행동에 기분이 좋아 보이셨다.

"손주 보고 싶구먼."

아내는 금세 눈치를 채고 나라를 데리고 홀 안쪽에 있는 방으로 데리고 갔다. 할머니가 나를 쳐다보더니 앉으라고 손짓했다.

"언제 왔더라?"

"이제 거의 1년 되어가네요. 저번에 손주랑 같이 오셨죠?"

"그럼. 손주랑 여기서 맛있게 먹었지. 여기 오니까 손주 생각나고 좋네."

할머니가 그리워하는 모습이 아버지도 그랬을 것 같은 생각이 들었다.

"자주 와요?"

"아니. 다들 일하느라 바빠서 1년에 두 번이나 오는지 모르겠네. 뭐 바쁘니까 하는 수 없지. 내가 보고 싶다고 막 전화해도 안 돼."

서운한 감정이 많으신 거 같았다. 할머니는 김치를 하나 집어서 드시더니, 스파게티를 돌돌 말아서 입으로 가져가셨다. 나라가 다시 토끼를 데리고 나왔다.

"사진 찍어."

휴대폰을 꺼내서 찍으려고 하니까 나라가 아니라며 발을 동동 거렸다.

"다 같이. 토끼랑 할머니도 같이. 저기에서."

아이의 말에 모두 다 웃음이 나왔다. 밖으로 나와서 휴대폰을 어설프게 차 보닛 위에 고정했다. 아내와 나, 나라와 토끼, 할머니가 한 포커스에 들어왔다.

"자. 자. 웃으세요. 김치!"

해맑게 웃는 아이의 모습과 모두의 행복한 얼굴이 찍혔다. 사진에는 「나라양식」 간판도 크게 보였다. 식사하러 오신 할머니는 무슨 일로 이렇게 불려 나왔는지 황당해하면서도 크게 웃으셨다. 이렇게 내 나이 마흔을 넘어 새로운 인생을 살고 있었다.

우리의 삶을 되돌아보면 참 안타까운 점이 많다고 생각한다. 태어난 지 1년도 안 된 아이를 걷는 게 늦다고 걱정하고, 초등학교도 안 들어간 아이가 한글이 늦다고 뛰어놀 시간에 공부해야 하고, 중학교, 고등학교 때 무슨 말인지도 몰라 학교에서 눈만 끔뻑끔뻑하다가 졸기만 하고, 특정 대학에 나온 게 내 인생의 모든 걸 결정하고, 대기업에 취업하지 않으면 패배자가 되어야 하고, 경제력이 있어야 연애도, 결혼도, 자녀를 가질 수 있는 삶이 정답일까? 경쟁에서 승리했다고 시간과 돈의 노예가 아니라는 걸 부정하기는 어렵다. 나는 그동안 조건이 될 때까지 미루고, 미루고, 미뤄왔다. 그리고 내 청년 시간은 노예가 되었다. 이제야 어떻게 살아야 할지 알 것만 같았다.

농촌으로 들어오면서 폐가를 수리해서 10년간 임대했다. 집은 읍내와 멀어서 생활하기가 불편하지만, 이것도 나름의 재미가 있었다. 편의점 한 번 갈 때 신나서 나가니까 말이다. 그리고 평상에 앉아 노을을 보며 맥주 한 캔을 마신다는 게 어디 도시에서는 상상이나 할 수 있는 일인가? 나는 낭만 그 자체인 삶을 살고 있다.

처음 내가 밭에 왔을 때, 엄마 친구분께서 단번에 아들이냐고 물어보셨다. 항상 아버지 닮았다는 얘기만 들었었는데 나름 엄마 닮은 구석이 있었나 보다. 밭을 가꿀 때 엄마 친구분께서 같이 계셨는데 봉분을 보시고, 눈물을 그칠 줄 모르셨다. 엄마와 아버지가 이 땅을 사러 고향에 왔을 때, 엄마 친구분께서는 귀농해서 같이 사노라고 생각해서 너무 좋아하셨다던데 돌아가신 후에 이렇게 유골함만 오니 마음이 불편하셨던 것 같았다. 그 이후로 가끔 밭일하러 나가면 엄마 친구분을 만나는데 엄마의 학창 시절 이야기를 들을 수 있어서 좋았다. 예전에 엄마는 마을에서도 알아주는 절세 미녀라고 했단다. 그래서 이웃 동네에서도 엄마를 보러 오는 사람이 많았다고 하셨다. 참 의문이다.

닭 튀기는 아버지가 어떤 점이 좋아서 만났을까. 괜히 웃음이 나왔다.

　그토록 컴퓨터만 하던 내가 이곳에서는 정작 모니터를 볼 일이 거의 없다. 하는 거라고는 농사일지 몇 장 적는 게 다다. 자연을 보는 게 더 즐겁고, 자연에 기댄 삶이 더 행복하다. 그래서 그런지 집에서 컴퓨터 오락하는 것보다 아이와 집 뒤 언덕에서 잡기 놀이하는 게 더 재밌어졌다. 오늘은 집 마당에서 아이와 토끼 놀이를 할 참이다. 생각만 해도 재밌지 않겠나?

　사무실에 있을 때는 시간이 어떻게 가는 줄 몰랐다. 어찌나 보채는지 하루를 다 쓰면서도 시간이 부족했다. 그렇지만 여기는 그렇지 않았다. 비가 올 때면 처마에서 떨어지는 빗소리를 감상했다. 박자는 늘 똑같지 않았다. 강하고 약함이 조화롭게 이루어졌는데 자연이 주는 음악은 그 어느 음악보다 평온한 마음을 가지게 했다. 물론 밭일할 때면 너무 바빠서 정신이 없을 때가 많았다. 하지만 야근은 없었다. 이게 큰 장점이다. 자연이 허락하지 않는 한 죽도록 일만 하는 시스템은 아니었다.

　생각할 수 있는 시간이 너무 많다. 그래서 이제는 글도 하나씩 적을까 싶었다. 마흔까지의 삶과 마흔 이후의 삶이 어떻게 바뀌었는지 기록을 비교해 보고 다른 사람에게 공유할 생각이다. 나처럼 노예가 되지 않기를 바라면서 말이다.

"아빠. 밥."

나라의 말에 가게 구석으로 들어갔다. 아내가 해물 스파게티와 계란밥을 요리해 놓았다. 내 앞에 나라를 앉히고 밥을 떠먹였다. 아이의 행복한 모습에 절로 미소가 퍼졌다. 이제야 행복을 찾았다.

엄마. 아버지. 고마워요.

맺음말

 끝까지 책을 읽어주셔서 감사합니다.

 '청년'의 나이를 객관적인 기준보다 주관적인 기준으로 보는 경우가 많은데, 저는 19세에서 39세까지라고 생각해서 이 책을 만들었습니다. 그리고 인생을 80세까지 산다고 가정하면 40세라는 나이는 인생의 반환점이 아닐까 생각합니다. 불혹이라고도 하죠. 세상일에 정신을 빼앗겨 갈팡질팡하거나 판단을 흐리는 일이 없게 되었음을 뜻한다고 포탈검색에 나오네요. 그래서 그 판단을 행동으로 옮긴다는 생각으로 내용을 담았습니다.

 이 책을 2년 전부터 생각했던 것 같습니다. '콩팥부부'라는 책을 인터넷 서점에 올리고 바로 고민했었거든요. 작업을 시작하고 대략 100페이지쯤 됐을 때, 그간 경험했던 일들이 아픔으로 다가와서 한동안 글을 적지 못했습니다. 그리고 1년 후쯤 지나에세이 형태로 전환하여 적기 시작했는데 오히려 그전보다 더 힘들더라고요. 다시 접어두었습니다. 웃기죠? 하하하. 그런데 약 3달 전부터 작업을 시작해서 초안을 완성했습니다.

 초안을 주변 분께 평가받기 위해 드렸는데 너무 현실적이라서 힘들다고 하시더군요. 주인공 늘봄이가 겪는 취업, 연애, 결혼, 직장생활 등 많은 부분이 공감되어 마음이 아프다고 했습니다. 그런데 중요한 건 제 삶도 그렇고, 여러분의 삶도 늘봄이 보다 더하면 더했지, 덜하지는 않은 것 같아요.

대한민국은 OECD 국가 중 자살률 1위로 하루에만 30명 이상 사망하고, 10대에서 30대까지 사망원인으로 자살이 1위를 차지하는 이상한 나라입니다. 왜 청년들은 죽음을 선택할까요? 성적, 진학, 취업, 경제력, 결혼 등 많은 이유가 있으나 스스로 해결할 수 없는 상황에서 오는 좌절감을 느낄 수밖에 없다고 생각합니다. 어릴 적부터 살인적인 경쟁에 노출되어 지치고 지쳐버린 청년세대입니다.

1970, 1980년대 고도성장 시대에는 월급을 모아 통장에 넣어두면 이자를 많이 받을 수 있었지만, 1990년대 IMF를 겪으면서 기능직은 천대받고, 사무직도 계약직으로 바뀌는 등 차별이 시작되었으며, 2000년대에 세계경제위기로 인해 인턴이라는 제도까지 생겨 젊은이들이 취업하기 위해서는 한 단계를 더 거쳐야 하는 어려움마저 생기고 말았습니다.

결국은 이 좁디좁은 시장에서 서로를 경쟁자로 삼아 성공하기 위해 어릴 적부터 많은 돈을 써가며 이겨야만 하는 것입니다. 참 안타까운 일입니다. 그런데 그렇게 하고도 실망감은 이루어 말할 수 없죠.

요즘은 대기업에 들어가고, 공무원 시험에 합격해도 그만두는 사람들이 참 많습니다. 생각했던 삶과 차이가 있기 때문인 거죠. 저도 수도권에서 생활했었고, 명절이 되어야 겨우 한 번씩 부모님을 찾아뵈었는데 갔다 올 때마다 아쉬워하시는 모습을 볼 때면 마음이 아팠습니다. 더욱이 자식이 일해서 바쁘다고 연락도 안 하시고, 본인들이 아프셔도 참는 등 가슴 아픈 일이 많았습니다. 마치 늘봄이 아버지처럼요. 야반도주하듯이 짐 싸서 아내와 고향으로 내려왔습니다. 하하하. 그런데 대한민국 기업들이 수도권 집중현상이 있어서 그런지 지방에 내려오니 살기가 무척 빡빡하더군요. 주머니는 텅텅비었지만 가족이 곁에 있으니 살아갈 힘이 납니다.

이제는 저도 늘봄이처럼 스스로 자아를 조금씩 찾아가고 있습니다. 요즘 조금 우울했었거든요. 일단 저로서는 희망적이네요.

이 소설에 최대한 청년들의 고달픈 마음을 담아보려고 노력했습니다. 세상을 울리는 메시지가 될지 모르겠지만, '청년노예'를 통해 우리 사회가 청년을 이해할 수 있는 계기가 되길 희망합니다.

감사합니다.

2024년 4월, 글을 마무리합니다.